쓰디쓴 세월 속에 스며 있는 아름다운 100년 서사!

여명(黎明)보다
아름다운
황혼(黃昏)

신재우 권사 저

좋은땅

"이스라엘이여 너는 행복한 사람이로다, 여호와의 구원을

너 같이 얻은 백성이 누구뇨?"

(신명기 33:29)

책머리에

   작년 이맘때 둘째 아들이 내게 와서 내 자서전을 쓰자고 말했다. 너무나 터무니없는 말인 것 같아 "말도 안 되는 소리 하지도 말라!"고 하며 돌려보냈다. 그러나 아들은 며칠 후 또다시 찾아와 "노인이 죽으면 도서관 하나가 불타는 것과 같다."라는 아프리카 속담이 있다면서 "어머니의 삶을 기록으로 남기면 도서관이 사라지는 일은 없지 않겠냐?"라고 나를 설득했다.

   아들에게 아주 가끔 내가 살아왔던 이야기들을 말한 적이 있었는데, 아마도 그 삶 속에서 읽을 수 있는 시대상들이 사람들의 기억 속에서 사라지는 것이 안타깝다고 생각한 모양이었다. 그리고는 얼마 있다가 방송작가인 함혜원 양을 내게 보내 질문을 하기 시작했다. 여러 달 여러 날에 걸쳐 그녀는 내게 묻고 또 물었다. 원래 기억력이 좋은 나이지만 묻고 답하다 보니 어렸을 때부터 모든 기억이 생생하게 되살아났다. 함양은 이렇게 보물 같은 삶이 있는 줄 몰랐다며 녹음을 다 뜨더니 그걸 정리해서 아들에게 보내 주었다.

   내가 생각해 봐도 청주 인근의 한 산골에서 태어나 어린 시절을 보내다가 일제 강점기 학정을 피해서 만주로, 그리고 해방 후 다시 고향으로 내려오는 혹독한 과정, 전쟁 속에서 싹튼 사랑과 5.16의 한가운데를 지나서 지금까지의 격정의 날들을 살아낸 이야기, 낙심의 문턱에서 하나님을 만난 스토리는 애굽 왕 바로 앞에서 "험한 세월을 살아왔다"고 고백한 야곱만큼이나 극적인 세월을 살아오지 않았나 하는 생각도 든다.

밤을 새워 쓰고 또 써도 모자랄 이야기들을 깎고 또 깎아 내어 살뜰하게 써 내려간 원고들을 한 장 한 장 넘기다 보니 그 이야기들 하나하나가 내 이마에 깊게 팬 주름이 된 것이 아닌가 하는 생각에 마음 깊이 아련한 아픔과 슬픔과 기쁨과 감동이 한데 섞여서 눈물이 되어 흘러내린다.

얼마 남지 않은 나의 황혼의 삶을 마무리하며 그 시대를 함께 겪어 왔던 분들, 이런 세상이 있었다고는 꿈에도 생각하지 못할 다음 세대에게 덧없는 세월 속에 사라져 버릴 수도 있었던 역사 속의 단편들, 그리고 내가 자손들에게 전하고 싶은 생각들이 이렇게 한 권의 책으로 나온다는 게 참! 좋고 다행이라고 생각된다.

이 책을 하늘에 먼저 간 나의 동반자 노용래 님과 사랑하는 자식, 손자들, 같이 울고 웃었던 가족 친지들, 신앙의 동반자들, 미지의 독자들에게 바친다.

2023. 1. 31 신재우 권사

추천하는 글

몇 년 전 제주도에서 있었던 목회자 세미나에서 저는 아주 인상적인 장면을 만났습니다. 사례 발표를 마치고 한라산 오름을 등반하는 순서가 있었는데 아주 연로하신 자그마한 노인 한 분이 지팡이를 짚고 우리 팀과 함께 등반에 동행하겠다고 나서는 것이었습니다.

누구신가 여쭈어보니 평소에 존경하던 높은뜻광성교회 이장호 목사님의 93세 되신 장모 신재우 권사님이었습니다. 장모님이 세미나에 참석하는 것도 이례적이었지만 구순이 넘은, 게다가 88세 때 인공고관절 수술하셨다는 노인이 젊은이들도 힘겨워하는 오름에 오르겠다고 나서는 모습은 더욱 이례적이었습니다.

참석한 목회자들께서 이구동성으로 "이게 가능한 일인가?"라며 염려했지만, 권사님이 가쁜 숨을 몰아쉬며 마지막으로 오름 정상에 올라오실 때 모두 감탄사를 연발하며 환호하였습니다. 그날 연세와 관계없이 늘 배우고 도전하는 권사님의 모습을 본 것은 뭔가 나태해진 목회에 변화를 갈구하며 모인 목회자들에게 새로운 열정을 갖게 하는 하나의 소중한 모티브가 되지 않았을까 생각합니다.

2023년 1월 초에는 신년을 맞으며 제가 '매력적인 거룩함으로'라는 주제로 높은뜻광성교회의 신년사경회 강사로 말씀을 전하게 되었는데, 또다시 건강하신 모습으로 매일 새벽마다 후손들의 이름을 하나하나 불러 가며 믿음이 전승되도록 기도하신다는 권사님의 모습을 뵙게 되었습니다.

권사님의 이런 삶이 바로 '매력적인 거룩함의 삶'이 아닐까? 생각하며 그때 제주도에서 있었던 일을 떠올리던 차에 때마침 권사님으로부터 1년 넘게 작업해 오시던 자서전이 마무리 단계인데 추천의 글을 써 주면 안 되겠냐는 부탁을 받았습니다.

보내 주신 《여명보다 아름다운 황혼》이라는 제목의 원고를 읽어 보니 그분의 100년 삶 속에 세세히 역사하시는 하나님과 광야와 같은 연단의 과정들이 마치 파노라마처럼 펼쳐졌습니다. 저는 그 속에서 권사님의 그 놀라운 강단과 믿음이 어디서 왔는지 알게 되었고, 또다시 큰 감명을 받지 않을 수 없었습니다.

북만주에서 불어오는 차디찬 삭풍과 제주의 세찬 해풍을 맞으며 살아온 삶의 모습 하나하나가 너무나 생생해 미사여구들을 동원해 추천사를 써 볼까 하던 당초 마음이 부질없다는 생각에 상투적인 말들은 다 버리고 그냥 존경의 마음을 실어 추천사를 대신합니다.

2023년 1월 목동한사랑교회 황성수 목사

7

목차

제 1 장

왜정(倭政) 시대에 태어나

여명의 시간
(충북 청원에서의 어린 시절)

진달래 먹고

물장구 치고

다람쥐 쫓던 어린 시절에

눈사람처럼 커지고 싶던

그 마음 내 마음!

아름다운 시절은

꽃잎처럼 흩어져

다시 올 수 없지만

잊을 수는 없어라.

(이용복 曲 〈어린 시절〉 중)

올해로 아흔다섯이 되었다. 세상에! 내가 이렇게 오래 살 줄은 몰랐다. 오래전 아흔둘 되신 시어머니를 하늘나라로 보내드릴 때만 해도 90이란 나이는 까마득히 먼 숫자였다. 그때 내가 70대였기 때문에 서운하고 슬픈 가운데서도 당신의 천수를 다하셨다고 생각하며 위로했는데, 지금 내가 인생 100세를 향해 가고 있으니 참 많이도 살았다.

딸로 태어나 엄마로 살다가 이제는 할머니도 넘어 내 호칭 앞에 '왕' 자가 붙었다. 어느새 할머니, 할아버지가 된 내 자식들의 손주들이 나를 '왕할머니'라 부른다. 자식들이 태어났을 때 '세상에 이렇게 사랑스러운 아이가 또 있을까?'라는 생각이 들었었는데 증손주는 그때보다도 더 각별하고 애틋하고 경이롭다는 생각마저 든다. 자식들을 키울 때는 먹고 살기 바빠서 자라는 모습을 세세하게 보지 못하고 놓칠 때가 많았는데 살림 일선에서 물러나 한 발짝 뒤에 서 있어서 그런지 하루가 다르게 자라는 아이들의 모습이 눈에 가득가득 들어오면서 얼마나 귀하게 느껴지는지 모르겠다.

특히 증손주들의 여물지 않은 머리에서 나온 엉뚱한 생각들은 언제나 내게 예기치 않은 즐거움을 선사한다. 말문이 트이기 시작하면서 세상의 온갖 것이 궁금해진 증손녀 '송'이는 가끔 내 얼굴을 빤히 쳐다본다. 그리고 "왕할머니 얼굴은 왜 이렇게 구겨졌어?"라고 묻는다. 엄마나 할머니와 달리 쪼글쪼글한 내 얼굴이 이상한지 증손녀는 가끔 한밤중에 내 방에 들어와 내 볼을 더듬을 때가 있다. 제 딴에는 내 주름을 펼 요량이었는지 "요케 요케!" 하면서 주름진 내 볼을 조몰락댄다. 쌕쌕 내쉬는 들숨이 이마에 닿을 때마다 간지러워서 살짝 눈을 뜨면 송이는 "왕할머니 맞아?"라고 말하면서 활짝 웃는다.

어둠 속에서도 주름을 만져 보며 나인 줄 알고 좋아하는 송이와 달리 증손자 '찬'이는 내 주름을 많이 걱정한다. 지금 자기의 소원은 "왕할머니가 죽지 않고 오래오래 사는 거."라고 말할 정도로 컸지만, 몇 년 전만 해도 내 주름살을 보면서 푹푹 한숨을 내쉬곤 했다. 그때 내 나이가 구십 고개를 막 넘겼던 때인데 6살배기 꼬마에게 아흔이 넘은 왕할머니의 깊게 팬 주름은 큰 걱정거리였던 것 같다.

하루는 찬이 에게 간식을 챙겨 주고 있는데 과일을 먹다 말고 얼굴을 찌푸리면서 "왕할머니, 그렇게 늙게 살 거야?"라고 물었다. 느닷없는 질문이 하도 엉뚱해서 터져 나오는 웃음을 꾹 참고 "그럼 어떻게 해?"라고 되물었다. 그러자 증손주는 나를 타이르듯 점잖게 말했다. "많이 먹어. 포도도 먹고, 참외도 먹고, 그르면 나처럼 돼!"

세상에, 그 표정이 어찌나 귀엽고 사랑스러운지 아이의 통통한 볼을 감싸 안고 얼굴을 부볐다. 포도알같이 새까만 눈동자에는 내가 과일만 가리지 않고 많이 먹으면 자신처럼 포동포동해질 거라는 확신이 가득 찬 것처럼 보였다. 포도 한 알로 시간을 거꾸로 돌릴 수 있다고 믿는 찬이의 천진한 소원이 어찌나 깜찍한지, 할 수만 있다면 내 피부가 아이처럼 매끈해졌으면 얼마나 좋을까 하는 생각이 스쳐 갔다.

하지만 아무리 증손주가 귀하고 예뻐도 아이가 바라는 걸 이뤄 줄 수 있는 능력이 내겐 없다. 제아무리 호칭에 '왕' 자가 들어 있어도 아이들의 때 묻지 않은 순수함을 지켜 줄 방법이 없다는 생각에 안타깝기는 하지만 아이들의 엉뚱하고도 기발한 소원을 듣거나 예쁜 마음을 엿볼 때마다 '하나님, 저의 남은 생애를 이렇게 사랑스러운 아이들과 함께 누릴 수 있는 복을 주셔서 감사합니다.'라는 기도가 절로 나온다.

그럴 때마다 나는 내 어머니가 생각난다. 일제 시대에 유년기를 보냈던 나에게 어머니의 손끝은 만물상 같았다. 그저 내가 원하는 건 무엇이든 그의 손끝에서 나왔었다. 배고파 달려가면 밥을 주셨고, 구멍이 나서 해진 옷을 입고 있으면 말끔하게 기워 주셨다. 어머니 손이 닿으면 보송보송한 목화솜도 이불이 되었다.

사실 그때는 의식주 모든 것을 스스로 해결해야 하였기 때문에 잠시도 한가하게 쉴 틈이라곤 없었던 자급자족의 시대였다. 농사를 짓는 것은 말할 것도 없고 목화를 길러 무명을, 누에를 쳐서 명주를 그리고 우툴두툴한 삼나무 껍질로 삼베를 짜서 옷을 만들고, 콩을 쑤어 장을 담그거나 두부를 만들고, 도토리로 묵을 쑤고, 들깨 참깨 동백 아주까리로 기름을 짜내고, 볏짚으로 지붕을 이거나 새끼를 꼬아 쌀가마를 만들고, 대나무를 엮어 바구니와 조리를 만들고, 맑은 날 신을 짚신과 비 오는 날 신을 나막신도 만들고, 디딜방아나 절구로 곡식을 찧던 어른들의 모습이 두 눈에 생생하게 기억난다.

그때 어머니가 얼마나 고생스러웠는지는 생각하지 못했지만 지금 증손주 또래였던 나는 한시도 쉬지 않고 쉴 새 없이 뭔가를 만들어 내는 어머니의 손끝을 경이롭게 바라봤고, 그런 나를 어머니는 한없이 따뜻하면서도 슬픈 눈으로 바라보셨다. 온종일 허리 한 번 펴지 못하고 땅에 코를 박고 일해도 밥 한 사발 먹기 힘든 현실을 알려 주는 대신 내가 태평스럽고 천진한 모습을 간직할 수 있도록 어머니는 사랑으로 보듬어 주셨다. 아버지의 그늘은 안전했고, 어머니의 손끝은 다채로웠기 때문에 가난했던 유년 시절이었지만 그 기억만은 '안온함'과 '평안함'이라고 할 수 있다.

나의 그러한 기억과 달리 그 시대는 사실 비참하기 짝이 없는 식민지 상황이었다. 나는 일제의 강압적 지배가 점점 심해졌던 1929년에 태어나 1940년대 초반까지 충청북도 청원(지금은 청주시 상당구)에서 살았다. 마을이라고 해 봤자 6가구가 전부였던 우리 동네는 비탈진 산 아래를 제외하면 사방이 산으로 둘러싸여 있는 산골 마을이었다. 청원군 낭성면은 고령 신씨의 족향(族鄉)인데 비록 산골이기는 했지만, 주민 모두 긍지를 가지고 사는 선비 마을이었다고 한다. 그중 우리와 가까운 일가 친척들이 터 잡고 뿌리 내린 곳이 바로 내 고향 지산리 안건이 마을이고, 항렬로는 아버지의 손자뻘인 단재 신채호 선생이 서당에서 한학을 공부한 후 독립운동가가 된 곳이 이웃 귀래리 고두미 마을이다.

우리 마을은 선두산 자락 아래 비스듬하게 펼쳐진 산지를 따라 포물선을 그리듯 띄엄띄엄 6채의 집이 반원형 모양을 이루고 있었는데 마을 위쪽에는 선산이 있었고 각성바지 머슴들은 아랫마을에 살았다. 내가 살던 집은 마을 가장 아래쪽에 있었고, 초입에 있는 길갓집이라 오가는 사람들의 사랑방 역할로 문턱이 닳을 정도였다. 장날이면 청주 장터에 다녀오신 어른들이 우리 집에 들러 꼭 물 한 대접 들이켜고 가셨고, 소 파는 날이면 우리 집 마당과 이어지는 길목까지 소 울음소리가 길게 늘어졌다.

나는 사람들로 북적이는 우리 집이 참 좋았다. 특히 장터에 다녀온 어른들이 다리쉼을 하러 우리 집에 오시면 보따리 안에 들어 있는 물건이 궁금해서 그 주변을 맴돌곤 했다. 가 본 데라곤 동네 오빠들을 따라서 간 뒷산이 전부였던 나는, 고갯길 10리, 평지 10리를 걸어야 도착한다는 청주 시내에서부터 온 물건들을 보는 게 너무 좋았다. 지금 생각하면 별것도 아닌 것들이지만 그때는 청주에서 온 물건이라면 뭐든 귀하고 신기해서 보따리를 풀 때마다 가슴이 두근거렸다.

'장날'처럼 이름 붙은 날이 아니라도 우리 집은 항상 사람들로 북적였다. 우리 마을이 고령 신씨 집성촌이었기 때문에 이웃들이 전부 친척이라 내남없이 여섯 가구가 서로 돕고 의지하며 살았다. 좋은 일이건 궂은 일이건 다 함께 의논하고 힘을 합해 해결했는데 그때마다 우리 집에 모여서 회의를 했다. 먹을 게 귀한 시절이다 보니 어른들이 모였어도 대접할 수 있는 것이라곤 탁주 한 사발에 나물이 고작이었지만 어른들 틈에 끼어 나물 한 젓가락 얻어먹는 재미가 너무 쏠쏠해서 어른들이 모일 때마다 나는 사랑방에 가서 먼저 자리를 잡고 앉았다.

가을이 되면 특별한 날이 있었는데 바로 배를 수확하는 날이었다. 우리 집 문 앞에 커다란 배나무가 여러 그루 있었는데 배가 꽤 많이 달려서 따놓고 보면 그 양이 상당했다. 마당 이편에서 저편까지 깔아 놓은 멍석에 배를 산처럼 쌓아놓아도 자리가 모자라 댓돌 아래에 한두 개씩 굴러다니는 배는 내 차지가 되었다. 까슬한 껍질을 긁어내고 한 입 베어 입에 물면 얼마나 달콤하던지 타지에서 배를 사러 온 낯선 남자들의 우렁우렁한 소리도 무서운 줄 몰랐다.

배 수확과 판매를 마치고 나면 서서히 월동 준비가 시작되었는데 그때가 되면 나는 초가지붕 이엉을 새로 단장하는 날을 손꼽아 기다렸다. 다들 초가집에 살았기 때문에 가을걷이가 끝나면 짚 더미를 모아 이엉을 엮어 초가지붕을 새로 얹고, 갈라져서 틈이 생긴 벽과 천장에 흙을 바르거나 흙벽돌을 쌓아 바람을 막았다. 초가집이라도 그렇게 철저하게 보수해 놓으면 생각보다 견고해서 웬만한 비바람은 이겨 내며 한겨울을 지낼 수 있었다.

초가지붕에 이엉을 얹는 날은 힘쓰는 일로 마을 어른들이 총출동하는 행사다 보니 이때 먹을 게 풍성해서 아이들에게는 대목이라 할 수 있었다. 어른들의 참이 나갈 때마다 어머니는 밥에 콩고물을 뭉쳐 내 손에 슬쩍 쥐여 주셨는데 이엉 엮는 걸 구경하면서 먹다 보면 시간이 어떻게 흐르는지 모를 정도로 재밌었고, 일하는 우리 집 머슴 할아버지를 '봉 서방! 봉 서방!' 하며 따라다니면 씽긋이 웃어 주던 모습도 아련하게 떠오른다.

그 당시 어린 나의 눈에는 어른들의 삶에 큰 어려움이 없었던 것 같아 보였지만, 일제의 수탈 속에서 아무리 땀 흘려 일해도 겨우 연명해 가는 시대를 살았던 어른들은 서로서로 뭉치지 않으면 살 수 없을 만큼 힘든 시기를 보내고 있었다. 실제로 1920년부터 시작된 일제의 산미증식계획으로 공출량이 늘다 보니 추수해도 곳간을 채울 수가 없었고, 게다가 세계적인 공황의 여파로 농산물 가격까지 유례없이 폭락하여 빚더미에 오른 농가들도 부지기수였다. 숨만 쉬어도 빚이 늘어나던 그때 배불리 먹는 건 사치였고 그저 끼니만 이어 가도 다행이라고 여겼던 시절이었는데 나는 그것도 모르고 어머니가 입에 넣어 주시는 밥숟갈을 받아먹으며 작은 배를 든든히 채웠었다.

그렇게 아무것도 모르고 천진난만하게 살았지만 봄이 되면 사정이 달라졌다. 보리가 패기 전에 먹을 게 똑 떨어지는데. 그때를 '보릿고개(춘궁기, 春窮期)'라 불렀다. 그때만 되면 쌀은 고사하고 보리나 조, 수수와 같은 잡곡도 보기 힘들었다. 어머니는 엉긴 나물이 풀어질 때까지 오랫동안 끓여서 만든 죽을 우리에게 주셨는데 그나마도 양이 적어서 상 위에는 항상 아버지와 막내딸인 내 그릇만 놓여 있었다. 우리가 나물죽을 먹는 동안 어머니는 비스듬히 앉아 바느질하셨는데 봄볕에 그을린 거무죽죽한 얼굴 위에 까맣게 기미가 올라와 가뜩이나 홀쭉했던 어머니의 볼이 더 움푹 패 보였다.

그때는 어머니의 그런 모습을 보면서도 어머니가 허기에 지치셨다고 생각하지 못했는데 어리기도 했지만 나 역시 배가 고팠기 때문에 어머니의 기색을 살필 만한 여유가 없었기 때문이었다. 사실 나는 어머니가 늘 내 뱃구레가 작아서 기운을 못 차린다고 걱정할 정도로 먹는 양이 작았는데도 보릿고개가 되면 늘 배가 고팠다. 요즘 유행하는 가수 진성의 노래 〈보릿고개〉를 들으면 나도 모르게 눈물이 흐르는 것은 아마도 그때 기억이 너무 생생하기 때문이리라.

그렇게 보릿고개로 허덕이는 봄이 어른들에게는 모질었지만, 아이들에겐 그나마 관대한 편이었다. 언 땅을 뚫고 나온 생명들이 푸르게 피어나며 먹을거리를 제공하기 때문이었다. 꽝꽝 얼었던 개울이 쩍쩍 소리를 내며 녹기 시작하면 어디선가 봄바람이 불어와 언 땅을 들추고, 겨우내 잠자던 나무를 깨워 움트게 했다. 그렇게 산과 들이 풍성하게 변하기 시작하면 나물죽으로 허기가 진 아이들의 마음은 온통 산으로 쏠렸다. 마치 달리기 출발선에서 서 있는 것처럼 언제든 뛸 준비를 하고 있다가 진달래 봉오리가 벌어지기 시작하면 냅다 산으로 몰려갔다.

역시 선두에 서는 것은 마을 친척 조무래기 중에 가장 나이가 많은 오빠였다. 특히 진달래는 인적 없는 바위틈이나 비탈진 곳에 무더기로 피기 때문에 그 오빠의 진두지휘 아래 서로 손을 맞잡고 조심조심 다가갔다. 일단, 진달래 무더기 안에 들어가면 그때부턴 전투적으로 진달래 꽃잎을 따 먹기 시작한다. 까치발을 들어도 오빠들보다 머리 하나는 작은 나도 나뭇가지에 얼굴을 긁혀가면서 입이 벌게지도록 꽃을 따 먹었다. 물론 그것으로 허기진 배가 채워지진 않았지만 그래도 봄은 봄이었다. 봄의 생명력은 허기진 우리를 실망하게 하지 않았다.

봄의 서막을 연 진달래의 연분홍 꽃그늘이 잘 때쯤이면 무르익은 봄과 함께 한 뼘쯤 자란 어린 찔레순이 가지 끝에 돋아났다. 어린 찔레순은 억센 가시가 있어 따 먹기가 쉽지 않았지만, 달착지근한 맛이 일품이라 가시를 요리조리 피해 한 움큼씩 손에 쥐고 다니며 먹었다. 그렇게 어린 찔레순을 먹는 사이에 뒷동산은 향긋하고 달콤한 아카시아꽃이 만발했고,

벚꽃이 진 자리에서는 버찌가 익어갔다. 차례를 기다려 종류별로 꽃들이 피었고, 꽃이 진 자리에는 열매가 익었다. 모든 게 우리의 먹을거리였고 주전부리였다.

뒷동산의 봄을 여러 해 경험한 오빠들은 꽃이 피고 지는 자리를 기막히게 잘 찾아냈고, 보물찾기 놀이를 하듯 날마다 산을 헤집고 다녔다. 네댓 살밖에 안 됐던 어리버리 굼뜬 나를 데리고 다니면 거치적거릴 게 뻔했는데도 오빠들은 나를 자상하게 챙겨 줬다. 찔레나무 우거진 숲에 가면 가지에 돋아 있는 가시를 헤치고 새순을 꺾어 제일 먼저 내게 주었고, 억센 칡뿌리를 캘 때도 연한 부분을 잘라 내 입에 먼저 넣어 주었다. 그뿐이랴! 빨간 산딸기와 뽕나무에 열린 오디도 따주고, 메뚜기를 잡아 구워 준 기억, 그리고 까마중을 따 먹고 퍼레진 이와 입술을 보며 서로 깔깔거린 추억도 있다.

그렇게 오빠들이 나를 자상하게 챙겨 줬던 건 아버지 덕분이라고도 할 수 있다. 남아선호 사상이 강했던 그때 아버지는 나를 딸이라고 해서 차별하지 않고 오빠와 똑같이 귀하게 키우셨다. 아니, 오히려 내게 기회를 더 많이 주고 싶어 하셨다. 우리 아버지처럼 딸을 키우는 사람은 온 동리를 다 찾아봐도 없었다.

당시 딸은 집안일이나 돕고, 남자 형제들을 뒷바라지하는 살림 밑천으로 생각했기 때문에 딸도 공부해야 한다고 생각하는 사람은 거의 없었다.

법적으로 학령이 되면 학교에 다니는 게 당연한 일이 된 지금과 달리 그때는 학교 교육 시키기가 쉽지 않았다. 특히 온 가족이 총출동해서 일해도 먹고살기가 빠듯했던 시골에서는 더욱 자식들을 공부시키기가 어려웠다. 학비도 문제였지만 일꾼 한 명 몫을 해내는 아이들을 농사에서 떼어내면 바로 생계에 지장이 생기다 보니 공부할 시기를 놓치기 일쑤였다.

그렇게 남자도 공부하기 어려운 때에 여자를 가르친다는 것은 모두 사치로 생각했고, 딸에게 글을 가르치면 시집가서 친정에 편지나 써 보내어 분란만 일으키고, 번거롭게 한다며 아예 책상 근처에도 못 가게 했기 때문에 여자들은 대부분 글을 읽거나 쓸 줄 모르는 문맹자들이었다. 아버지는 그런 상황을 무척 답답해하셨다.

아버지는 점점 심해지는 일제의 수탈로 이미 몰락해 가는 농촌에서 땅만 보고 사는 시대는 끝났는데도 고리타분한 옛 생각에만 사로잡혀 자식들을 가르치지 않는다면 어떻게 새로운 시대를 살아가겠느냐고 하시며 앞으로는 배움을 통해 의식을 깨우치고 새로운 지식을 받아들여야 하며, 남자건 여자건 젊건 늙었건 무조건 배워야 한다고 하셨다.

당장 먹고사는 것도 중요하지만 형편이 어려우면 마을이 합심하여 한 사람이라도 잘 가르치면 그 마을이 살아날 수 있다고 하시면서 잘 배운 사람이 다른 사람들을 가르치고 이끌어 결국 마을 전체가 살 수 있으니 아버지의 사촌 승휴와 육촌 상휴부터 학교에 보내자고 집안 어른들을 설득하고 또 설득하셨다.

　그렇게 어려운 상황에서 학교에 다니게 된 두 분은 20리 길을 멀다 않고 매일 새벽에 집을 나섰고, 누구보다 열심히 공부했다. 그리고 아버지의 청을 받아들여 야학 선생님으로 마을 사람들을 가르쳤다. 아버지는 대단한 선각자나 농촌계몽운동가는 아니셨지만, 우리 마을에서만큼은 문맹자가 없어야 한다는 생각이 확고하셨기 때문에 젊은 형제들을 선생님으로 삼아 야학을 여셨다.

　아버지는 길손들이 머물던 사랑방을 교실로 꾸미셨다. 창 없는 벽에는 종이를 걸어 칠판처럼 사용할 수 있도록 했고, 바닥에는 방석을 깔아 한 사람씩 앉아 공부할 수 있도록 만들었다. 밤마다 우리 집에 청년들이 몰려왔고, 그들에게 두 분의 나의 당숙은 한글과 셈을 가르쳤다. 낮에 일하고 밤에 공부하는 게 쉬운 일은 아니었지만, 얼굴에 잠을 가득 담고 있으면서도 누구 한 사람 조는 법이 없을 정도로 배움의 열망은 뜨거웠다.

　나는 그 면학 분위기가 너무 좋았다. 평소에 어른이라고 생각했던 마을 청년들이 한참 동생뻘인 선생님에게 주뼛거리며 질문하는 모습도 신기했고, 그림 같이 생긴 글자를 맞춰 문장을 만드는 것도 재밌었다. 그래서 저녁나절이면 나도 슬그머니 사랑방에 가서 한 자리 차지하고 앉았다. 그런 나를 보고 마을 청년들이 "너는 왜 여기 있니? 밖에 나가서 놀아."라고 했지만, 아버지와 당숙들이 눈감아 주어서 야학 청강생으로 매일 수업을 들을 수 있었다.

아버지나 당숙들은 내가 야학이라는 새로운 문화가 신기해서 그 방에 들어오는 거로 생각하셨겠지만 나는 진심으로 공부하는 게 너무나 재미 있었다. 그래서 수업이 없는 낮에는 혼자 사랑방에 들어가 벽에 써 놓은 종이를 보고 숫자와 글씨를 써 보곤 했다. 처음에는 삐뚤빼뚤해서 글자 인지 그림인지 분간하기 어려울 정도였지만 얼마 지나자 글자는 어느 정 도 모양새를 갖추기 시작했다. 하지만 숫자 쓰기는 쉽게 능숙해지지 않 았다. 가장 아리송한 숫자는 8이었다. 이렇게 저렇게 방향을 바꿔가며 동그라미를 그렸지만, 애를 써 봐도 두 개가 바짝 붙질 않았다. 결국에는 8자를 쓸 때면 먼저 둥글게 두 개의 원을 그리고 그 사이에 줄을 그어 연 결했다.

그렇게 아무도 모르게 혼자서 글자와 숫자를 익혀 가고 있었는데 우연 한 일로 내 실력이 탄로가 났다. 아버지가 장터에 가셨다가 분홍색 전도 지를 받아 오셨는데 그걸 보고 내가 무심코 읽어버린 것이다. 정확하게 뭘 읽었는지 그 내용이 생각나지는 않지만, 세로로 쓰인 문장을 띄엄띄 엄 읽어 나갈 때마다 아버지는 "네가 이걸 어떻게 아냐?"고 깜짝 놀라시 면서 내 머리를 몇 번이고 쓰다듬어 주셨다.

그리고 바로 그날 밤 아버지는 교실 한쪽에 내 자리를 정식으로 마련 해 주셨다. 어깨너머로 배웠는데도 혼자서 한글을 떼었으니 이젠 정식으로 배워 실력을 익히라는 뜻이었다. 아버지는 아들이건 딸이건 공부를 해야 살 수 있다고 하시면서 아버지 세대는 까막눈들이 많아 나라도 잃고 길도 찾을 수 없었지만, 우리 세대는 교육을 통해 앞으로 나아갈 수 있을 거라고 하시며 내가 한글을 익힌 걸 너무너무 기뻐하셨다.

제2절

히말라야의 노새

(사랑하는 나의 아버지와 어머니)

히말라야에서

짐 지고 가는 노새를 보고

그는 울었다고 했다

아버지, 어머니!

평생 짐을 지고 고달프게 살았던 두 분

생각이 나서 울었다고 했다

그때부터 나는 그를

다르게 보게 되었다

(박경리 詩 〈희말라야의 노새〉 각색)

내가 글 깨우치는 것을 보고 아버지가 그토록 기뻐하신 것은 본인께서 정규 교육 기회를 얻지 못하고 자란 것이 너무 아쉬웠기 때문이 아닐까 하는 생각이 든다. 비록 산골이었지만 선비 집안의 장손이었는데 학교에 다니지 못한 건 어려서 부모님을 여의고 조손가정에서 자랐기 때문이다. 할머니는 아버지가 돌이 채 되기도 전에 돌아가셨고, 할아버지는 3년 더 사시다가 세상을 떠나셨다. 그래서 한학자였던 증조할아버지께 한학을 배우시기는 했지만, 신식 학교에는 다니지 못하신 것이었다.

4살에 부모를 모두 여읜 내 아버지 신영휴(申榮休)는 증조할머니와 대고모들 품에서 크셨는데, 부모 없는 손자에 대한 가족들의 사랑이 얼마나 각별하셨던지 아버지는 10살 차이도 더 나는 대고모들을 호령하며 집안의 작은 권력자로 군림하며 살았다고 한다. 아침에 제일 먼저 일어나서 식구들을 깨우길 좋아하셨던 아버지 때문에 대고모들은 새벽에 일어났다가도 아버지가 일어나는 시간에 맞춰 일부러 자는 척해 주셨고, 제일 맛나고 좋은 음식은 아버지 앞에 놔주셨다고 한다. 그렇게 온 식구의 응석받이로 자란 아버지는 세상에 무서운 게 없었고, 당신이 원하면 뭐든지 할 수 있다고 생각하셨다고 한다.

그런 자신감이 꺾인 것은 9세 때 증조할머니가 돌아가셨을 때였다. 엄마처럼 품어 주시던 분이 돌아가시자 아버지는 그야말로 끈 떨어진 연 같은 신세가 되어 버린 것이었다. 잘 돌봐 주시던 대고모들마저 이미 혼처가 정해져 있던 터라 결혼하여 집을 떠난 후로는 전처럼 보살펴 줄 사람이 아무도 없었다.

가장으로서 증조할아버지의 시름도 깊어만 갔다. 장남과 맏며느리를 잃으면서 한 번 휘청거렸던 살림이 아내마저 세상을 뜨면서 확연하게 힘들어졌기 때문이다. 둘째 아들인 종조부라도 곁에 계셨다면 그나마 든든했을 텐데, 그분은 역마살이 끼었는지 밖으로만 돌 뿐 당최 집에 머물질 않았고, 한 번 출타하면 반년 이상 소식도 없이 지내다가 불현듯 집에 와서 며칠 손님처럼 머물다 떠나셨는데 그때마다 아이가 생겨 아버지 얼굴도 잘 모르는 증손주 4남매까지 증조할아버지가 돌보셔야 했다. 그나마 남아 계신 종조모는 앞을 분간하지 못할 정도로 시력이 약해 살림을 맡아 하실 수 없는 상태여서 머슴들의 도움을 받아 살림을 꾸려 갈 수밖에 없었는데, 머슴들은 시키는 일만 할 뿐 알아서 척척 해 줄 사람들이 아니었다.

증조할아버지께서 자식들로부터 봉양받으셔야 할 연세에 그런 상황을 당하다 보니 어린 손주들을 학교에 보내겠다고 생각할 겨를은 더더구나 없으셨을 것이다. 증조할머니의 죽음은 아버지가 맞닥뜨린 최초의 시련이자 어른의 세계로 첫발을 내딛게 된 계기였고 어린 나이에 진학에 대한 기대는 접고 부모 없는 집안의 가장으로 살아가야 할 각오를 하는 수밖에 없었다.

　부모님들과 할머니의 사망으로 어린 나이에 가장의 무게를 떠안으셨다면, 어머니와의 혼례는 아버지를 어른으로 만들어 준 성인식과 같은 사건이었다. 그 당시는 조혼이 성행할 때이긴 했지만 아버지는 열네 살 어린 나이에 세 살 위인 어머니를 만나셨으니 그야말로 꼬마 신랑이었다. 증조할아버지는 증손부를 결정하는 데 매우 고심하셨다고 한다. 아버지와 무던하게 잘 지낼 수 있는 사람일 뿐 아니라 층층시하를 견뎌 내고, 살림을 책임질 수 있으려면 무엇보다 품이 넉넉하고 지혜로운 여자여야 한다고 강조하셨는데 어머니 권용현(權容賢)은 증조할아버지가 오랫동안 찾고 골라서 정해 준 천생배필이었다.

　아버지의 가문은 보한재(保閑齋) 신숙주의 후손인 학자 집안으로 가문에 대한 자부심과 긍지가 매우 높았다. 증조할아버지는 그런 분의 후손으로서 부끄럽지 않도록 항상 양반으로서의 법도와 품격을 지키는 것을 강조하셨기 때문에 유교적 전통이 강한 안동 권씨의 명망 있는 양반가의 딸로서 유교적 덕성을 교육받은 어머니가 집안의 며느리로 적격이라 생각하신 것이다.

어린 아버지는 낯선 땅 충남 공주의 장가에 와서 혼례를 치른다는 것이 두렵고 떨렸지만, 녹의홍상에 원삼 족두리를 한 어머니가 마당에 깔아 놓은 하얀 광목을 밟으며 초례청으로 걸어오는 그 걸음새가 어찌나 진중하고 믿음직스러운지 자신도 모르게 "이 사람과 함께라면 어려운 집안을 꾸려 나가는 데 뭐든지 할 수 있겠다."라는 생각이 들면서 드디어 나도 어른이 되는구나, 하는 생각이 들었다고 하셨다.

과연, 어머니는 결혼하자마자 반가(班家)의 기품 있는 안녀자로서 실질적인 안주인 역할을 톡톡히 해내셨다. 고된 노동과 인내를 요구했지만, 집안을 관리하고, 연로하신 증조할아버지와 종조모를 섬기고, 한시도 가만히 있지 않고 짓궂게 장난치는 어린 시동생들에겐 사랑을 베풀면서 집안의 질서를 세워 나갔다.

하지만 어머니에게도 고민은 있었다. 어디로 튈지 모르는 어린 시동생들이 어머니의 가장 큰 고민거리였다. 어머니가 결혼하셨을 때 시동생들은 한창 장난칠 나이였다. 터울도 없어서 어려서부터 친구처럼 지냈던 승휴, 경휴 두 시동생(나에게는 당숙)들은 종일 함께 다니며 말썽을 피우고 다녔다. 눈 오는 날이면 방 양쪽에 있는 문을 다 열어 놓고 서로 눈싸움해서 집안을 온통 물바다로 만들어 놓았고, 어머니 물건 중에 신기한 게 있으면 가지고 놀다가 망가뜨리기 일쑤였다.

특히 벼룻집을 갖고 놀길 좋아했는데 그걸로 뭘 했는지는 모르지만, 툭하면 논바닥에 놓고 와서 어머니가 그걸 찾느라 애를 먹었다고 하셨다. 어머니의 애장품이었던 벼룻집은 아버지가 어머니에게 만들어 주신 첫 선물이었다. 학자 집안으로 글과 그림을 잘하신 어머니를 자랑스럽게 여긴 아버지가 글을 놓지 말라는 의미로 벼룻집을 선물하신 것이다. 그런데 그렇게 귀한 것을 어린 시동생들이 장난감 굴리듯 가지고 놀다가 논바닥에 그대로 놓고 오곤 한 것이다. 아버지는 어머니께 "벼룻집 관리도 제대로 못 한다."라며 못내 서운해하셨지만, 어머니는 아버지께 솔직하게 말씀드리지 못하고 속만 태우셨다.

갓 시집온 새댁이 어린 시동생들에게 가르치듯 큰 소리를 내면 집안에 분란이 일어날 것이 뻔했기 때문에 억지로 참아 넘기셨는데 그럴수록 그들의 짓궂음이 점점 심해져 어머니를 곤혹스럽게 했다. 더 곤란하게 했던 건 그들이 제수용으로 준비한 곶감, 대추, 밤 같은 과일을 몰래 먹어 버리는 것이었다. 손이 닿지 않는 장롱 위에 감춰두면 그걸 찾겠다고 목말을 타다 넘어져 다치기도 하고, 장롱에 두면 자물쇠를 부숴 문짝을 새로 달기도 했다. 그때는 명절을 포함해 4대조까지 기제사를 모셨기 때문에 일 년에 열 번 이상 제사를 지냈는데 날짜에 맞춰 제사상에 올릴 과일이 없으면 종조모께서는 어머니를 불러 제수 관리하나 철저히 못 하냐고 불호령을 내리셨는데 어머니는 시동생들이 철들 때까지 그 숨바꼭질을 계속하셨다고 한다.

그렇게 부대끼면서 어머니와 시동생들은 미운 정 고운 정이 다 든 진짜 가족이 되었다. 어머니는 시동생들의 동선을 손금 보듯 훤하게 알고 계셨고, 시동생들은 뭐든 너그럽게 이해해 주는 어머니를 진심으로 따랐다. 특히 큰시동생은 학교에 다니기 시작하면서부터 어머니를 더욱 의지하였다. 작은할머니와 달리 어머니는 글 모르는 사람들을 대신하여 편지를 써 줄 정도로 글을 읽고 쓰는 데 능숙하신 데다가 하는 얘기는 뭐든 다 들어 주셨기 때문에 집안에서 유일하게 우리 어머니께만 속마음을 털어놓았다.

어머니는 점심나절에 지은 밥을 한 그릇 따로 담아 솥 안에 넣어두셨다가 큰시동생이 학교에서 돌아오면 꺼내어 따끈따끈한 밥상을 차려 주셨는데 그때 어머니께 학교에서 있었던 일부터 공부에 대한 고민, 교우 관계, 장래 희망까지 미주알고주알 다 의논하면서 힘든 학창 시절을 견뎌 냈다고 한다. 그리고 어머니가 혼인하고 2년째 되던 해에 내 오빠 창우를 낳으셨는데 공교롭게 종조모도 동시에 셋째 아들 병휴를 낳으셨고, 젖이 말라 아이에게 물릴 수 없는 상황이라 어머니가 오빠와 함께 키우셨다.

어머니는 당신의 이부자리 옆에 이불 두 채를 반듯하게 펼쳐 놓고, 오빠와 셋째 시동생에게 젖을 물리고, 등을 두드려 트림시키고, 기저귀를 갈아 주고, 칭얼대면 안아서 재워 주었다. 갓난아기 때부터 품에 안고 키워서인지 어머니는 '도련님'이라 하지 않고 '아가'라고 부르셨다. 셋째 시동생도 어머니를 형수라 불렀지만 위급하거나 부끄러워 '엄마'가 필요한 순간이 되면 종조모보다 우리 어머니의 치마꼬리를 붙잡고 그 품속으로 파고들었다.

그 후 어머니는 내 남동생 찬우와 동갑인 당고모 옥희에게도 젖을 물리셨고, 걸음마를 가르치셨으며 머리를 빗겨 반듯하게 앞가르마도 타 주셨다. 그렇게 어머니는 당신 자식들뿐 아니라 연로하신 종조모의 자식들에게도 그 품을 열어 기꺼이 '엄마'가 되어 주셨다. 그런 어머니를 보면서 마을 어른들은 일찍 부모를 여읜 아버지를 위해 할아버지, 할머니가 하늘에서 점지해 준 선물이라고 하시면서 후덕한 며느리가 집안에 들어와 온 가족을 살린다고 흐뭇해하셨다.

실제로 어머니가 며느리로 들어오신 후로 집안은 눈에 띄게 평안해졌다. 어머니는 종조모와 함께 첫 자식으로 아들을 낳아 자손도 번창시켰고, 집안일은 물론 논일과 밭일을 가리지 않고, 밤낮없이 일하시며 장정 한 사람 몫을 거뜬히 해내셨다. 그런 어머니가 마음에 걸려 했던 것은 계집애인 나를 낳은 일이었다. 첫째 찬우가 아들이었지만 자식 욕심이 많으셨던 증조할아버지는 둘째 역시 아들이길 바라셨는데 딸을 낳아서 무척 서운해하셨다며 증조할아버지 생전에 아들 형제를 안겨 드리지 못한 게 두고두고 죄송하다고 하셨다.

하지만 막상 증조할아버지는 내가 딸이라 해서 차별하지는 않고 사랑해 주셨다. 부모 없이 자랐는데도 좋은 배필을 만나 든든하게 가정을 세워 나가는 아버지를 보시며 누구보다 자랑스러워하셨던 증조할아버지는 창우 오빠와 나도 예뻐하셨다. 거동이 불편하셔서 돌아가시기 전까지 오랜 시간 자리보전하고 누워 계셨는데도 우리를 보실 때면 항상 흐물흐물한 입 사이로 웃음을 지으며 손을 내밀어 머리를 쓰다듬어 주셨다. 그리고 뭔가 알아들을 수 없는 말씀을 하시곤 했는데 지금 생각해 보면 아마도 잘돼라는 덕담이었던 것 같다.

증조할아버지는 평생 애지중지 키운 손자가 결혼해서 자식을 낳아 잘 사는 모습까지 보시고, 여한 없이 편안하게 돌아가셨다. 증조할아버지가 돌아가신 날, 아버지가 삼베옷 속에 얼굴을 묻고 슬프게 우셨던 모습과 청승맞도록 구슬픈 상엿소리에 맞춰 천천히 움직이는 꽃상여의 뒤를 따르던 어머니의 움츠러든 어깨가 자주 흔들렸던 기억이 난다. 스물다섯, 스물여덟에 세 아이 창우, 재우, 찬우의 부모이자 집안의 어른이 된 아버지와 어머니는 꽃상여만큼이나 무거운 가장의 책임을 지고, 울긋불긋한 만장을 따라 뒷동산 고갯마루 선산에 있는 장지까지 하염없이 걸어갔다.

바벨론 강가에서

(나라 잃은 백성의 고달픈 삶)

"우리가 바벨론의

여러 강변 거기 앉아서

시온을 기억하며 울었도다

그중의 버드나무에

우리가 우리의 수금을 걸었나니

이는 우리를 사로잡은 자가

거기서 우리에게 노래를 청하며

우리를 황폐케 한 자가 기쁨을 청하고

자기들을 위하여 시온 노래 중

하나를 노래하라 함이로다

우리가 이방 땅에서

어찌 여호와의 노래를 부를꼬"

(시편 137편 1~4절)

일제는 만주사변, 중일전쟁, 태평양전쟁을 연이어 벌이면서 마른행주 쥐어짜듯 식민지에 대한 공출을 자행했다. 게다가 온 농촌을 휩쓸고 간 유례없는 흉작이 몇 년간 지속되면서 농촌의 땅들은 황무지처럼 메말라 갔고 도저히 삶을 지탱해 가기가 어려워졌다. 우리 산골 마을은 흉년의 직격탄을 맞지는 않았기 때문에 아침에는 밥을 먹고 저녁에는 죽을 먹는 조반석죽(早飯夕粥)이 가능했지만 갈수록 촘촘해지는 공출 품목으로 인해 붕괴되기 직전이었다. 땀 흘려 얻은 결실을 도둑맞는 어두운 시대에 땅의 정직성만 믿고 버티는 건 무의미했다.

가장으로서 아버지가 내린 첫 결단은 청주 시내로의 이주였다. 희망이 보이지 않는 농촌을 뒤로 하고 살길을 찾아 청주 시내로 떠나기로 하신 것이었다. 우리가 청주로 간다는 소식이 마을에 퍼지자 어른들은 하나같이 서운해하셨다. 그렇지만 누구도 아버지를 말리거나 붙잡지는 않으셨다. 어느 한 사람 꼭 짚어 말씀하시진 않았지만 젊은 사람들은 살길을 찾아 도시로 갈 수밖에 없다고 생각하셨기 때문이었다.

땅을 모두 처분하고 온 가족을 불러 모아 이제부터는 청주에서 살게 될 거라고 말씀하셨지만 막상 떠날 때는 큰당숙 승휴만 데리고 가시고 종조모와 함께 작은당숙 경휴와 어린 막내당숙 병휴 그리고 나보다도 어린 당고모 옥희는 고향에 남기로 했다. 책상물림으로 글만 읽어서 세상 물정에 어두운 큰당숙과 달리 작은당숙은 체격이 튼실해 밭일에도 능숙하고, 세상 사는 이치에 밝아 가족을 두루두루 잘 보살폈기 때문이다.

우선 큰당숙만 데리고 청주로 간 다른 또 하나의 이유는 청주에서 직업을 찾기가 호락호락하지 않았기 때문이었다. 청주에서 일자리를 여러 곳 알아보셨지만, 아버지를 받아 주는 곳은 찾아볼 수가 없었다. 시골에서야 일본어를 몰라도 전혀 불편함을 느끼지 못했지만 도시는 달랐다. 학교는 물론 관공서에서도 일본어만 사용했기 때문에 일본어 문맹은 취업하는 데 있어 큰 장벽이었다. 언어라는 게 하루아침에 습득되는 것이 아니기 때문에 아버지는 결국 청주에서 취직하는 걸 포기하고 장사를 하기로 했다.

아버지에게 청주는 농부가 모내기할 때의 논과 같은 곳이었다. 어떤 알곡으로 자랄지 모르지만, 아버지는 못자리를 만들 때처럼 정성을 다해 가게를 내셨다. 취직하기를 포기하고 장사로 마음을 돌렸을 때 마침 두 집이 아버지 눈에 들어왔는데 가격이나 목이 마침 마음에 들 길 하나를 사이에 두고 한쪽에는 잡화점을, 그 건너편에는 빙과와 과자류 가게를 열고 가족들을 불러들였다. 장사 경험은 없었지만, 의욕만은 충만했던 아버지는 장사에 전 재산을 투자하신 것이었다.

여름이 시작될 무렵이었기 때문에 삼복더위를 겨냥해 빙수와 '아스께끼(아이스바)' 장사로 반짝 돈을 벌어 종잣돈을 만들 요량으로 초여름에 가게를 열었는데 불행하게도 그 전략은 완전히 실패로 돌아갔다. 농사만 하늘과 동업해야 하는 줄 알았는데 장사도 마찬가지였다. 여름은 항상 무덥다는 기본 상식을 깨고 그해 여름은 석 달 내내 장마가 계속되어 6월 중순부터 9월 초까지 비가 쏟아졌다. 어쩌다 하루 이틀 개는 날에도 구름이 두껍게 끼어 있어 젖은 땅을 말리지 못했다.

장사를 시작하기 전에는 사람들로 북적거리던 거리가 한산해졌고, 그나마 오가는 사람들은 바삐 지나갈 뿐 잡화점이나 빙과가게에는 눈길도 주지 않았고 계속되는 비로 인해 한여름인데도 한기가 들어 빙과를 사먹는 사람이 없어 가게는 개점휴업 상태였다. 그렇게 마수걸이(첫 판매)조차 하지 못하는 날이 늘면서 빙과류는 다 녹아서 형체가 없어져 버렸고 과자에는 하얗게 곰팡이가 피었다. 아버지는 양쪽 가게를 부지런히 오가면서 물기를 닦고 말렸지만 야속한 비는 그치지 않았다.

그 와중에 집안 제사가 있어 어머니는 제사 준비를 위해 우리를 데리고 먼저 시골에 내려갔고, 아버지는 기일에 맞춰 오시기로 했다. 그런데 제삿날이 되어도 아버지가 오시지 않았다. 제사상을 물리고, 제기 정리를 마칠 때까지 아버지가 오시지 않자, 어머니는 새벽이 밝자마자 우리를 데리고 청주로 올라가 곧장 가게로 갔다. 하지만 어떻게 된 걸까? 깨끗이 비어 있는 가게는 굳게 문이 닫혀 있었고, 아버지의 흔적은 어디에도 남아 있지 않았다. 불길한 예감에 어머니는 우리를 데리고 부랴부랴 집으로 가 봤지만, 거기에도 아버지는 안 계셨다. 쪽지 한 장 남기지 않고, 아버지는 진열해 놓았던 제품들은 물론 재고까지 모두 폐기하고 사라지셨다. 가게를 개점한 지 석달 만이었다.

아는 사람 하나 없는 청주에 홀로 남겨진 어머니는 어쩔 수 없이 다시 고향으로 돌아가셨다. 우리 땅은 다 팔아 없어졌지만, 고향에는 종답이 있었기 때문이었다. 우리 것이 아니고 종중 소유였지만 고향 인심이 온 재산을 다 잃고 돌아온 종손을 마다하지 않을 거라는 걸 알고 계셨던 어머니는 그 땅이라도 부치고 살아야겠다는 생각으로 귀향을 결심하신 것이다.

하지만 고향도 예전 같지 않았다. 계절이 바뀔 때마다 옷을 바꿔 입으며 다양한 먹거리들을 내놓았던 산은 식민지 백성들의 마음처럼 황폐해 벌거숭이가 되었고, 들판은 황량해졌다. 어릴 때 동네 오빠들과 함께 따 먹던 오디며 버찌 같은 열매들도 찾아보기가 어려웠다. 어쩌다 나무에 걸린 걸 봐도 나 같은 조무래기까지 차례가 오지 않았다. 고향에 와도 진달래 먹고 다람쥐 쫓던 그 시절은 어디로 가고 여전히 배가 고팠고, 살기가 너무나 팍팍했다.

그래도 나는 고향 집이 좋았다. 모든 게 낯설어 문 열고 나서기가 두려
웠던 청주와 달리 고향은 눈에 띄는 것이 다 익숙했다. 사는 형편이 나빠
져 누구 하나 넉넉한 사람이 없었지만, 마음 씀씀이는 줄지 않아 없는 살
림에도 너나없이 돕고 걱정을 나누며 살았다. 무엇보다 나는 집안에 식
구들이 북적거리는 게 좋았다. 어릴 적부터 대가족에 둘러싸여 살았던
나는 방문을 열면 종조모와 작은당숙, 아가 당숙 그리고 어린 당고모가
보이는 게 너무 좋았다. 식구들 얼굴만 봐도 움츠러들었던 어깨가 쫙 펴
지고 마음이 밝아졌다.

게다가 우리가 없는 사이 집안의 기둥 역할을 하며 진짜 어른이 된 둘
째 당숙이 아버지처럼 우리 식구를 돌봐 줬기 때문에 가장 없는 설움에
서도 벗어날 수 있었다. 아침마다 마당을 쓰는 당숙의 비질 소리를 들을
때마다 마음이 편안하고 안심이 됐다. 아궁이에 불 지피는 소리에 잠들
고, 새벽녘 웅얼거리는 어머니의 기도 소리에 잠이 깨는 생활이 다시 시
작되면서 불안으로 요동치던 내 마음도 차츰 가라앉기 시작했다.

고향에 돌아와 계절이 세 번 바뀌었다. 무덥던 여름이 지나고 바람이
선선해지면서 네 번째 계절을 맞이할 무렵, 소식도 없던 아버지가 돌아
오셨다. 청주에서 장사를 접고 떠나신 지 1년 만이었다. 아버지는 마치
장터에 다녀오신 것처럼 흔연하게 사립문을 열고 들어오셨다. 반가운

마음에 달려가 아버지에게 안기려고 했는데, 아버지가 한사코 나를 밀어 내셨다. 손이라도 잡아 보고 싶었지만, 근처에 오지도 못하게 해 얼굴도 제대로 보지 못했다.

항상 내게 먼저 손을 내밀어 안아 주시던 아버지가 나를 뿌리치는 것 같아 무안하고 서운한 마음에 토라져 문 뒤에 숨었다. 그리고 살짝 고개를 내밀어 아버지를 보는데 뭔가 이상했다. 목 언저리는 우툴두툴하니 헌데투성이였고, 손가락 사이에서는 진물이 나왔다. 그리고 보니 아버지의 얼굴에도 벌깃벌깃한 물집이 여러 군데 보였다. 알고 보니 아버지가 집에 오신 것은 옴을 치료하기 위해서였다. 객지 생활을 하며 옴에 걸렸는데 도무지 낫지 않아 예정보다 빨리 집에 오신 것이다. 비록 피부병에 걸려 우리와 격리된 채 치료를 받으시는 바람에 자주 볼 수는 없었지만, 아버지와 한집에 있다는 것만으로도 나는 든든했다.

이제 아버지까지 오셨으니 앞으로는 다시 고향에서 예전과 같이 살 거라는 생각을 하니 절로 마음이 느긋해졌지만 그런 내 생각과 달리 아버지는 피부병이 낫자마자 다시 청주로 가실 계획을 세우셨다. 그러나 어머니는 청주에서 호된 경험을 했던 터라 꿈쩍도 하지 않으셨다. 땅 판 돈을 갖고 가서도 고생했는데 밑천 없이 무일푼으로 가서 어떻게 살아갈지 겪어보지 않아도 뻔했기 때문이다. 살 집도 정해지지 않았고, 일자리도 없는 상황에서 자식들을 데리고 무작정 고향을 떠나는 게 능사는 아닌데도 아버지는 결심을 바꾸지 않고 어머니를 계속 설득하셨다.

아버지는 우리가 반드시 청주에 가야 하는 이유로 나를 지목하셨다. 그때 나는 7살로 입학할 나이였는데 고향에 내려오는 오는 바람에 학교 문턱도 넘어 보지 못한 채 집에서 동생을 돌보고 있었다. 그런 나를 보시며 다른 건 몰라도 부모로서 자식들 공부는 제때 시켜야 하지 않겠냐는 아버지의 말씀에 결국 어머니도 그 뜻을 따르게 되었고, 결국 우리 가족은 나뭇잎 끝이 붉게 물들기 시작할 때 고향을 다시 떠났다.

아버지는 살 집을 정하자마자 내가 다닐 학교부터 알아보셨다. 하지만 이미 학기가 시작되고 한참 지났을 때라 정식으로 학교에 들어가는 건 불가능했다. 마침 들어갈 수 있는 학교가 하나 있었는데 비록 인지도는 낮았지만, 정식으로 인가받은 학교고 월사금이 저렴해 다행이라고 생각하여 그 학교로 가기로 했다. 학교에 처음 등교하던 날 아버지는 내게 책보를 싸 주시면서 너라면 새 학교에서 충분히 공부를 잘 할 수 있을 거라고 하시면서 독학으로도 한글을 깨쳤는데 선생님께 배우면 얼마나 더 잘하겠느냐며 용기를 북돋아 주셨다.

나는 학교에 다닐 수 있다는 것만으로도 너무 기뻤다. 야학에서 감칠나게 배운 한글이며 숫자 등을 더 많이, 더 확실하게 배워서 나도 어머니처럼 편지도 쓰고, 책도 읽고 싶은 생각이 간절했기 때문에 학교 갈 날만 손꼽아 기다렸었다. 그런데 막상 학교에 가 보니 그토록 고대했던 한글은 배울 수가 없었다. 국어 시간에는 일본어를 가르쳤고, 모든 수업은 일본어로 진행됐다. 한글은 글로 써서도 입 밖으로 내어서도 안 되는 금지

된 언어였다. 어쩌다 친구들끼리 우리말로 이야기하다 선생님께 걸리면 벌을 받았기 때문에 누구도 우리말을 하는 사람은 없었다.

그렇다고 일본어 교육을 철저하게 한 것도 아니었다. 총독부에서는 하루가 멀다고 학생들을 행사에 동원했다. 당시 일본은 중국과 중일전쟁을 벌이고 있었는데 일본군이 승리했다는 소식이 들리면 학생들을 동원해 축하 행사를 벌였다. 승전보가 들려올 때마다 학생들은 거리로 나가서 낮에는 일장기를 흔들며 "반자이! 다이닛본 반자이(大日本 萬歲)"를 외치면서 행진을 벌이고, 밤에는 등불을 들고 전진했다. 무슨 뜻인지 몰랐지만 그런 축하행렬을 '하다 교레스'라고 기억하는데 그런 행사들 때문에 교실보다 길 위에 있는 시간이 더 길었던 것 같았다.

거리 행진이 없을 때도 교실 수업은 거의 하지 않았다. 그 당시 학교는 교육의 전당이라기보다는 일종의 군사 훈련소였다. 식민 통치 이념으로 황국신민 양성을 교육의 목표로 삼은 일제는 어릴 때부터 지식을 가르치기보다는 체력을 단련시키고 군사훈련을 반복하여 언제든 전투에 참여할 수 있는 비상 인력을 키우는 데 집중했다. 공부할 욕심으로 어려운 상황에서도 학교에 다녔는데 기초 일본어 정도만 가르쳐 줄 뿐 셈법이나 과학 같은 건 아예 가르쳐 주지도 않았다. 그러다 보니 학교에 가는 게 점점 재미가 없어졌다.

꿈꾸던 청주 생활이 산산조각이 난 것은 어린 나만이 아니었다. 아버지는 더 큰 어려움을 겪고 계셨다. 일제의 식민지 정책이 강화되면서 관은 물론 교육계와 상업계까지 주요 분야를 일본인들이 장악하면서 조선인들이 설 땅은 점점 줄어들었다. 그러다 보니 생계의 최전선에서 가까스로 버티던 사람들조차 거리로 내몰렸고, 일자리 잃은 사람들은 살길을 찾아 헤맸다. 아버지도 그런 사람 중 하나였다.

아버지는 1년 동안 객지를 떠돌며 맺어 놓은 인맥으로 부동산 중개 보조로 일하셨는데 일제의 식민지 정책 강화로 그것마저 물거품이 되어 버렸다. 하루 벌어 하루 먹고살아도 밤이면 등 기대고 누워서 잘 방이 있었던 사람들마저 빈민층으로 몰락하면서 부동산 거래도 뚝 끊겼다. 아버지는 부동산 중개업자에게 사람을 소개해 주고 계약이 성사되면 약간의 소개비를 받았는데 그 수입조차 끊긴 것이다.

생활은 점점 어려워지고 끼니마저 넘기는 날이 많아졌다. 아침은 굶고 점심은 건너뛰고, 저녁은 멀건 죽으로 때웠는데 그나마도 없을 때는 냉수만 들이켰다. 배고픈 나날의 시작이었다. 이웃들과 꽤 친해졌지만, 누구도 서로를 도울 수 없는 지경이었다. 우리 집 쌀독만 빈 게 아니었기 때문이다. 끼니때가 돼도 동네에 밥 짓는 냄새가 나지 않았다. '하루 세끼'는 고사하고 한 달에 9끼를 먹는 '3순9식(三旬九食)'도 감지덕지하던 그때는 누구나 춥고 배고파 날마다 눈물 밥을 먹으며 하루하루를 연명했다.

배고픔에 단련이 된 우리 형제들은 배가 고파도 징징대거나 칭얼거리지 않았다. 허리가 폭 고꾸라질 것처럼 배가 고파도 밥을 달라고 졸라 본 적도 없었다. 생떼를 쓴다고 밥이 생기는 게 아니라는 걸 어린 마음에도 알고 있었기 때문이다. 배고픈 것보다 더 무서운 건 집세가 밀리는 것이었다. 배고픈 건 참으면 되지만 집세를 못 내면 쫓겨나 식구들이 뿔뿔이 흩어질 텐데 그건 죽기보다 무서웠다. 그래서 집주인이 올 때마다 두려움에 오금이 저렸다. 집세를 받지 못한 집주인은 불시에 찾아와 한바탕 집안을 뒤집어 놓곤 했다. 방세를 내라고 닦달했지만, 아버지는 고개를 숙인 채 아무 말도 하지 못했다.

아버지를 윽박질러도 아무 소용이 없자 집주인은 당장 집을 비우라고 하면서 문짝을 떼어가 버렸다. 그때가 10월 말이었는데 문을 닫아도 한 기가 드는 늦가을에 문짝이 없으니 나무를 덧대 막아도 찬바람이 그대로 들어왔다. 한뎃잠 자듯 방안에서 바람을 맞으며 지냈지만 그래도 우리는 그 집에서 살 수 있는 게 다행이라고 생각했다. 문짝이 사라지면서 우리 집 사정이 이웃들에게 다 공개가 돼 버렸다. 판자로 얼기설기 덧댄 우리 방을 보면서 동네 사람들이 하나둘 걱정하더니, 하루는 어머니와 친하게 지내시던 분이 찾아와 나를 '애보개'로 보내면 어떻겠냐고 물으셨다. 온 식구가 모여 앉아 배를 곯느니 일할 수 있는 아이는 밥이라도 먹게 해야 하지 않겠냐고 했다.

그 말을 듣는데 나는 가슴이 철렁 내려앉았다. 애보개라면 나도 본 적이 있었기 때문이었다. 점심나절이면 포대기에 아기를 업은 내 또래 여자아이들이 줄이어 공장으로 가면 헐레벌떡 뛰어나온 젊은 엄마들이 아기를 받아 안고 젖을 물리는 모습이었다. 점심시간에 짬을 낸 젊은 엄마들은 아기가 젖을 다 먹자마자 바로 공장으로 돌아갔다. 그때부터 애보개들은 아기를 업고 골목길을 서성이거나 시장을 돌아다니면서 아기를 돌봤다.

평소에 그런 아이들을 봐도 남의 일이라 생각하며 눈여겨보지 않았는데 내가 그 처지가 된다고 생각하니 덜컥 겁이 났다. 솔직히 아기를 돌보는 건 무섭지 않았다. 집에서도 4살 터울이 지는 동생 담당은 나였기 때문이다. 어머니 대신 내가 동생을 업어서 재우고, 기저귀도 갈아 줬기 때문에 아기는 얼마든지 돌볼 자신이 있었다. 하지만 남의 집에서 사는 건 자신 없었다. 생판 모르는 남과 살아야 한다고 생각하니 다리에 힘이 확 풀렸다. 가슴이 두방망이질하여 서 있을 수가 없었다. 나는 어머니가 펄쩍 뛰며 화내시길 바라면서 어머니 치마폭에 얼굴을 묻었지만, 어머니는 가타부타 아무 말씀도 하지 않으셨다. 그러자 슬쩍 지나가듯 얘기를 꺼내셨던 아주머니가 본격적으로 어머니를 설득하기 시작했다. 아주머니는 지금이 아니면 나를 애보개로 보내기 힘들다고 하시면서 아기 엄마가 좋은 사람이니 걱정하지 말고 자리 있을 때 기회를 잡으라고 하셨다.

그 당시 청주에는 일본인이 경영하는 제사공장이 있었다. 일제는 외화벌이에 좋은 비단을 수출하기 위해 농촌에 뽕나무와 누에를 키우게 하여 싼값에 원료를 사들이고, 도시에는 실 뽑는 제사공장을 세워 어린 여성들의 노동력을 착취하였다. 하루 12시간 이상 일해도 25전 정도밖에 받지 못하는 박봉이었지만 공장 자리를 얻기도 하늘의 별 따기였다. 그 당시 냉면 한 그릇이 10전이었으니 이만저만한 노동력 착취가 아니었지만 모두 한 푼이 아쉬운 때라 여공 대부분은 일자리를 잃지 않으려고 만삭 때까지 야근하고, 아기를 낳자마자 출근했다.

그때 아기 엄마들에게 애보개가 필요했던 것이었다. 애보개는 엄마가 공장에서 일하는 동안 아기를 돌보고, 아기 엄마와 시간을 맞춰 공장 앞으로 가서 아기에게 젖을 먹였다. 그렇게 종일 아기를 돌봐도 밥만 주면 일하겠다는 지원자가 차고 넘쳤기 때문에 돈도 주지 않았다. 아기 엄마들은 애보개로 눈썰미 있고, 똘똘하지만 밥을 덜 축내는 나이 어린 여자아이를 선호했는데 그런 조건을 따져볼 때 나는 적격이었다. 결국 어머니는 마지못해 나를 애보개로 보내는 걸 허락하셨고, 나는 당장 다음 날부터 일하기로 했다.

막상 그렇게 결정이 나자 마음이 편했다. 이왕 결정된 거 불평하지 말고 잘해 보자는 생각까지 들었다. 그렇게 단단히 마음을 먹고 집을 나섰는데 막상 아기를 보자마자 용기가 확 꺾여버렸다. 생각했던 것보다 아기가 너무 컸기 때문이다. 아기의 다리가 내 팔뚝보다 굵었고, 힘도 억세서 아기가 움켜잡으면 중심을 잃고 휘청거릴 정도였다. 게다가 어찌나 손을 타던지 잠시도 가만히 있지 않았다. 업으면 내리겠다고 버둥대고, 눕히면 가시에 찔린 것처럼 자지러지게 울었다. 그래서 계속 업거나 안고 있었는데 아기가 너무 무거워서 포대기로 꽁꽁 싸매도 자꾸만 흘러내려 두 손으로 붙잡고 있어야 했다.

문제는 젖 먹이러 공장에 갈 때였다. 내 체구가 작다 보니 포대기에 둘러업고 꽁꽁 동여매도 아기가 한 번 버둥거리면 줄줄 흘러내렸다. 혹여 아기를 떨어뜨릴까 봐 허리를 굽히고, 두 손으로 아기를 받쳐 들고 조심조심 걸었지만, 업힌 자세가 불편했던지 아기는 낑낑거리며 짜증을 냈고, 급기야 '빽' 하고 울어댔다. 한 번 터진 울음보는 좀처럼 그치지 않아서 골목 끝에 도착할 때까지도 계속됐다.

그런 모습을 보다 못해 한 동네 사는 할머니가 당신의 손녀와 아기를 바꿔서 업게 해 주셨다. 할머니도 점심때마다 공장에 가서 며느리를 만나 손녀에게 젖을 물리게 하셨는데, 그 아기는 몸도 작고, 얌전해서 업고 가기가 훨씬 수월했다. 그러다 보니 점점 요령이 생겨 공장에 갈 때쯤 아기가 혹 울지 않고 잘 놀면 허벅지를 살짝 꼬집었다. 깜짝 놀란 아이가 '빽' 하고 울음을 터뜨리면 울음소리를 듣고 할머니가 오셔서 아기를 바꿔 업으셨다.

그렇게 점심시간에 공장에 젖 먹이러 가는 건 동네 할머니의 도움이라도 받을 수 있었는데, 집에서 아기를 업고 일을 하는 것은 너무나 힘들었다. 애보개로 그 집에 들어갈 때 아기 엄마가 집안일을 해 달라고 요구하지는 않았지만, 쌓여 있는 설거지와 빨랫감, 먼지 쌓인 마루를 보고 가만히 앉아 있을 수가 없었다. 오밤중에 퇴근해서 꼭두새벽에 출근하는 아기 엄마는 겨우 밥만 지어 먹을 뿐 집안일을 할 겨를이 없었기 때문에 나 말고는 살림할 사람이 없었다.

처음에는 아침밥 먹고 한쪽으로 치워 둔 상만 치웠는데, 설거지하면서 부엌을 치우다 보니 방도 닦게 되고, 기저귀도 빨게 되었다. 그렇게 시키지 않아도 집안일까지 해 주니 아기 엄마는 너무 좋아했지만 내 몸은 생각보다 너무나 고달팠다. 게다가 아기의 떼는 갈수록 늘었고 한시도 누워 있으려고 하지 않았다. 안거나 업어 주면 밖에 나가자고 떼를 썼고 손바닥만 한 방 하나를 걸레질하는데도 아기를 달래기 위해 골목 끝까지 서너 번은 다녀와야 했다.

아기에게 콧바람이라도 쐬어 주면 훨씬 순해져서 집안일을 마치면 아기를 업고 동네를 한 바퀴 돌았는데, 하루는 그렇게 걷고 또 걸어도 아기가 울음을 그치지 않았다. 그 동네 골목은 빤한데, 갈 데가 마땅치 않아 아기를 업고 우리 집 쪽으로 갔다. 항상 보던 길이 아니니까 아기도 구경할 게 있으니 울지 않을 거로 생각한 것이다. 그런데 참 이상한 게 아기를 업고 가니 기분이 묘했다. 맨날 드나들던 곳인데 마치 남의 집에 가는 것처럼 멋쩍고 어색했다. 자꾸만 느려지는 발걸음을 재촉해서 집 앞까지는 갔는데 선뜻 들어가지지 않아 문 앞에서 서성거렸다.

그 모습을 어머니가 보시고 달려 나오셨다. 그리고 깜짝 놀라셨다. 꾀

죄죄한 모습으로 독만 한 아기를 업고 온 나를 보고 어머니는 "아이고, 세상에 이게 웬일이냐. 굶어도 같이 굶고 살아도 같이 살아야지."라고 하시며 얼른 아기를 받아 안고, 치마 허리춤을 끌어 올려 내 얼굴을 닦아 주셨다.

그날 어머니는 나를 그 집에 보내지 않으셨다. 저녁이 되자 어머니는 아기를 업고 그 집에 가서 아기 엄마를 만나셨다. 그리고 뒤늦게 나를 애보개로 보낸 사실을 알게 된 아버지가 노발대발하셔서 내가 다시 올 수 없게 되었다고 상황을 설명하시며 아기 엄마에게 미안하다고 사과하셨다. 아기 엄마는 일 잘하는 사람을 만나기가 어렵다고 하면서 하루 이틀 더 기다려 줄 테니 아버지를 설득해 달라고 했지만, 어머니는 고개 숙여 사과하시고는 내 짐 보따리를 갖고 오셨다.

그렇게 큰 결심을 하고 어머니는 나를 데리고 집으로 왔지만 얼마 지나지 않아 나를 다른 집에 보내야 하는 상황이 또 벌어졌다. 가족이 다 함께 살기엔 현실의 벽이 너무 높았다. '내 자식은 내 품에서 키우겠다'라는 어머니의 소박한 꿈이 배고파 얼굴이 노래진 자식 앞에서 '일단 먹이고 보자'로 바뀐 것이다. 한 입을 덜어야 하는 게 아니라 한 입이라도 살려야 하는 극한의 상황에서 부모님은 나를 수양딸로 삼고 싶다는 변호사 댁에 보내기로 하셨다.

나를 데리고 가려는 변호사 댁은 밥걱정 같은 건 하지 않을 정도로 부유했고, 두 내외 인성 또한 좋아서 사람들에게 인심을 잃지 않는 분이었다. 어머니와 아버지는 그 집에 대해 자세히 알아보시고, 모두가 입을 모아 칭찬하는 집이라면 나를 친딸처럼 잘 길러 줄 거라 하시면서 나를 그 집에 보내셨다. 그때 나는 애보개로 갔을 때보다 더 싫고 두려웠다. 변호사인 남편이 평양으로 발령받아 곧 이사할 것이라는 소문 때문에 그 집에 가면 부모님과는 영영 이별해야 했기 때문이었다.

부모님과 헤어지긴 죽기보다 싫었지만, 어른들이 결정한 일을 내가 번복할 수는 없어서 울며 겨자 먹기로 그 집에 갔는데 생각지 않은 일이 기다리고 있었다. 그 집에 나 말고 내 또래의 다른 여자아이가 있었다. 매사 꼼꼼하고 빈틈이 없었던 변호사 댁은 며칠 동안 한집에서 지내면서 사람 됨됨이나 성격, 건강 등을 알아본 후에 둘 중에 더 좋은 한 명만 호적에 올리겠다는 것이었다. 지금으로 치면 합숙 면접을 치르면서 최종 합격자를 고르려고 두 명을 집으로 부른 것이다.

그런데 다른 여자애는 마치 그 집에 계속 살았던 것처럼 행동이 자연스럽고 빠릿빠릿했다. 저녁때가 되었으니 밥해 먹자는 변호사 사모님의 말씀에 그 여자아이는 뒤주를 찾아 쌀을 퍼내서 밥을 짓고, 찬거리를 다듬어 반찬을 만들었다. 그 말을 듣고도 멀뚱히 앉아 있던 나와 달리 그 여자아이는 남의 집인데도 눈에 선 게 하나 없이 힘도 들이지 않고 뚝딱 한상을 차려냈다. 그리고 사모님을 불러 한 식구처럼 천연덕스럽게 밥까지 먹었다.

그런 모습을 보자 나는 위축되고 기가 죽었다. 그때까지 나는 어머니를 도와 수저를 놓거나 반찬을 옮겨 담은 적은 있었지만 직접 음식을 만들어 본 적은 없었기 때문이었다. 그런데 그 일을 다 해야 한다고 생각하니 긴장되어 밥맛도 없었다. 남의 집 양딸이 되고 싶진 않았지만 제 밥값도 못 해서 불합격당했다는 얘기도 듣고 싶지도 않았다. 그래서 열심히 밥 짓는 법을 배우고, 눈치껏 살림도 도왔다. 서툴고 부족한 건 어쩔 수 없지만, 최선을 다해 노력하는 모습은 보이고 싶었다. 다행히 변호사 댁에서도 내가 집안일이 서툴다는 이유로 나를 홀대하거나 차별하지는 않으셨고 친절하고 따뜻하게 대해 주셨다.

그러나 결국 나를 양딸로 삼지는 않았는데 불행인지 다행인지 온몸에 부스럼이 난 것이 큰 요인이었다. 집에서야 제때 먹지 못해 영양실조로 그러려니 했는데 변호사 댁에 와서는 잘 먹고 잘 쉬는데도 부스럼이 크게 번졌다. 변호사 댁 사모님은 그런 나를 안쓰럽게 여기며 약도 발라 주시고, 치료 방법도 찾아봐 주셨지만, 피부병을 가진 나를 평양까지 데리고 가는 게 부담스럽다고 하시면서 결국 다른 여자아이를 선택하신 것이다.

나는 불합격이란 말을 듣고 내심 뛸 듯이 기뻤다. 변호사댁에서 살면 말 그대로 등 따습고 배부르게 살 수 있었겠지만 나는 하루 한 끼, 그것도 콩깻묵만 먹어도 어머니, 아버지와 살고 싶었다. 다른 아이가 양딸로 낙점됐다는 말을 듣자마자 나는 두 분께 인사드리고 바로 집으로 돌아갔다. 지난번 애보개로 갔을 때처럼 어머니가 나를 반겨 주실 거로 생각하고 정신없이 달려갔는데 분위기는 영 냉랭했다. 내 예상과는 달리 돌아온 나를 보고 부모님이 당황하시는 것 같았다. 나를 치마폭에 안고 고생했다고 얼굴을 쓸어 주시긴 했지만, 어머니의 표정이 어딘가 난처해 보였다.

그날 밤, 아버지는 창우, 재우, 찬우, 진우 우리 4남매를 앉혀 놓고 앞으로 우리 땅을 떠나 저 멀리 만주에 가서 살게 될 거라고 말씀하셨다. 자식들을 잘 가르쳐볼 요량으로 청주에 왔는데 학교에서는 공부를 가르치지 않고, 형편은 날로 나빠져서 두 번씩이나 딸내미를 남의 집에 애보개로, 수양딸로 보냈으니 그 속이 오죽하셨겠는가. 엎친 데 덮친 격으로 도저히 청주에 살 수 없는 또 다른 이유가 생겨 아버지는 청주에서 더 이상 버티고 살 수가 없다고 하시면서 고모할머니가 계신 만주로 가시겠다고 한 것이었다.

제2장

삶의 탈출구 - 북만주로

제1절

말 달리자

(미지의 땅 만주로 가는 길)

모든 것은 막혀 있어

우리에겐 힘이 없지

닥쳐!

우리는 달려야 해

거짓에 싸워야 해

말달리자

말달리자 말달리자

이런 띵굴띵굴한 지구상에서

우리가 할 수 있는 것은

오직 달리는 것뿐

(크라잉넛 曲 〈말달리자〉)

고모할머니는 1920년대 만주 이주 붐이 일었을 때 고향을 떠난 초기 이주민 중 한 분이셨다. 그 당시 북만주 지역에 풍년이 들어서 그곳에 가기만 하면 누구나 잘 먹고 잘살 수 있다는 소문이 돌아 동네마다 사람들이 물밀듯이 만주로 향했다. 아버지는 둘째 당숙과 함께 만주에 가서 늦어도 1년 안에 살 집을 알아보고, 일자리도 찾아본 후에 연락하시겠다고 하면서 어머니께 그동안 자식들을 잘 건사해 달라고 부탁하신 후 간단히 여장을 꾸려 만주로 떠나셨다.

아버지가 그렇게 급히 길을 떠난 가장 큰 이유 중 하나는 사실 오빠와 나 때문이었다. 아버지와 어머니는 우리 남매 때문에 오랫동안 속앓이하고 계셨는데 다름 아닌 징병과 정신대 강제 동원 때문이었다. 깊어지는 전쟁의 소용돌이 속에서 일제는 '학도동원체제화'를 노골화하며 조선의 어린 학생들을 예비 소년 전사로 육성시켰다. 그런 정책에 따라 학교에서 군사교육을 시켰기 때문에 학교에 다니는 한 조선 남학생들은 총알받이 징병을 피할 길이 없었다.

여자아이도 불안하긴 마찬가지였다. 일제는 정신대라는 명목으로 10대 여자아이들을 강제 동원하여 군수공장 등에서 일을 시켰는데 그중에는 일본군 위안부로 끌려가는 경우가 많다는 소문이 파다했다. 그래서 사람들은 그것을 피하려고 여자아이가 14살만 되면 혼인시키는 조혼이 유행하였다. 그때 오빠는 16살이고 나는 12살이어서 몇 년만 더 있으면 징병이나 정신대 강제 동원 대상이 되었다. 부모님이 나를 변호사 댁으로 보낸 이유도 그것을 미리 피해 보려는 것이었다고 하는데 내가 그것도 모른 채 다시 집으로 돌아오자 아버지는 더 이상 생각해 볼 것도 없다고 하시며 곧장 만주로 떠나신 것이다.

아버지가 안 계신 집은 지붕 없는 집 같았다. 생계를 책임졌던 아버지가 계시지 않자 당장 먹고살 길이 막막했다. 그나마 큰당숙이 가까이 살고 있어서 한 번씩 도와주었지만 가장 없는 하루는 서럽고 고달팠을 것이다. 그 당시 큰당숙은 일본 사람이 운영하는 큰 문구점에 다니고 있었다. 청주에서 꽤 알아주는 서점이자 문구류 판매점이었던 '박문당'은 아버지가 소개한 곳이었다. 아버지는 청주로 이사하기 전에 큰당숙의 일자리를 알아보셨고, 취직하자마자 고향에서 색싯감을 데려와 결혼하도록 했다. 일찍 가정을 꾸려 안정적으로 살아가길 바라는 마음에 아버지는 큰당숙의 결혼을 서두르신 것이었다.

그러다 보니 큰당숙은 촌수로는 아버지와 사촌 간이었지만, 우리 아버지를 친아버지처럼 의지했고, 당숙모 역시 우리 가족과는 가깝게 지냈다. 하지만 사회초년생에 신혼이었던 큰당숙네가 도와준다고 해도 그게 얼마나 큰 힘이 되었겠는가. 언 발에 오줌 누듯 찔끔 받는 도움으로는 네 식구가 살 수는 없었다. 도시라는 곳은 참으로 얄궂어서 돈이 없으면 먹을 걸 구할 길이 없었다. 고향에서라면 산에 가서 나물이라도 뜯었을 텐데 청주에는 과실수는커녕 나물도 찾아보기 힘들었다. 그런 상황이다 보니 어머니는 생계를 위해서라면 무슨 일이든 닥치는 대로 하셨다. 남의 밭도 매 주고, 김장도 해 주고, 빨래, 길쌈 등 온갖 허드렛일을 도맡아 하셨다.

그때 막냇동생이 젖먹이였는데, 어머니가 우리 집에서 먼 곳에 있는 밭을 매주러 가시면 나는 큰동생 찬우는 걸리고 막냇동생 진우는 업어서 그 밭까지 갔다. 같이 일하는 사람들에게는 남동생에게 젖을 먹이기 위해 왔다고 했지만, 사실은 일꾼들에게 주는 밥을 먹이기 위해 일부러 동생들을 데리고 간 것이었다. 자식들을 먹이기 위해 어머니가 궁여지책으로 짜낸 말이었지만 아무도 우리에게 밥때 맞춰 왔다고 타박하지는 않았다. 오히려 다들 집에 있는 애들을 생각하며 자기 자식들처럼 우리 입에 밥을 한입 더 넣어 주셨다.

하지만 그렇게 인정에 기대 한 끼 연명한 날보다 굶는 날이 더 많았다. 배곯는 날이 많아지면서 우리 남매들은 말이 없어졌다. 말문이 트여 한창 조잘대던 막냇동생도 기운이 없는지 바닥에 누워 있는 날이 많아졌고, 창우 오빠와 나는 물을 마시면서 배를 채웠다. 오빠나 나나 자식을 배 곯릴 수밖에 없는 부모의 마음이 어떤지 알 수 있을 만큼 성숙하진 않았지만 새카맣게 기미가 올라온 어머니의 얼굴을 보면서 그 앞에서 배고픈 기색을 할 수가 없었다. 어머니는 우리보다 더 말라서 금방이라도 허리가 꺾일 것처럼 가냘퍼졌다.

하지만 그런 상황에서도 나는 어머니가 아버지를 원망하거나 처지를 비관하는 모습은 한 번도 본 적이 없었다. 어머니는 항상 꿋꿋하셨고, 아버지가 계실 때와 다름없이 담담하셨다. 그런 어머니 덕분에 우리 4남매는 배는 고팠지만 불안하지는 않았고, 가난에 대해서도 불평하는 마음이 없었다. 그때 어머니가 의연하실 수 있었던 것은 독실한 신앙 때문이기도 했다. 이웃의 전도를 받아 천주교인이 되신 어머니는 고향에서도 항상 새벽에 일어나 기도로 하루를 시작하셨다. 집안일로 바빠서 매주 성당에 가진 못하셨지만, 어머니는 어른 손바닥보다 조금 큰 묶음집으로 된 교리문답을 새벽마다 외셨다.

어머니는 우리가 잠들고 나면 어두운 방에 그림자처럼 웅크리고 앉아 기도하셨다. 항상 벽을 보고 계셨기 때문에 나는 어머니의 구부정한 등을 보며 잠이 들었다. 한 번씩 잠에서 깰 때면 어머니가 가슴을 치며 "내 탓이오, 내 탓이오, 내 큰 탓이로소이다."라고 하시는 게 들렸는데 그때마다 휘어진 등이 경련이 일듯 파르르 떨렸다. 속울음을 울듯 나지막하게 뱉어내는 어머니의 그 기도 소리는 차라리 신음 같았다. 바짝 마른 입술에서 새어 나오는 기도가 어찌나 간절하던지 그 음성을 들을 때마다 마음이 뭉클했다.

그렇게 한참 '내 탓이오'를 하시고 나면 어머니는 교리문답을 외우셨다. "천주는 만선만덕(萬善萬德)을 갖추신 순전한 신이요. 만물을 창조하신 자이십니다." "천주 영원하시니, 비롯음과 마침도 없고 변하심도 없습니다." 밤새 이어질 것 같은 어머니의 교리문답을 듣노라면 나도 슬프고 걱정스러웠던 마음이 가라앉았다. 마치 자다가 놀라서 깨면 자분자분 가슴을 두드려 주시던 어머니의 손길처럼 어머니의 새벽기도, 특히 교리문답은 불안했던 내 마음의 든든하고 따뜻한 덮개가 되어 주었다.

아버지가 만주로 떠나시고 1년이 지났을 무렵, 만주에서 기별이 왔다. 아버지는 우리 식구가 만주까지 갈 여비와 편지를 보내셨다. 이제 자리를 잡았으니 빨리 오라는 아버지의 편지를 받자마자 어머니는 바로 행장을 꾸려 만주로 향했다. 막냇동생 진우는 어머니 등에 업히고, 나와 창우 오빠 그리고 동생 찬우는 괴나리봇짐을 하나씩 둘러메고 눈이 녹아 질펀해진 길을 철벅 철벅 걸으며 평양으로 가기 위해 서울로 향했다.

만주로 가는 길은 멀고도 지루했다. 먼저, 밤차를 타고 서울역에서 평양까지 갔다. 덜컹거리는 기차 안에서 짐과 사람이 한데 섞여 이리저리 흔들리며 가는 통에 얼굴이 노래지도록 멀미가 났다. 평양에서 만주행

기차로 갈아타고 꼬박 하루를 달리자 주변 환경이 황량하게 바뀌었다. 만주에 도착한 것이다. 시야에 가득 차던 산들이 사라지고, 끝이 보이지 않는 평야가 눈앞에 내달리고 있었다. 생전 처음 보는 광경에 잠이 확 달아났다. 드디어 아버지가 계신 만주에 도착했다는 안도감과 감격에 마음이 벅차올랐다. 그리고 만나기로 약속한 안동현 '조선여관'에서 드디어 아버지를 만났다.

하지만 그때 우리는 단지 만주 초입에 도착했을 뿐이었다. 진짜 여정은 거기서부터 시작됐다. 목적지인 북만주 조선인 마을까지 가려면 마차로 사흘 이상을 달려야 했다. 그런데 만주에서는 겨울용 마차가 따로 있었다. 눈이 많이 오는 데다 녹지 않고 오랫동안 쌓여 있어 일반 마차용 바퀴로는 도저히 지날 수가 없어서 겨울에는 바퀴 대신 썰매를 달았다. 썰매가 눈길에서 속력도 낼 수 있고, 바퀴보다 안전하여 사고의 위험도 적다고 했다.

썰매 마차로 우리는 사흘 밤낮 동안 만주벌판을 달렸다. 겨울이 긴 만주의 3월 날씨는 너무 춥고 을씨년스러웠다. 초봄의 언 땅에서는 봄기운은커녕 살을 엘 것 같은 칼바람이 불어왔다. 나무 한 그루 없는 허허벌판을 썰매 마차는 무서운 속도로 달렸고, 살 속을 파고드는 얼음 바람에 얼굴이 터질 것 같아 이불을 꺼내 뒤집어썼다. 그렇게 얼마나 달렸을까? 끝도 보이지 않는 지평선에 떠오르는 해를 세 번째 본 날, 드디어 마차가 멈췄다. 우리가 살게 될 조선인 마을에 도착한 것이다. 당시 만주국 지명으

로는 북만주 북안성 수릉현(北安省, 綏稜縣)이었다. 지금으로 치면 흑룡
강성 북쪽인 것 같은데 너무 오래되어 정확한 지명은 기억하지 못한다.

우리가 오길 학수고대했던 아버지는 4남매를 보자 두 팔을 벌리고 달
려오셨다. 1년 만에 만난 아버지는 좀 말랐지만 고향이나 청주에 계실
때보다 더 건강해 보였다. 나를 안아 주시는 아버지의 팔뚝 힘도 여전했
다. 그런 아버지를 보자 만주 생활에 대한 기대감이 샘솟았다. 번듯한 기
와집까지는 아니더라도 고향에 있는 초가집 같은 곳에서 가족이 함께 도
란도란 살 걸 생각하니 웃음이 절로 났다.

하지만 그 기대는 곧 깨졌다. 아버지가 기거하시는 곳이 번듯한 집이
아니라 달랑 방 한 칸이었기 때문이다. 고모할머니가 먼저 자리를 잡고
계셨지만, 혈혈단신이나 다름없었던 아버지가 집을 얻기엔 1년이란 시
간은 너무 짧았다. 아버지는 방보다는 땅이 먼저라고 생각하고, 빈방을
하나 얻어 살면서 비교적 환경이 좋은 일본인 마을 가까이에 열심히 땅
을 개간하셨다. 농사지을 땅만 있다면 우리 가족이 살 집을 짓거나 구하
는 건 그리 어려운 일이 아니라고 생각하셨기 때문이다. 그래서 비록 방
은 단칸방이었지만 아버지는 우리 가족이 먹고살기에, 충분한 논을 이미
개간해 놓으셨다.

조선과 달리 만주는 낮은 구릉도 없이 평지가 광활하게 펼쳐져 있어
몇십 리 밖에 있는 집도 보일 정도였다. 만주 사람들이 그 많은 땅을 마

냥 놀리고 있었기 때문에 누구든 땅을 개간하기만 하면 그곳에 터 잡고 살 수 있었다. 손바닥만 한 땅뙈기만 있어도 사시사철 찬거리는 너끈히 심어 먹는 우리나라 사람들에게 만주는 기회의 땅이었다. 그곳에는 만주인들이 띄엄띄엄 살고 있었고, 일본인, 조선인이 각각 갯버들 가지로 울타리를 치고 마을을 형성하고 있었는데 워낙 땅이 광활하고 인구는 적다 보니 서로 마찰 없이 살고 있었다. 다만 마적 떼가 출몰하면 메뚜기 떼 지나간 것처럼 큰 피해를 입는다는 소문이 무성했는데 워낙 한적한 곳이라 그런지 내가 머무는 동안에는 다행히 그런 일은 없었다.

그 넓은 땅에 옥수수만 심어 먹는 만주 사람들과 달리 조선인들은 벼를 심었다. 만주는 골이 없어 물이 귀한 대신 큰비가 와도 물난리나 산사태가 나지 않기 때문에 수해로 한 해 농사를 망쳐 봤던 사람들은 황량한 광야를 더 좋아했다. 물이 귀했지만 땅을 깊게 파거나 도랑에서 물을 끌어오면 얼마든지 농사를 지을 수 있었다.

물론 농사일이 결코 쉽지는 않았다. 손톱이 빠지고 허리가 휘도록 일해야만 했다. 그러나 천성이 부지런하고 끈질긴 조선인들에게 일만 열심히 하면 얼마든지 먹고살 수 있는 만주는 기회의 땅인 게 틀림없었다. 조선인이 정착하면 황무지는 곧 비옥한 마을이 되었다. 조선인 마을은 멀리서 봐도 만주 사람들의 마을과 사뭇 달랐다. 지평선까지 옥수수를 심어 단조롭기만 한 만주인 마을과 달리 조선인 마을은 다채로웠다. 찰박하게 물 댄 논에는 벼가 자랐고, 집 주변에 펼쳐진 밭에서는 온갖 푸성

귀며 채소들이 돋아났다.

만주가 고향 땅 같지는 않았지만 그래도 열심히 일한 만큼 먹고살 수 있다는 희망으로 아버지는 그 어느 때보다 활기차게, 부지런히 일하셨다. 덕분에 우리가 만주에 도착하고 몇 달 만에 널찍한 집에서 지낼 수 있게 되었다. 좋은 집은 아니었지만, 부모님과 형제들이 함께 눕기엔 충분했다. 더도 말고 덜도 말고 이런 생활이 계속되면 얼마나 좋을까? 새집에 누우면 나는 늘 그런 생각을 했다.

먹고사는 문제가 어느 정도 해결되자 아버지는 우리를 공부시킬 방법을 찾으셨다. 하지만 근방에 학교가 없었다. 아버지는 사람이 사람답게 살려면 배워야 한다, 학교가 없으면 만들어서라도 공부해야 한다고 하시면서 학교 설립을 계획하셨다. 작은 마을이었지만 조선 사람을 선생님으로 해서 학교를 세우자는 데 다들 찬성했다. 아버지는 목재가 귀한 만주에서는 신축 건물을 세우기 어렵기 때문에 사방에 버려진 건물을 찾아다니셨다. 그러다 우리 마을에서 거리가 꽤 멀리 떨어진 곳이긴 하지만 폐관사 하나를 발견했는데 교실과 사택으로 쓸 만한 공간과 운동장, 화장실 등도 있는 곳이었다. 아버지는 즉시 수룽현 시내에 가서 당국의 승인을 받아 만주인과 조선인 학생들이 공부할 수 있는 '공학'을 세웠다.

선생님은 청주에서 교육받은 큰당숙 승휴와, 친척 오빠뻘인 명우 두 분과 중국인이 맡았는데 교실을 두 개로 나누어 한쪽에서는 만주인 학생들이, 다른 한쪽에서는 조선 학생들이 공부했다. 교장은 수릉현에서 마차를 타고 출퇴근하는 멋지게 생긴 만주인이었고 일주일에 한 번씩 운동장에서 중국말로 훈화를 하였다. 일제를 피해서 만주로 왔지만, 여기서도 조선인들은 명목상 일본 국민이었기 때문에 한글을 사용하거나 조선의 역사를 가르칠 수 없었고 교과서도 일본 것이었다. 그래서 만주인 교실에서는 중국어를, 조선인 교실에서는 일본어를 가르쳤는데 어쩌다 조선 학생들끼리 우리말로 얘기하다가 들키면 선생님께 반성문을 써야 했다. 학교를 이어 가기 위해 하는 수 없이 그렇게 해야만 하는 선생님들의 고충은 얼마나 컸을까?

학교는 조선인 마을과 만주인 촌락 사이에 있었다. 두 곳 어디서도 가깝지 않았지만, 만주인도, 조선인도 먼 거리를 마다치 않고 학교에 다녔다. 우리 마을도 학교가 생겼다는 소식에 학령을 넘긴 남자아이들까지 모두 지원하여 아침이면 등교하는 사내아이들의 행렬이 길게 이어졌다. 그새 중간에 여자아이들도 몇 명 끼어 있었는데 그중 하나가 나였다. 자식 공부시키는 데 유별났던 아버지는 학교가 열리자마자 내 입학원서부터 쓰셨다. 얼마나 딸 사랑이 유난했던지 마을 사람들은 당시 이장 일을 보셨던 아버지를 '딸밖에 모르는 이장님', 요즘 말로 하면 '딸 바보'라고 부르며 "어떻게 딸을 그렇게 예뻐할 수 있냐"며 놀라워했다. 아버지는 사람들의 입방아에 오르는 것도 개의치 않고 추운 날엔 당신의 겉옷으로 나를 둘둘 감싸 안아서 학교에 데려다주시고, 더운 날엔 챙이 넓은 모자로 햇빛 가리개를 만들어서 지치지 않고 먼 길을 갈 수 있도록 해 주셨다. 그런 아버지 덕분에 나는 13살부터 만주에서 살았던 4년 중 2년 동안은 마음 놓고 학교에 다닐 수 있었다.

비록 한글을 배울 순 없었지만, 학교에 다니는 건 너무나 즐거웠다. 산수 등 다른 과목도 좋았지만, 특히 중국어가 재미있었다. 일주일에 한 번씩 우리와 중국인이 교실을 바꿔 중국어를 배웠는데 단어마다 귀에 쏙쏙 들어오는 게 너무나 새롭고 흥미로웠다. 중국어 시간이 끝나면 조선학생들은 "투즈야(兔子啊), 투즈야 니 전머 웨이바 쩌머 두안 아, 라오수(老鼠), 라오수 니 왜이 썬머 웨이바 쩌머 창 아(토끼야 토끼야 네 꼬리는 왜 이렇게 짧으냐. 쥐야 쥐야 네 꼬리는 왜 이렇게 기냐)", "츠빤러마?(밥먹었니?)", "쯔바올러?(배부르니?)", "이얼싼쓰(일이삼사)"를 외치며 복도를 뛰어다녔다.

그때 나는 중국어를 잘해서 만주인 학생들과 종종 어울렸다. 한 교실에서 공부하진 않았지만, 쉬는 시간이면 같이 달리기도 하고, 숨바꼭질이나 땅따먹기도 함께했다. 그러다 친해진 몇몇 아이들은 나를 집으로 초대해 예쁜 꽃모종을 주기도 했다. 그렇게 만주인 친구들과도 사이좋게 지냈지만, 단짝 친구가 된 아이는 없었다. 왜냐하면 그들과는 도저히 넘을 수 없는 벽이 있었기 때문이다.

만주인과 우리는 위생 관념이 달라도 너무 달랐다. 만주인은 대소변도 아무 데나 보고 빨래도 거의 안 했다. 솜 누비옷은 겨우내 입었다가 봄이 되면 햇빛에 말리는 게 전부였고, 씻는 것은 본 적이 없어 온몸에서 냄새가 진동했다. 매일 아침 우리는 만주인 학생들과 나란히 서서 조회를 했는데 그때마다 속이 울렁거려 같이 있기가 괴로웠다. 특히 만주 학생들은 조회 내내 머리를 벅벅 긁으며 머릿니를 찾아내고, 옷 속을 헤집어 원숭이처럼 몸니를 잡았다. 그리고 엄지와 검지 끝으로 통통하게 살찐 이를 잡아 입속으로 톡 던져 넣었다. 버둥거리는 이를 보는 것만으로도 쟁그라워 소름이 끼쳤는데 그걸 태연하게 집어 먹으며 그런 모습에 기겁하는 나를 이상한 눈으로 쳐다봤다. 내 피 빨아먹은 이를 내가 먹는 게 뭐가 더럽냐고, 자기 몸에서 나온 이니 먹어도 괜찮다고 하면서 보란 듯이 내 앞에서 이를 먹었다.

그렇게 이에게 뺏긴 피 한 방울도 아까워할 정도로, 이것저것 가리지 않고 다 먹는 만주 사람들이지만 실제 주식으로 먹는 건 소박하기 그지없었다. 쌀을 주식으로 하는 우리와 달리 만주인들은 옥수수를 먹었는데, 커다란 무쇠솥을 달아 걸고 옥수수를 끓여 먹었다. 우리나라 곰국 우리듯 뭉근한 불에 종일 끓이면 찰지면서도 달콤한 옥수수죽이 되는데 그걸 주식으로 먹고, 반찬이나 간식으로는 밭에서 뽑아낸 파를 껍질만 벗겨 '따장(춘장)'에 찍어 먹었다. 대평원에 사는 사람들의 식생활치고는 너무나 소박했다.

사실 만주벌판은 다양한 식물의 군락지였다. 쑥, 야생 취와 원추리 같은 나물 그리고 산괴불주머니와 같은 약초가 곳곳에 군락지를 이루고 있었는데 만주인들은 그걸 잡초 보듯 했다. 눈 밝은 조선 사람들만 나물을 캐다 무쳐 먹고, 지져 먹고, 국도 끓여 먹고 약으로도 썼다. 만주 학생들과 조선 학생이 유일하게 함께 즐겨 먹었던 건 해바라기 씨였다. 만주에서는 옥수수만큼 해바라기도 흔했다. 장대만큼 해바라기가 자라면 어른들은 씨를 털어내어 가마솥에 살짝 볶아서 주머니에 한 움큼 넣어 주셨는데 등굣길 내내 우리는 그걸 먹었다. 손에 잡히는 대로 해바라기 씨를 입에 넣고 퉤 뱉으면 알맹이는 입속에 남고, 껍질만 땅에 떨어졌다. 조선 학생이건, 중국 학생이건 등굣길 위에는 해바라기 씨껍질이 널려 있었다. 표지판도 없는 허허벌판에서 우리는 그렇게 해바라기 씨껍질로 지도를 그리며 학교에 다녔다.

창씨개명
(잃어버린 나의 이름)

나는 무엇인지 그리워

이 많은 별빛이 내린 언덕 위에

내 이름자를 써 보고

흙으로 덮어 버리었습니다

딴은 밤을 새워 우는 벌레는

부끄러운 이름을

슬퍼하는 까닭입니다

그러나 겨울이 지나고

나의 별에도 봄이 오면

무덤 위에 파란 잔디가 피어나듯이

내 이름자 묻힌 언덕 위에도

자랑처럼 풀이 무성할 게외다

(윤동주 詩 〈별 헤는 밤〉 중에서)

만주에서 학교 다닐 때 내 이름은 '다카야마 아끼코(高山 明子)'였다. 일제는 1940년 2월부터 조선인의 이름을 없애고 일본식으로 강제 개명하게 하는 '소시 카이메이(創氏改名, 창씨개명)' 제도를 시행했다. 이 제도를 시행하기 전까지는 오히려 일본식 이름으로 개명하는 것을 막았었는데 갑자기 일본식으로 바꾸도록 강제한 이유는 징병과 징용을 용이하게 하기 위한 것이었다. 그전에는 식민지 착취의 대상이었던 조선인을 전쟁의 총알받이로 쓰려고 내선일체(內鮮一體)를 들고나온 것이었다.

일본식 성명 강요가 시작되면서 창씨개명을 하지 않는 사람은 불령선인으로 보아 사찰을 철저히 하는 한편 노무 징용 대상으로 우선 지명하는 등 불이익을 주겠다고 엄포를 놓았고 신사참배, 황국신민서사 암송, 지원병제도 등과 함께 시행하였다. 이 조치들은 조선 본토뿐 아니라 일본이 괴뢰정부로 세워 놓은 만주국에 사는 조선인에게까지 강제되기 시작했다. 수탈 때문에 먹고살 수가 없어서 먼 이국땅으로 왔지, 큰 뜻이 있어 독립운동을 하러 온 것은 아니었지만 모두 치를 떨었다. 조선인들에게는 너무나도 치욕적인 일이었지만 나라 잃은 백성에게는 어쩔 수 없는 운명이었다.

일제가 조선을 강제로 병합하면서 우리 민족이 제일 먼저 잃은 것은 '백의'였다. 일제는 '백의 철폐 색복착용'이라는 구호를 내세우며 남녀노소 불문하고 흰색 대신 염색한 옷을 입게 했다. 문제는 이러한 의복 통제가 강압적으로 이루어졌다는 것이었다. 일제는 농촌진흥운동이라고 하면서 색복을 착용하는 법을 만들었고, 흰옷을 입은 사람에게 먹물을 뿌리게 하고, 색깔 있는 옷을 입지 않으면 시장에 나오지 못하게 하거나 벌금을 물렸다.

고향에 살 때도 흰 도포를 입고 장터에 갔다가 먹물을 뒤집어쓰고 돌아온 어른들도 있었다. 당시 관청에서는 흰옷은 후진 민족이나 입는 거고, 흰옷은 색복보다 돈이 더 많이 든다고 하면서 색복을 강제했는데 그 차원에서 흰옷을 입은 사람을 보면 물총에 검정 물감을 넣어 일부러 뿌렸다. 느닷없는 먹물 세례는 여성에게도 예외는 아니었다. 치마를 들쳐 흰 속바지에 붉은 물감을 칠하거나 상을 당한 상주의 베옷에까지 먹물을 칠해 사람들의 공분을 사기도 했다.

그렇게 일제에 의해 조상 대대로 물려받은 '백의의 민족'의 흰옷이 강제로 벗겨졌는데, 이제는 하다 하다 이름마저 바꿔야 할 지경이 된 것이다. 정체성의 뿌리를 흔드는 일이었지만 힘없는 사람들은 피할 길이 없었다. 아버지는 개명 날짜를 미루고 미루다 결국 일본식으로 이름을 바꾸었다. 아버지는 성을 '높은 산'이란 뜻의 '다카야마(高山)'로 하고, 내 이름을 똑똑한 딸이라며 '명자(明子, 아끼꼬)'로 지으셨다. 오빠 동생들도 다 바꾸었는데 기억이 잘 나지 않는다.

일본식 성명 강요가 시행되면서 학교에서도 황국신민 교육이 강화되었다. 조회 때마다 '덴노헤이까 반자이(천황폐하 만세)'를 외치고, 황국신민서사를 외워야 했다. 학교에서는 천황에 대한 충성을 강요했고, 전쟁을 미화했으며 천황의 부름에 따라 전쟁에 출전하는 것이 얼마나 영광스러운 것인지 반복해서 강조하고, 재차 교육했다.

어려서부터 받은 철저한 군사교육 탓이었던지 그때 나는 멋도 모르고 전쟁에 나가는 걸 꿈꾸었다. 멋진 군복을 입고 늠름하게 말을 타고 세상을 누비면서 으스대며 살고 싶었는데 그러기 위해서는 '데이신타이(挺身隊, 정신대 : 나라를 위해 몸을 바치는 부대)'가 되어야 한다고 생각했다. 그래서 선생님이 장래 희망을 물으셨을 때 망설이지 않고 곧장 내 꿈은 데이신타이라고 대답했다. 그러자 명우 선생님이 깜짝 놀라 절대로 그런 말을 해서는 안 된다고 하시면서 정신대는 네가 생각하는 그런 게 아니고 실제로는 끔찍한 것이라고 말씀하셨다. 나중에 아버지께서도 '조선여자근로정신대'는 일본 태평양전쟁용 군수공장 등에 보내는 조선 여성들의 조직으로 그중에는 군인들의 위안부로 끌려가는 경우도 많아 급히 너희들을 만주에 데리고 온 것이라는 이야기를 해 주서서 그 끔찍한 것이 무엇인지 알게 되었다.

정신대에 대한 환상은 깨졌지만 나는 학교 다니는 게 좋았다. 등굣길이 멀어 고단했지만, 학교 가는 길도 즐거웠다. 물론 무섭기도 했다. 늑대 울음소리가 들릴 때면 오줌이 찔끔 나올 정도로 겁이 났다. 음산하게 메아리치는 늑대의 울음소리가 금방이라도 달려들 듯 가까운데 사방은 다 트여 있어 어디에 늑대가 있는지 알 수 없었기 때문이다. 혹시나 있을 수 있는 늑대의 공격에 대비해 우리 마을 아이들은 다 같이 모여서 학교에 갔다. 가장 안전한 자리인 가운데에 여학생을 두고, 기민하고 지리에 밝은 오빠들이 앞장서고, 체격이 크고 다부진 남학생들이 뒤를 지켰다.

어른들이 보시기엔 도토리 키재기였겠지만 고만고만한 또래 중에도 서열은 있었고, 힘의 순서에 따라 막내였던 나는 이중삼중으로 보호받다 보니 시간이 갈수록 늑대울음 소리에 겁내지 않게 되었다. 오빠들은 늑대울음 소리가 들리면 든든한 보호자가 되어 손을 맞잡고 달음박질쳤지만, 옥수수밭을 지날 때면 영락없이 장난꾸러기가 되었다. 한여름 더위에는 도랑을 찾아 물장구를 쳤고, 한겨울 추울 때는 북데기(짚·풀 따위의 뭉텅이)에 불을 붙여 몸을 녹이며 걸어갔다. 옥수수밭을 지날 때는 깊숙이 들어가 옥수숫대를 잘라 달콤한 맛이 날 때까지 한참을 씹으며 놀았다. 등굣길 자체가 우리에게는 하나의 모험이었고, 즐거운 도전이었다.

그렇게 매일 벌판을 가로질러 학교에 다니면서 무섬증이 사라진데다 천성이 좀 당돌한 편이었던 나는 어린이가 할 수 없는 위험한 경험을 하기도 했다. 한번은 수업이 끝나고 집에 오려는데 눈이 내리기 시작했다. 무서운 기세로 내리는 눈은 삽시간에 길을 덮었고, 발목을 지나 무릎 위까지 올라왔다. 길도 도랑도 보이지 않고 온 천지가 하얗게 변했다. 아이들은 발을 동동 굴렀고, 선생님들은 걱정스런 얼굴로 하늘만 쳐다보았다. 그러다 선생님이 아이들을 동네별로 세우셨다. 아이들 대부분과 선생님은 나와 반대쪽 마을에 살았고, 나만 다른 동네였다. 선생님의 귀가 지도가 꼭 필요했던 상황이었기 때문에 선생님은 나를 반대편 마을 아이들 사이에 세우고, 그 동네 친척 집에 가서 하룻밤 자라고 하셨다.

하굣길은 멀고도 험했다. 선생님이 앞서가시면서 일일이 발로 눈을 치워 주셨고, 우리는 그 발자국을 따라 밟으며 한 걸음씩 걸었다. 그렇게 동네에 도착하자 아이들은 각자 집으로 흩어졌고, 나는 선생님과 함께 친척 집의 문을 두드렸다. 선생님께 사정 얘기를 들은 친척 아주머니는 흔쾌히 나를 맞아 주셨고 하룻밤 재워 주셨다. 가족들 모두 나를 편하게 대했지만 나는 남의 집에서 자는 게 불편하고 싫었다. 그래서 날이 밝기를 기다렸다가 새벽에 길을 나섰다. 밤새 내린 눈은 허리까지 찼고, 쌓인 눈에 길이 끊어져 앞을 분간하기 어려웠지만 무조건 가겠다고 했다. 친척 아저씨와 아주머니는 혼자 가기엔 너무 위험하다며 말리며 아침을 먹고 바래다주겠다고 하셨지만 나는 혼자 갈 수 있다고 고집을 피웠다.

그렇게 큰소리치며 자신 있게 나왔는데 몇 걸음도 채 가지 못해서 '아차' 싶었다. 눈에 보이는 건 전부 하얀 눈뿐이라 어디가 길이고, 어디가 도랑인지 도대체 분간할 수가 없었다. 하늘과 땅이 하얗게 붙어 버려 방향감각도 사라져 버렸다. 펑펑 쏟아지는 눈이 빙글빙글 원을 그리며 하늘로 올라가는 것 같아 머리가 어질어질하고, 발을 잘못 디뎌 도랑에 빠질까 봐 가슴이 조마조마했지만 나는 집에 가겠다는 일념으로 정신을 바짝 차리고, 힘을 다해 집 쪽으로 발걸음을 옮겼다.

몇 시간쯤 걸었을까? 한참 눈을 헤치며 걷다 보니 멀리 우리 집이 보였다. 집을 보자마자 나는 숨이 턱에 닿도록 뛰었다. 진눈깨비가 얼굴을 사정없이 때리고, 눈밭을 달려온 발은 얼어서 감각이 없었다. 내가 집으로 들어가자 어머니가 기겁하셨다. 어른들도 밖에 나가기 꺼릴 만큼 궂은 날씨에 나 혼자 그 먼 길을 걸어올 걸로 생각하지 못하셨다가 내가 온몸이 꽁꽁 언 채로 벌벌 떨며 들어오자 깜짝 놀라신 것이다.

나는 적극적이거나 용감한 성격은 아니었지만, 가끔 이렇게 고집스러울 때가 있었다. 오히려 숫기도 없고 수줍음도 많아서 자기주장을 강하게 하거나 사람들 앞에 나서기보다 뒤에 물러나 있는 게 편했는데도 그날 끝까지 고집을 피워 험한 길을 혼자 온 것은 싫은 건 못 참는 성격 때문이었다. 평소에는 고분고분했지만 내키지 않는 일이 있을 때는 내 안에 숨어 있던 고집이 발동해서 누구도 말리지 못했다.

그런 성격 때문에 만주에 처음 도착했을 때 한바탕 실랑이가 벌어진 적도 있었다. 쌀이 없어 좁쌀로만 밥을 해 먹을 때인데 내가 학교에 조밥을 싸가기 싫어서 벤또(도시락)를 안 갖고 가겠다고 고집을 피운 것이다. 어머니는 밥 굶는 건 절대 안 된다고 하시며 한사코 도시락을 내 책보에 넣어 주시려고 했고, 나는 요리조리 어머니의 손길을 피하며 도시락을 받지 않았다. 한참 어머니와 그렇게 옥신각신하고 있는데 갑자기 눈앞에 밥공기가 보였다. 옆에 사는 일본인 아주머니가 쌀밥 한 공기를 가져와 내 앞에 내민 것이다.

　　그때 우리 집은 일본인 부락과 가까웠고 지척에 일본인들이 살고 있었다. 왕래는 거의 없었지만, 이웃에 어떤 사람이 사는지 정도는 알고 지냈던 터라, 항상 조용했던 우리 집이 아침부터 시끄러워 보이자 이웃에 살던 일본인 아주머니가 무슨 일이 있는지 보러 왔다가 큰 소리가 난 이유를 알게 된 것이다. 그 길로 일본인 아주머니는 자기 집으로 가서 쌀밥 한 공기를 가져와 어머니께 건넸다. 그리고 나를 보며 장난스럽게 웃으시면서 앞으로는 도시락 걱정은 하지 말고, 열심히 공부하라고 격려해 주셨다. 다른 사람들에게 폐 끼치는 걸 싫어하시는 어머니는 처음에는 괜찮다고 사양하셨지만 고집스럽게 책보를 끌어안고 있는 나를 보시더니 결국 그 쌀밥을 받아서 도시락을 싸 주셨다.

　　그날 이후 일본인 아주머니는 아침마다 갓 지은 쌀밥 한 공기를 가지고 왔고, 덕분에 나는 쌀밥을 도시락으로 싸갈 수 있었다. 학교에 달음박질해서 가는 동안 도시락은 따끈따끈하게 배를 덥혀 주었다. 헐떡이는 숨과 함께 따끈하게 도시락이 배에 닿을 때마다 옆집 일본인 새댁의 친절한 미소와 기분 좋은 웃음소리가 떠오르면서 고마운 마음이 모락모락 올라왔다.

그때 나는 일본인은 전부 우리를 괴롭히는 나쁜 사람들이라고 생각했는데 옆집 새댁은 우리 어머니처럼 좋은 분이었다. 우리와 이웃해서 사는 일본인들은 따로 울타리를 치고 부락을 이루어 살고 있었는데 조선 사람들하고는 거의 교류가 없었다. 그래서 그들이 사는 모습을 속속들이 자세히 들여다볼 기회는 없었지만 멀리서 바라봤을 때 우리네 사는 것과 별반 다르지 않았다. 머리에 뿔이 달리지도 않았고, 조선 사람을 볼 때 눈에서 불이 나오지도 않았다. 그저 마을을 이뤄 함께 살아가는 좋은 이웃이었다.

하지만 일본 정부는 달랐다. 그들은 조선인을 총알받이로 여겼다. 만주에 오기 전에 청주에 살 때는 수시로 방공훈련을 했다. 그때도 한창 전쟁 중이었기 때문에 언제 포탄이 떨어질지 모르는 상황이었는데, 조선인들이 연습했던 건 폭탄을 피하기 위한 대피 훈련이 아니라 폭탄이 떨어진 지점을 찾아 불을 끄기 위한 훈련이었다. 동네에 사이렌이 울리고, 방공훈련이 시작되면, 온 동네 아낙들은 양동이를 하나씩 들고 그 마을에서 가장 높은 집으로 모였다. 그리고 가장 몸이 잽싼 아주머니가 지붕 위에 올라가 훈련용 비행기가 떨어뜨린 폭탄이 어디에 있는지 큰 소리로 알려 주었다. 그 외침에 따라 동네 아낙들은 양동이에 물을 담아 들고 폭탄이 투하된 장소로 달려가서 불 끄는 연습을 했다. 연습으로 끝났기에 망정이지 실제로 폭격이 이루어졌다면 양동이를 들고 뛴 아낙들은 모두 살아남기 어려웠을 것이다.

일본 정부에 있어 조선인은 파리 목숨 만큼이나 하찮은 존재였다. 1941년 당시, 일본군은 미군기지가 있는 하와이 진주만을 기습적으로 공격하여 큰 전과를 올린 후 승전을 거듭하며 중국, 필리핀, 인도차이나와 말레이반도, 인도네시아 등을 차례로 점령해 나갔는데 일제는 그 최전선에 조선인 징병들을 앞세웠다. 전쟁의 총알받이로 조선인들을 이용한 것이다. 일본이 중국을 침략해 들어갈 때는 "시나징 짱꼴라(支那人 淸國奴, 한족 중국인은 만주족의 노예)"라고 비하하며 그걸 따라 하게도 했는데, 지금 중국 사람들을 비하할 때 "짱꼴라"라고 하는 것은 거기서 유래한 것이니 쓰지 않는 게 좋을 것 같다.

그런 전쟁의 불똥은 어린 학생들에게도 튀어 우리도 강제노동에 동원되었다. 근로봉사라는 미명 아래 날마다 일본인의 밭에 가서 풀도 뽑고, 밭도 맸는데, 전쟁이 막바지로 갈수록 수업 시간보다 근로봉사 시간이 더 많아져, 교실에 책가방만 내려놓고 온종일 밭에서 일만 하다 오는 날이 허다했다. 그렇게 만주도 어쩔 수 없이 전쟁의 한가운데 있었다. 비록, 만주의 황량한 벌판에 포탄이 떨어지진 않았지만 늘 전운이 맴돌았고, 전쟁에 대한 공포가 항상 도사리고 있었다.

늘어나는 객식구들

(환대와 섬김의 유산)

"네 하나님 여호와께서

네게 주신 땅 어느 성읍에서든지

가난한 형제가 너와 함께 거주하거든

그 가난한 형제에게

네 마음을 완악하게 하지 말며

네 손을 움켜쥐지 말고

반드시 네 손을 그에게 펴서

그에게 필요한 대로

쓸 것을 넉넉히 꾸어주라

줄 때에는 아끼는 마음을 품지 말 것이니라

이로 말미암아 네 하나님 여호와께서

네가 하는 모든 일과

네 손이 닿는 모든 일에

네게 복을 주시리라."

(신명기 15장)

북만주는 묘한 곳이었다. 농사지을 땅이 사방에 펼쳐졌는데도 곡식 한 포기 제대로 심기지 않은 채 방치되어 있었다. 평평한 땅에 자갈도 없어 괭이질하기에도 편했지만, 중국인들은 옥수수만 잔뜩 심어 놓고 대부분의 땅은 놀리고 있었다. 그러니 땅 한 뙈기 얻기 위해 산비탈에서 맨손으로 자갈을 골라내던 조선 사람들에게 만주의 황무지는 이른바 젖과 꿀이 흐르는 땅이었다. 경사가 없으니 가뭄이 와도 작물이 말라죽을 것을 걱정하지 않아도 되고, 장마가 져도 빗물에 토사가 씻겨 내려갈 염려가 없었다. 땀 흘리고 고생하는 걸 두려워하지 않는 조선 사람들은 일찌감치 만주로 건너가 오랜 세월 동안 버려진 땅을 갈고 억센 풀들을 뽑아내어 황무지를 옥토로 만들었다. 그 대열에 우리 가족도 낀 것이다.

땀의 소산을 허망하게 강탈해 가는 일제의 폭정을 못 이겨 고향을 떠났지만, 아버지는 여전히 땅을 믿고, 농사에 희망을 거셨다. 만주 역시 일제의 속국이라 그 영향권 아래 있었지만, 조선에 비해서는 수탈정책이 느슨한 편이었다. 수확량은 아랑곳없이 공출 품목과 수량에 맞춰 무조건 내야 하는 조선에서는 고된 노동과 강압적 수탈 그리고 굶주림이라는 삼중고를 겪어야 했지만, 만주에서는 땀 흘린 만큼 거의 가져갈 수 있으니 그보다 더 좋을 순 없었다.

물론 농사는 만만치 않았다. 일꾼을 따로 구할 수 없으니 가족이 총출동해서 일해야 했다. 아버지, 어머니는 물론이고, 오빠와 막내당숙도 새벽부터 팔을 걷어붙이고 일했다. 아버지가 1년 만에 만주에 오라고 기별을 주셨을 때 큰당숙은 막내당숙을 데리고 가 달라고 어머니께 부탁했다. 청주에서 취직해 살고 있었지만, 고향에 있는 동생들까지 책임질 만큼 넉넉하지 못했기 때문이었다. 그래서 고향 집을 지켜야 하는 둘째 당숙 대신 막내당숙을 어머니께 맡긴 것이다. 어머니는 당신이 젖 먹여 키운 막내당숙에 대한 사랑이 지극했기 때문에 기꺼이 그를 데리고 만주에 왔다.

만주에 도착해서도 막내당숙 병휴는 그냥 가족의 일원이었지만 어느정도 생활이 안정되자 아버지와 어머니는 오갈 데 없는 사람을 보면 집으로 데려와 객식구가 계속 늘어났다. 그리고 그분들이 자립해서 나갈 때까지 한 식구로 맞아서 같이 먹고, 같이 자고, 같이 생활했다. 그렇게 우리와 처음으로 한 식구가 된 분은 아버지와 먼 친척뻘 되는 할아버지였다. '침 할아버지'라 불렀던 그 할아버지는 간판을 내걸고 한의원을 하진 않았지만, 병을 잘 고친다는 입소문 듣고 찾아오는 사람들이 꽤 많은 용한 침쟁이였다. 할아버지는 사람들에게 침을 놔주거나 처방전을 써 주는 대신 쌀이나 채소, 달걀이나 옷감 따위를 받았다.

그분은 조선의 상황이 점점 악화하여 먹고살기가 힘들자 하나밖에 없는 아들과 함께 만주로 온 것인데 연고 없는 땅에서 침 할아버지 부자를 집으로 불러들이는 사람은 아무도 없었다. 그들은 갈 곳이 없어 길거리에 노숙하다가 우연히 우리 아버지를 만났고 아버지는 아무 조건 없이 할아버지 부자를 집으로 모셨다. 어머니는 시아버지와 시동생을 모시듯 두 사람을 정성껏 대했다. 그렇게 식구가 늘어나고 얼마 후에 고향에서 또 대식구가 찾아왔다. 청주에 살던 큰당숙 승휴가 7명 대가족을 이끌고 만주로 온 것이다. 큰당숙 내외와 함께 온 식구는 종조모, 나보다 4살 어린 당고모 옥희와 일 년에 한두 번 집에 오셨던 한량 종조부도 계셨다. 큰당숙은 자신의 벌이로는 고향의 식구까지 책임지기 힘들겠다는 판단이 들자 객지로만 떠돌던 자기 아버지를 찾아서 만주로 모셔 오신 것이었다.

호랑이보다 밥 먹는 한 입이 더 무섭다고 먹고살기가 어려워 부모가 자식도 버리던 시절에 일곱 명이나 되는 대식구를 데리고 왔는데도 우리 부모님은 고향에서 온 가족을 진심으로 환대하셨다. 그들로 인해 어머니는 다시 층층시하를 겪게 되었지만, 전혀 개의치 않으시고 오히려 온 식구가 다 같이 살게 된 것을 기뻐하셨다.

신앙심이 돈독하신 어머니는 조선에서 살 때는 끼니를 잇지 못할 정도로 어려웠으니 힘든 사람을 보고도 돕지 못했지만, 밥걱정을 덜게 된 지금, 곤란한 처지에 놓인 사람을 외면하면 천벌을 받는다고 하셨다. 그러시면서 얼굴 한번 찌푸리지 않고 우리 집에 찾아오는 이들을 다 받아 주고, 기쁘게 섬기셨다. '속 좁아서 못 사는 것은 있어도 집 좁아서 못 사는 것은 없다.'라고 하더니 우리 집에 자는 인원은 고무줄 늘어나듯 쭉쭉 늘어났다. 처음에 아버지와 어머니 우리 형제들과 막내당숙이 지낼 때도 일곱 식구가 겨우 자던 방이었는데 거기에 침 할아버지와 아들, 심지어 고향에서 일곱 식구가 한꺼번에 들이닥쳤을 때도 방이 좁아서 못 살겠다는 생각을 한 적은 없었던 것 같다.

하지만 그건 우리 식구만이 생각이었는지도 모른다. 실제로 우리가 살았던 방은 일곱 식구에 맞춰 지었기 때문에 객식구가 늘 때마다 두 팔다리를 거둬 차렷 자세로 자고, 빈틈에 모로 누워 자고, 나머지는 앉아서 자야 했다. 우리 집에 얹혀 지냈던 분들은 좁은 방을 탓할 처지가 아니었고, 우리 남매는 너무 어려서 불평할 줄을 몰랐기 때문에 집이 좁건 말건 아버지는 노숙하는 분들을 보면 집으로 데려오셨고, 그 덕분에 우리 식구들은 처음 보는 사람들과 한방에서 지냈다.

아버지는 언제나 나그네를 극진히 대접하셨다. 잘 데 없는 사람에게는 방을 내어주고, 주린 자에게는 먹을 것을 주었다. 아픈 사람은 선한 사마리아인처럼 상처를 싸매 주었다. 그래서 금니 해 주는 분도, 사진 찍어 주는 분도 우리 동네에 올 때마다 우리 집에서 묵었다. 예전에는 치과나 사진관이 따로 없었기 때문에 그런 손기술 있는 분들이 동네를 돌아

다니면서 금니도 만들어 주고, 사진도 찍어 주었는데 떠돌아다니다 보니 항상 잘 곳이 마땅치 않아 전전긍긍했다. 아버지는 그런 분들에게도 방문을 활짝 열어 놓으셨다.

나는 금니 해 주는 분이 우리 집에 오는 게 좋았다. 그분이 오시면 옆에 앉아 작업하는 걸 구경했는데 사람 이를 본떠서 금니를 만드는 게 정말 신기했다. 그걸 구경하다 보면 시간 가는 줄 몰랐다. 사진 인화하는 작업은 보고 싶어도 볼 수가 없었다. 사진사 할아버지는 밤마다 이불을 뒤집어쓰고 작업했는데 이중삼중으로 이불을 덮고 있어서 안을 들여다볼 수가 없었기 때문이었다. 이불이 윗목에 산처럼 말려 있으면 그 속을 들춰 보고 싶은 마음에 손바닥이 간질간질했지만 차마 열어 보지 못했다. 그때 찍은 사진들이 남아 있으면 좋으련만 이후 난리 통에 다 사라지고 아쉽게도 지금은 단 한 장도 남아 있는 것이 없다.

그렇게 객식구들이 들락거리다 보니 집안은 항상 북적였고, 한가할 새가 없었다. 큰당숙은 이런 상황을 매우 불편하게 여겼다. 청주에서 4식구가 오붓하게 살다가 갑자기 대가족 사이에서 부대끼며 살다 보니 힘들었던지 학교 선생님으로 부임하자마자 학교 기숙사에서 생활하겠다고 하며 나갔다. 종조부모와 작은당숙, 어린 당고모를 우리 집에 둔 채로 분가했기 때문에 어머니는 혼자 시어른들을 모셔야 하는 상황이 되었지만, 어머니에게 큰당숙은 친자식이나 다름없었고 어머니는 그에게 형수 이상의 존재였기 때문에 독립해 살겠다고 할 때 아무런 망설임 없이 지지해 주셨다. 큰당숙은 직장이나 진로, 하다못해 전통 혼례 절차 중에 신행에 관한 문제까지도 어머니와 의논했다. 청주에 있을 때 아버지의 주선으로 결혼은 했지만, 신부를 데려올 형편이 못 되어 몇 개월 동안 생이별했을 때도 당숙모와 주고받은 편지를 어머니께 보여 주면서 두 사람이 어떻게 관계를 맺어야 할지 의논할 정도였다.

어머니의 깊은 사랑의 뿌리는 '나보다 남을 낮게 여기고, 이웃을 내 몸과 같이 사랑하셨던' 예수님께 닿아 있었다. 독실한 천주교 신자였던 어머니는 어디를 가시든 항상 성당부터 찾으셨다. 사느라 바빠서 미사 드리러 가지는 못하셨지만, 항상 가슴에는 예배를 사모하는 마음이 있었다. 만주에서도 성당을 찾지 못해서 내내 서운해하셨는데 정말 우연찮게 교인을 만났다. 어머니와 마을을 다니다가 찬송가 부르는 소리를 들은 것이다. 희미하게 들리는 노래가 찬송가임을 알아차린 어머니는 뛸듯이 반가워하시면서 그 소리를 따라 조심스레 어느 한 집으로 들어가셨다. 살짝 열린 문틈으로 아이들과 함께 찬송가를 부르는 젊은 엄마의 모습이 보였다. 어머니는 문틈으로 젊은 엄마를 향해 고개 인사를 하시더니 "참, 보기 좋네요. 밖에서 찬송 소리를 듣고 너무 좋아서 들어왔어요."라고 말을 건네셨다. 그러자 젊은 엄마가 방문을 열고 "네, 여기는 교회가 없어서 집에서 아이들과 함께 예배드리고 있어요."라고 하시면서 우리에게 들어오라고 손짓하셨다.

평소 어머니라면 남의 집에 그렇게 들어가지 않으셨을 텐데, 그날은 사양하지 않고 선뜻 방에 들어가 자리 잡고 앉으셨다. 그와 동시에 아이들의 아빠로 보이는 남자가 성경을 읽고 짧게 설교하고 기도하셨다. 개신교 신자들이라 평소 어머니가 하시던 기도와는 다른 방식으로 기도하셨지만, 어머니는 전혀 개의치 않고 그들과 함께 기도하고, 찬송도 따라 부르셨다. 예배를 마치고, 젊은 엄마는 우리에게 물 한 잔을 권하면서 이런저런 이야기를 시작했다.

그중에서 아직도 기억에 남는 건 우리네 인생사가 어린아이들 소꿉놀이하는 것과 같다고 한 이야기다. 그 아주머니는 아이들이 소꿉놀이할 때 욕심 사납게 자기 것만 챙기고 모든 걸 독차지해도 엄마가 밥 먹으라고 부르면 다 놓고 가야만 하는 것처럼 우리도 욕심 사납게 많이 쌓아 두며 아등바등 살아도 하나님이 부르시면 그 모든 것을 다 버려두고 가야 하니 이 땅에 쌓아 두지 말고 베풀면서 살아야 한다고 하셨다.

나는 그 말씀이 참 좋았다. 어머니는 말씀을 들으시며 내 얼굴을 보고 빙그레 웃으셨고, 나도 고개를 끄덕였다. 그 말씀은 어머니의 삶이었고, 아버지의 인생이었기 때문이다. 아버지와 어머니는 나중을 위해 남겨 두지 않고, 최선을 다해 나누고, 누군가에게 도움이 필요하다 판단될 때는 손을 내밀어 잡아 주셨다. 어머니가 내게 성경 말씀을 가르쳐 주시지는 않았지만, 하나님의 말씀대로 사시면서 나에게 귀한 유산을 남겨 주셨다. 예수 그리스도로부터 시작된 환대와 섬김의 전통이 아버지와 어머니로부터 내게로 이어진 것이다.

제3장

일본의 패망과 해방의 날들

이별과 만남

(하늘나라로 간 어머니와 새어머니)

"범사에 기한이 있고

천하 만사가 다 때가 있나니

날 때가 있고 죽을 때가 있으며

심을 때가 있고 심은 것을 뽑을 때가 있으며

죽일 때가 있고 치료할 때가 있으며

헐 때가 있고 세울 때가 있으며

울 때가 있고 웃을 때가 있으며

슬퍼할 때가 있고

춤출 때가 있으며"

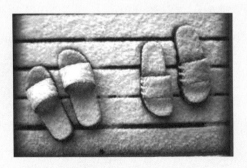

(전도서 3장 1~4절)

일제의 침략전쟁이 본격화되면서 만주에 거주하는 조선인에 대한 일제의 압박도 점점 심해져 갔다. 대표적인 것이 학생 징병제였다. 1938년부터 이른바 특별지원병제도를 시행하여 조선의 청년들을 전쟁터로 보냈던 일제는 전쟁 막바지에 이르자 징병제를 통해 학생들을 강제로 징집했다. 우리가 만주로 올 때만 해도 학생 징집이 지원제였지만 부모님은 징집 연령대에 있는 오빠와 막내당숙을 데리고 부랴부랴 조선을 떠났다. 그런데 만주에 있는 동안 전쟁이 더욱 치열해지자 일제는 지원제 대신 징병제를 실시해 조선의 청년들을 강압적으로 전쟁터에 보내기 시작했다.

전쟁 막바지가 되자 옆에 있는 일본인 마을에는 어린이들 빼고 남자를 볼 수가 없었다. 그 징집 대열에 조선인인 우리 오빠와 막내당숙도 끼었다. 고향을 떠나면서까지 징집을 피하려고 했지만 일제의 행정력에는 예외가 없었고 또 집요했다. 전쟁에 유용할 것 같은 남자는 전부 데려가 버려 전쟁이 끝날 무렵 마을에는 남자의 씨가 마를 정도였다. 끝까지 버텼던 아버지마저 보급대로 뽑혀서 징집을 앞두고 있었고 19살이 된 오빠와 막내당숙은 전쟁이 끝나기 몇 달 전에 징집되어 전쟁터로 끌려가고 만 것이다. 두 자식을 뺏긴 어머니는 억장이 무너져 하염없이 우셨다. 그러나 그 슬픔은 오래가지 않았다. 아니, 오래 슬퍼할 겨를이 없었다. 참혹한 세월은 어머니를 가만 놔두지 않았다. 그 당시를 살았던 이들에게 불행은 삶의 공통분모와 같았다. 아들을 전장에 보낸 어미의 아픔 말고도 고통을 당한 사람들은 도처에 널려 있었고, 아버지는 그들을 끊임없이 집으로 데려오셨다. 그 뒤치다꺼리는 모두 어머니의 몫이었다.

하루는 큰당숙이 시내에 나갔다 와서 거리에서 이상한 사람을 봤다며 어떤 젊은 여자가 할아버지와 갓난아기와 함께 길바닥에 앉아 있는데 어딘가 평범해 보이지 않았다고 했다. 그 얘기를 한창 하고 있는데 불쑥 아버지가 그분들과 함께 집으로 들어오셨다. 큰당숙의 말대로 세 사람은 좀 이상해 보였다. 여자는 한쪽 다리가 뻗정다리여서 뒤뚱이며 걸었고, 그 여자의 아버지라 해도 믿을 만큼 늙은 할아버지는 귀도 안 들리고 눈도 안 보이는지 우리를 보고도 아무런 표정의 변화가 없었고 여자 품에 안긴 갓난아기는 우리를 보더니 자지러지게 울어댔다.

알고 보니, 늙수그레한 남자는 남편이었고, 뻗정다리를 한 여자는 그의 아내였다. 어머니는 오랫동안 한뎃잠을 자며 지칠 대로 지친 세 식구를 위해 아랫목에 이불을 펴주었다. 젊은 여자는 홀린 듯 이불 속으로 들어가더니 금세 곯아떨어져 한나절 이상 정신없이 잠에 빠져들었다. 한참을 자고 일어난 그는 이부자리를 단정하게 개켜 윗목에 정리해 두고, 어머니께 감사 인사를 했다. 그때 어머니는 그 여자에 대해 좋은 인상을 받았다고 하셨다. 그 당시 우리 집에 찾아오는 손님들에게 어머니는 아랫목을 내어주셨는데, 대부분 떠날 때까지 그 자리를 차지해서 어머니, 아버지가 윗목에서 주무실 때가 많았다고 한다.

그런데 그 젊은 여자는 고마운 것도 알고, 자기가 있어야 할 자리도 알고 있으니, 그렇게 떠돌아다녔어도 잘 배운 사람이라며 좋아하셨다. 어머니가 그 세 식구를 반겼던 또 다른 이유는 갓난아기 때문이었다. 태어난 지 한 달이 다 되도록 이름도 없었던 아기를 어머니는 유난히 예뻐하셨다. 몸이 약한 아기 엄마를 대신하여 어머니가 아기를 돌봐 주셨는데, 아기를 안을 때마다 '우리 집 복덩이'라고 하시면서 보름달같이 환하게 웃으셨다. 아버지는 아기에게 훤하게 잘생겼다는 뜻으로 '관옥'이라는 이름을 지어 주고, 집안의 막둥이로 여기셨다. 그리고 관옥이네가 하루라도 빨리 독립할 수 있도록 직접 살 집과 땅을 알아봐 주시고, 농사짓는 법도 가르쳐 주셨다. 마치 한 가족처럼 세심하게 돌봐 준 덕분에 관옥이네는 석 달 만에 방 한 칸을 구해 분가할 수 있었다.

그런데 너무 정성을 다해 관옥이네를 돌봐 줬던 탓일까? 관옥이네가 분가하자마자 어머니가 바로 몸져누우셨다. 당시 만삭의 몸으로 객식구 뒤치다꺼리까지 해 주시느라 탈진했던 어머니는 좀처럼 회복하지 못하고, 오랫동안 앓으셨다. 평소 어머니가 집안일을 하면서 농사까지 거들어 남자 못지않게 튼튼한 분이라 생각했는데, 사실 어머니는 그리 건강한 분이 아니셨다. 생각해 보면, 밤마다 바닥에 닿는 데가 다 쑤시고 아프다면서 잠을 이루지 못하시다가, 새벽이 되면 눈 밑에 깊고 검게 드리운 피로를 그대로 지닌 채 아침밥을 지으러 나가셨다.

그런데도 내가 어머니를 건강한 분으로 기억하는 건 내게 항상 밝은 모습만 보여 주셨기 때문이다. 어머니는 밤새 끙끙 앓으시다가도 날이 밝으면 언제 그랬냐는 듯 씩씩하게 일어나셨다. 묵은 피로로 인해 눈이 퀭하고, 볼이 홀쭉해졌을지언정 항상 기분 좋게 일어나 기도문을 읊조리며 밥을 짓고, 반찬을 만드셨다. 그랬던 분이 관옥이네가 나가고부터는 점점 늦게 일어나고, 행동도 굼떠지셨다.

그러던 어느 날, 어머니가 학교 가는 나를 붙잡아 세우셨다. 그리고 "재우야, 오늘은 학교에 가지 마라. 엄마가 너무 아파. 그러니까 아가 좀 봐주면서 엄마 좀 도와줘."라고 하셨다. 그때까지 어머니는 내게 집안일을 해 달라고 부탁한 적이 없었다. 공부를 중요하게 생각하셨기 때문에 어떠한 일이 있어도 결석하면 안 된다고 강조하시던 어머니가 먼저 학교에 가지 말라고 하셨으니 이상하게 생각할 법도 한데 나는 학교 다니는 재미에 홀딱 빠져 어머니의 변화를 알아차리지 못했다. 그 당시 나와 단짝이면서 1, 2등을 다투는 허원금이라는 친구가 있었는데 둘이 절대로 결석하지 말자고 약속했었다. 어머니 말씀대로 그날 학교에 가지 않으면 그 친구에게 지는 건데 그럴 수는 없었다. 그래서 무조건 학교에 가야 한다고 고집을 피웠다.

그러자 어머니는 그럼 수업을 마치면 곧장 오라고 당부하셨다. 나는 시원하게 그러겠노라고 대답하고 학교에 갔다. 그러나 학교에 가서는 어머니가 편찮으시다는 걸 까맣게 잊어버리고, 원금이와 함께 방과 후 수업까지 다 마치고 집으로 돌아왔다. 그리고 집 앞에서 일꾼들에게 밥을 주고 오시는 어머니와 딱 마주쳤는데 그때야 '아차' 싶었다. 3살짜리 남동생을 업고, 밥 광주리를 머리에 이고, 물 주전자를 들고 오는 어머니를 보니 기운이 하나도 없는 게 마치 갈대가 흔들리는 것 같았다. 어머니는 학교에서 돌아온 나를 보시고는 "너 그렇게 엄마 말을 안 들어서 어떡하니. 이제 엄마 없어 봐라."라고 말씀하시더니 3살짜리 남동생을 내게 넘겨주시고, 밥 광주리와 물 주전자를 바닥에 던지시고는 그대로 방에 들어가 혼절하듯 주무셨다.

어머니는 일을 미루는 분이 아니셨다. 빈 그릇을 가져오면 그 자리에서 바로 씻어서 물기를 빼놓고 다음 끼니를 준비하셨다. 그래야 농사짓는 일꾼들에게 하루 다섯 번 밥을 가져다줄 수 있었기 때문이다. 우리 집에서 개간하는 땅까지 거리가 꽤 있었기 때문에 그렇게 부지런하게 일하지 않으면 끼니때를 놓치기가 십상이었다. 어머니는 늘 "먹고살기 위해 타국까지 온 사람들에게 밥때를 기다리게 하면 안 된다."라고 하시면서 식사 시간은 정확하게 지키셨다. 그런 어머니가 밥 광주리를 나 몰라라

하셨으니 내가 얼마나 놀랐겠는가. 그제야 상황이 심상치 않다는 걸 알고 아버지를 부르기 위해 논으로 달려갔다. 놀란 마음에 가슴은 뛰고, 불안한 마음에 다리는 허둥대서 어떻게 그 길을 갔는지 모르겠다. 남동생을 업고 달려온 나를 보고 아버지는 일을 그만두고 그 길로 집으로 뛰어가 어머니 병구완에 전념하셨다.

하지만 아버지가 멀리 옆 동네에까지 가서 의사를 불러와도 뾰족한 수가 없었다. 의사는 처방도 내리지 않고, 고개만 갸웃거리다 갔고, 탕약을 끓이고, 온몸에 침을 찔러대던 할아버지도 속수무책으로 급격하게 악화하는 어머니의 병세를 지켜보고 계셨다. 어머니의 건강은 아기를 사산한 후에 더 나빠졌다. 기력이 다했는지 하루에도 열두 번씩 까무룩 정신을 놓으셨고, 그때마다 아버지는 어머니 손을 붙잡고 흔들며 "왜 그래, 죽으려고 그래?" 하셨고, 어머니는 "내가 저것들을 두고 어떻게 죽어. 안 죽어!" 하시면서 나와 동생을 물기 어린 눈으로 바라보셨다.

하지만 어머니는 그 약속을 지키지 못하셨다. 아기를 사산하고 사흘 뒤 어머니는 세상을 떠나셨다. 초점 잃은 눈동자로 나와 동생을 한참 쳐다보시더니 크게 숨을 몰아쉬고 가만히 눈을 감으셨다. 깜짝 놀란 아버지가 정신 차리라고 소리치며 어머니 몸을 흔들었지만, 어머니는 끝내 눈을 뜨지 않았다. 광대뼈가 드러난 어머니의 창백한 얼굴에서는 더 이상 숨결이 느껴지지 않았다.

어떻게 어머니가 돌아가실 수가 있을까. 두 눈으로 확인했지만, 어머니의 죽음이 믿기지 않았다. 땅을 치며 서럽게 우는 아버지와 당숙들을 보면서도 나는 어머니의 죽음이 실감 나지 않았다. 금세 눈을 다시 뜨고 "재우야!" 부르실 것 같아서 어머니 곁을 떠날 수가 없었다. 어머니가 정말 돌아가셨다면, 어머니 안 계신 세상을 어떻게 살아갈지, 막막한 마음에 가슴이 답답해져 왔다. 이렇게 돌아가실 줄 알았으면 학교에 가지 않고 어머니를 도와 드렸을 텐데…. 기가 막혀 눈물도 나지 않았다. 그날 나는 내가 서 있을 수 있게 지지해 주던 땅을 잃었다. 내 머리 위의 하늘도 무너져 버렸다.

그리고 얼마 후 나도 장티푸스에 걸려 실신하듯 쓰러졌다. 꼬박 열흘 동안 죽은 듯이 앓으면서 비로소 나는 더 이상 내 곁에 어머니가 계시지 않다는 것을 뼈저리게 느꼈다. 아무리 식구가 많고, 집안일이 쌓여 있어도, 내가 아프거나 골골거리면 항상 어머니는 내 차지였는데, 정신을 잃을 정도로 열이 펄펄 나도, 내 이마를 짚어 보며 밤새도록 지켜 주시던 어머니는 더 이상 만날 수 없었다.

그렇게 내가 어머니 잃은 슬픔을 온몸으로 앓고 있는 동안 어린 세 동생은 나만 쳐다보고 있었다. 황망하게 어머니를 보내드린 것은 나뿐만이 아니었다. 천지 분간 못 하는 동생들도 마찬가지였다. 어른들 틈에서 이리저리 치이는 동생들을 보니 정신이 번쩍 났다. 내가 누워 있는 자리 밑이 꺼진 것처럼 기가 막혀도 산 사람은 살아야 했다. 동생들은 돌봐 줄

손이 필요했고, 땅은 쉴 없는 노동을 원했으며, 일꾼들의 끼니는 어머니가 돌아가셨어도 어김없이 돌아왔다.

그때부터 생전에 어머니가 하시던 일은 고스란히 내 차지가 되었다. 작은할머니가 계셨지만, 눈이 어두워 새참을 갖다주는 건 불가능했다. 그래서 어머니가 매일 하셨던 일은 자연스럽게 내가 하게 됐다. 새벽에 일어나 밥을 짓고, 광주리에 밥을 담아 아버지가 일하시는 논에 갖다 드렸다. 동생들이 어리다 보니 집에 두고 올 수가 없어서 새참 배달할 때면 젖 떨어진 지도 얼마 안 된 3살짜리 철우는 업고, 6살짜리 진우는 손을 잡고 걸었다. 한참 걷다 보면 등에 업힌 동생은 허리까지 내려오고, 질질 끌려 걸어오던 동생도 다리가 아프다며 길바닥에 주저앉았다. 길은 멀고 시간은 없는데 동생들을 데리고 일하기엔 나도, 동생들도 너무 어렸다.

고작 15살인데 학교도 가지 못하고, 집안일을 맡게 된 내가 안쓰러웠던 아버지는 일을 조금이라도 덜어 주기 위해 여러 가지 세간 도구들을 만들어 주셨다. 그중에는 광주리도 있었다. 만주에는 대나무가 없어 대 광주리는 만들 수가 없었기 때문에 꿩 대신 닭으로 갯버들 가지를 촘촘히 엮어 겉보기에는 그럴싸한 광주리를 만들어 주신 것이다. 만주는 땅이 흔해서 작물 심기가 좋다고 하시면서 놀고 있는 땅에 배추를 심고 배춧속이 노랗게 익으면 어머니는 칼을 들고 나가서 배추 밑동을 잘라내고, 개울에 가서 깨끗이 씻어 와 김치를 담그셨는데 그 김치 맛이 일품이었다. 문제는 어머니가 하시는 걸 볼 때는 간단했던 일이 내가 직접 하려니까 너무 어려웠다. 특히 배추를 씻어서 집으로 가져오면 허리가 휘는 것 같았다. 보다 못한 아버지가 갯버들 가지를 엮어서 광주리를 만들어 주셨던 것이었다.

그런데 그 광주리는 제 역할을 하지 못했다. 배추를 물에 씻어서 광주리에 담아 머리에 이고 오면 갯버들 가지 틈새로 물이 줄줄 흘러내려 눈을 뜰 수가 없었다. 배추 무게 때문에 광주리는 머리를 짓이기듯 내리누르고, 땀은 비 오듯 쏟아지는데 물까지 새니 한 발 내딛기가 쉽지 않았다. 땀과 물에 손이 미끌미끌해지자 내 손을 잡고 오던 동생은 더욱더 내게 매달렸고, 동생 무게에 중심을 잃어 뒤뚱거리면 등에 업힌 동생이 깜짝 놀라 펄쩍 뛰었다. 그리고 악을 쓰며 울었다. 개울에서 씻은 배추는 펄펄 살아서 광주리 안에서 점점 커지는데, 두 동생의 울음소리는 그치지 않았다. 그 상황에서 나는 이러지도 저러지도 못하고, 동생들을 붙잡고 같이 울었다. 어머니가 안 계신 나날은 그렇게 매일 눈물 바람이었다. 한 끼를 버틴다는 각오로 이를 악물고 견디지 않았다면 살아내지 못할 시간이었다.

더 이상 감당하기 어렵다고 생각될 때쯤 분가했던 큰당숙네가 다시 돌아왔다. 어머니가 계시지 않으니 엉망진창이 된 부엌살림을 맏며느리인 큰당숙모가 와서 중심을 잡고, 종조모와 당고모가 도우니 안정을 찾아가는 듯했다. 그런데 침 할아버지의 부인이 오시고부터 다시 부엌이 시끄러워졌다. 아들과 단둘이 무작정 만주로 왔던 침 할아버지는 우리 집에 기거하면서 만주 생활에 자신감이 생겼는지 조선에 있는 가족들을 불러들였다. 오매불망 남편의 기별만을 기다렸던 침 할아버지 부인은 편지를 받자마자 두 아들을 데리고 와 한꺼번에 3명의 객식구가 늘었다.

어머니와 달리 객식구를 반기지 않았던 큰당숙모는 침 할아버지의 부인이 오지랖 넓게 우리 살림을 좌지우지하려는 걸 용납하지 않았다. 성격이 드세고, 개성이 강했던 침 할아버지 부인은 그런 큰당숙모를 못마땅하게 여겼고, 종조모와 당고모까지 합세해 서로 몽니를 부리기 시작했다. 곳간 열쇠를 쥔 큰당숙모가 호락호락 넘어가지는 않았지만, 날마다 부엌에서 큰소리가 나고, 집안 분위기마저 냉랭해졌다.

보다 못한 아버지가 중대 결단을 내리셨다. 집안의 기강을 잡기 위해서라도 새어머니를 들여야겠다고 결심하신 것이다. 아버지는 이대로 뒀다가는 집안이 풍비박산이 나겠다고 하시면서 부처 같은 사람이라도 한 명 데려다 놔야 살림의 중심이 잡히겠다고 하시면서 고향으로 떠나셨다. 그리고 얼마 후 새어머니 곽노일(郭魯一) 님과 함께 돌아오셨다. 어머니도 그랬지만 새어머니도 성함이 남자 이름 같았다. 새어머니는 고향 집안 분의 처가 소개로 만났다고 하는데 아버지보다 9살 어린, 27살이었고 2대 국회의원과 체신부 장관을 지낸 곽의영 씨의 조카이기도 한 좋은 가문의 딸이었다.

세브란스병원에서 일하셨다는 새어머니는 한눈에 봐도 멋지고 세련

된 신여성이었지만 결혼에 한 번 실패하고 정신적 어려움을 겪다가 아버지를 만난 것이다. 처음 새어머니가 방 안에 들어오셨을 때 향긋한 냄새가 났다. 우리 어머니에게서는 한 번도 맡아 본 적이 없는 분 냄새였다. 거기에 똑떨어지게 차려입은 정장은 구김 하나 없이 깔끔했다. 새어머니는 귀향 후에 해방둥이인 첫딸 정우와 대우, 정자, 정순 3녀 1남의 귀한 동생들을 낳으셨는데 평생 젖은 행주치마를 두르고, 집안일을 하느라 바쁘셨던 친어머니와는 완전히 다른 분이었다. 그래서일까? 아버지의 바람과는 달리 새어머니는 부엌의 기강을 잡지는 못했다. 아니, 기강을 잡으려고 하지 않으셨다. 함께 사는 식구들과 섞이기보다 구별되기를 원하셨고, 하나의 부엌을 사용하더라도 각자 제 살림하길 바라셨다. 많은 식구가 어울려 살면서 술에 물 탄 듯 두루뭉술하게 넘어갔던 일도 새어머니는 그냥 지나치지 않고, 정확하게 따져서 셈법에 따라 책임을 지게 하셨다.

그 무렵 종조부가 돌아가셨다. 종조부는 아버지가 새어머니를 맞이하러 고향에 가셨을 때 병환으로 몸져누우셨는데 위독하신 중에도 아버지가 오기만 기다리셨다. 평생 조카를 의지하며 사신 분이라 그런지 당신 아들들보다 우리 아버지를 더 찾으셨다. 그리고 아버지가 오실 때까지 눈을 감지 않으셨다. 결국 아버지가 새어머니와 함께 돌아오신 것을 보고 나서 아버지 품에서 임종을 맞으셨다.

집안의 가장 큰 어른이신 종조부가 돌아가시자 함께 지냈던 가족들이 하나둘 분가해 나가기 시작했다. 제일 먼저 침 할아버지가 부인과 아들을 데리고 방을 얻어 나가셨고, 큰당숙네도 학교 기숙사로 다시 돌아갔다. 그렇게 식구들이 흩어지고 모이는 가운데 마을의 나이 든 남자들은 보급대로 무차별 징집당하기 시작했고, 우리 아버지도 명단에 올라 전쟁터로 끌려갈 날짜만 꼽고 있는 차에 갑자기 일본의 항복 소식이 전해오면서 만주도 해방을 맞았다. 태평양전쟁에 끌려가서 총알받이가 될 뻔했던 오빠와 막내당숙도 파병을 위한 훈련 도중 용케 살아서 돌아왔다.

고난의 길 위에서

(떠날 때보다 혹독했던 귀향길)

이미 우리에게는

태어난 곳이 고향이 아니다

자란 곳이 고향이 아니다

산과 들 달려오는 우리 역사가 고향이다

그리하여 바람 찬 날 우리가 쓰러질 곳

그곳이 고향이다

우리여 우리여

모두 다 그 고향으로 가자

어머니가 기다린다

어머니의 역사가 기다린다

그 고향으로 가자

(고은 詩 〈고향〉)

모두가 염원했던 해방은 누구도 예상하지 않았던 때 그야말로 도둑처럼 느닷없이 찾아왔다. 독립에 대한 준비 없이 먹고살기 바빴던 우리 동네 사람들은 갑자기 찾아온 해방의 기쁨을 표현할 길이 없어 흰 수건만 연신 흔들며 만세를 불렀다. 그러다 태극기를 그릴 줄 아는 젊은 남자가 깨끗한 광목에 태극기를 그려서 사람들에게 나눠 주었다. 어른들은 너도나도 태극기를 손에 쥐고 '대한독립 만세! 대한독립 만세!'를 외쳤다. 만세를 부르는 어른들의 표정은 기쁨과 안도, 기대와 설렘으로 넘쳐흘렀다.

　만주에는 여러 일본인 마을 가운데 혼부(本部, 본부)를 두어 자기들끼리 정기적으로 모임도 갖고 오락도 즐기곤 했는데, 한번은 우리 아버지가 구경하러 갔을 때 일본인들이 조선인을 비하하는데 비분강개하여 대들었다가 죽을 정도로 두들겨 맞고 쓰러져 혼절해 있는 것을 중국 사람이 발견해 구루마(손수레)로 끌고 온 일도 있어 일본인에 대한 적개심이 커져 있는 차에 해방이 되어 아버지는 누구보다도 더 기뻐하셨다. 하지만 해방의 기쁨은 거기까지였다.

해방 소식을 알기 전 일본인 마을이 갑자기 텅 비어 왜 그런가 모두 궁금해했는데 이들은 무조건 항복 소식을 먼저 듣고 아무도 모르게 짐을 꾸려 혼부에 집결한 후 패전한 일본군 호위 속에 도망을 갔다고 한다. 패전한 일본군이 떠나버린 만주는 그야말로 무법천지가 되었다. 만주는 사실 중국이라기보다는 만주족의 청나라가 멸망한 후 일제가 점령하여 마지막 황제 어린 '푸이(溥儀)'를 옹립해 괴뢰국으로 세운 나라였는데, 우리처럼 일제의 식민지 상태로 있다가 해방을 맞았기 때문에 소련군이 진주하여 푸이가 소련으로 끌려간 후 무정부 상태가 되어 버리고 말았다. 일본에 의해 억눌려 살았던 만주족들은 아무도 제재하지 않는 틈을 타서 밤이고 낮이고 일본인들의 집을 습격해 돈이 될 만한 것은 무엇이든 약탈했다.

자기네 땅에 살면서도 만주인들은 극도로 가난했다. 처음 만주에 도착했을 때 아이들이 쌀부대로 옷을 지어 입은 걸 보고 깜짝 놀랐는데 살다 보니 그건 차라리 고급 옷에 속했다. 그러니 살림살이를 그대로 두고 급하게 몸만 빠져나간 일본인 집은 그들에게 보물단지나 다름없었다. 대부분의 만주인들이 약탈에 동조하여 닥치는 대로 물건들을 가져갔고, 그중 힘센 사람은 일본인 집을 차지하기도 했다.

그러다 보니 만주인들 사이에도 알력이 생겨 삐걱거리는 일이 많았는데, 폭력에 대한 제재가 없다 보니 작은 갈등도 쉽게 총싸움으로 번졌다. 문제는 그 불똥이 언제 조선인들에게 튈지 모른다는 거였다. 빈집털이에 성공하면서 조선인에 대한 그들의 태도도 서서히 변해 갔다. 점차 눈엣가시로 여기면서 조선인도 약탈의 대상으로 생각하는 것 같았다. 일찍부터 그런 낌새를 감지한 아버지는 만주인들의 습격이 있으면 무조건 숨으라고 하셨다.

새어머니가 계셨지만 어린 두 동생을 돌보는 건 내 차지였다. 그래서 나는 총소리가 들릴 때를 대비해서 항상 머리맡에 아기를 업고 갈 포대기와 동생 손과 내 손을 묶어 줄 수건을 준비해 두었다. 그러다 총성이 들리면 얼른 한 명은 둘러업고, 다른 한 명은 손잡고 옥수수밭으로 달려갔다. 마을마다 옥수수밭이 있었는데, 옥수수가 잎이 무성하고 키가 커서 그 속에 들어가면 찾기 힘들었기 때문이었다. 넓고도 깊은 옥수수밭에 피신했다가 집에 돌아오면 온몸이 땀으로 흠뻑 젖을 만큼 고됐지만 우리는 만주인들의 발소리만 들려도 황급히 몸을 숨겼다. 내 기억에 두 어린 동생만 있는 것은 셋째 찬우는 창우 오빠가 챙겨서 그렇지 않을까 생각된다.

점점 광포해지는 만주인들을 보며 우리는 불안에 떨었지만, 대부분의 마을 사람들은 아버지의 걱정이 지나치다며 그들이 지금까지 마찰 없이 잘 살아왔는데 설마 조선인을 공격하지는 않을 거라고 했다. 일제라는 공공의 적을 두고 그동안 암묵적인 동지로 살아왔는데 상황이 바뀌었다고 갑자기 적으로 돌변하겠냐는 것이었다. 하지만 아버지의 생각은 달랐다. 아버지는 시대가 혼란할 때는 영원한 아군도, 적군도 없다고 하시면서 아직, 우호적인 관계를 맺고 있을 때 새로운 돌파구를 찾아야 한다고 하셨다.

당시 조선인 마을 이장이었던 아버지는 마을 회의를 소집했다. 만주인들까지 모두 우리 집 마당에 모였고, 아버지는 그들 앞에서 일제가 패망한 지금, 중국과 조선은 하나가 되어 똘똘 뭉쳐야 한다고 강조하시면서 중국과 조선, 조선과 중국이 일본에 점령당해 박해받고 고난을 겪었던 것을 잊지 말고, 앞으로 이웃으로, 동지로 단합하여 잘살아 보자고 하셨다. 아버지의 말씀이 끝나자 사방에서 박수 소리가 터져 나왔다. 함께 땅을 일구며 살던 만주 마을 사람들도 아버지의 연설에 동조했고, 오랜 세월 힘들게 기반을 닦아 놓은 땅을 버리고 고향으로 돌아갈 일이 막막했던 조선인들도 아버지의 말씀에 적극적으로 동조하며 불안했던 마음을 떨어냈다.

하지만 그런 상황은 얼마 가지 않았다. 모두의 염원대로 겉으로는 평온한 것 같았지만 마을이 우리 마을만 있는 게 아니고 만주 일대에 무정부 사태가 점점 험악해지는 낌새를 느낀 아버지는 돌아가신 분들의 유골을 미리 챙기셨다. 어머니, 종조부, 6촌 동생까지 그곳에 뼈를 묻은 분들이 한두 분이 아니었다. 아버지는 한번 떠나면 다시 만주에 오기 어려우니, 묘를 정리하고 가야 한다고 하시면서 근처 갯버들 숲에서 가지를 베어다가 잔뜩 쌓아 놓고 한 분씩 따로따로 화장했다.

한시라도 빨리 탈출해야 하는 상황에서 고인의 유골을 챙기는 아버지를 보면서 당숙들은 그럴 정성이 있으면 나중에 다시 와서 이장하는 게 낫지 않겠냐고 했지만, 아버지는 만주행이 그렇게 쉬운 일이 아니라고 하시면서 화장을 강행하셨다. 그리고 남은 재를 깨끗한 천에 담아 새지 않도록 똘똘 말아서 우리 어머니의 유골은 내 동생 짐에, 할아버지와 할머니의 유골은 당고모 가방에 넣어서 모서 왔다. 그리고 고향에 와서 선산에 어머니와 할아버지를 모셨다.

그러고 나서 아버지는 아무도 모르게 마차 대여섯 대를 준비하여 우리가 잠든 사이에 짐을 옮겨 싣고, 잠든 식구들을 깨워 마차에 태웠다. 혹시라도 말이 새어나갈까 봐 차근히 만주를 떠날 만반의 준비를 마친 후에 식구들에게 알린 것이다. 큰삼촌을 비롯해 우리와 함께 만주에 온 식구들은 모두 아버지의 말씀에 따라 마차에 올라탔지만, 대고모 할아버지는 만주에 계시겠다고 끝까지 고집하셨다. 맨몸뚱이로 고향에 간들 뭘 먹고살겠냐고 하시면서 당신은 죽으나 사나 만주에서 평생 부쳐 먹던 땅이나 일구며 사시겠다고 하셨다. 결국 대고모 할아버지 식구들만 만주에 남고, 우리는 모두 새벽에 도시로 탈출했다.

도시에 잠간 머무는 동안 큰당숙은 대고모 할아버지의 안부가 궁금하다며 우리가 살던 동네에 가 보았는데 하룻밤 새 그곳은 완전히 황폐해졌고 마치 메뚜기 떼가 지나간 것처럼 만주인들이 우리가 살던 동네를 다 약탈해 갔다고 하면서 놀라서 실성할 정도로 얼이 빠져 돌아오셨다. 다행히 대고모 할아버지는 다치지 않으셨지만 조금이라도 반항하거나 살림을 지키려고 하는 사람들은 가차 없이 때리고 행패를 부렸다고 한다. 함께 우의를 다졌던 한마을 사람들이 우리를 약탈의 대상으로 삼았다면 앞으로 우리가 피난길에서 만날 사람들은 어떻겠는가. 언제 얼굴색을 바꿔 돌변할지 모르니 무조건 조심해야 했고, 무엇보다 피땀 흘려 모은 돈을 잘 숨겨야 했다. 그래서 당숙모는 아들의 솜옷 속에 돈을 넣어 누볐고, 큰당숙은 일본 훈도시처럼 기저귀를 크게 만들어 그 안에 돈을 넣고 가랑이 사이에 단단히 조여 맸다.

그리고 모두 기차에 거머리처럼 매달려 올라탔다. 다리 하나만 기차에 올릴 수 있으면 매달려서라도 가야 했는데 운 좋게도 신경역에서 통로에 틈이나 기차 안으로 들어갈 수 있었다. 그렇게 사람들에게 밀리고 치이다 보니 다리는 뻣뻣해지고, 가슴이 답답해서 숨쉬기가 힘들었다. 그런데 봉천을 지나면서부터는 입석 승객이 너무 많아져 도저히 숨을 쉴 수가 없자 콩나물시루 같은 실내를 탈출해 기차 지붕 위로 올라가야만 했다.

참다못해 큰 당숙이 기차가 정차할 때 잠깐 내렸는데 그때 중국인들이 붙들어 옷을 벗기고 노리던 돈을 빼앗아 갔다. 중국 국경인 압록강을 앞두고는 돈으로 누빈 솜옷을 입은 아기 홍우도 잃어버렸다. 분명히 당숙모가 안고 있었는데 어느 순간 빈손으로 서 있다는 걸 알고, 아기를 찾기 위해 온 기차를 정신없이 헤매고 다녔다. 다행히 아기는 화물칸으로 가는 통로에 있었다. 어떻게 알았는지 저고리를 찢어발겨서 솜 속에 숨겨둔 돈만 꺼내고, 누더기가 된 저고리는 아기에게 입혀 사람들 눈에 잘 띄는 곳에 세워 두었다. 엉엉 울며 누더기를 입고 있는 아기를 찾고는 모두 안도의 한숨을 내쉬었지만, 빈털터리로 고향에 가야 한다는 사실에 아연 실색할 수밖에 없었다.

귀향길의 복병은 그런 것뿐이 아니었다. 패전한 일본 관동군과 만주군의 무장해제를 위해 들어온 러시아군이 피난길을 위협하는 또 다른 걸림돌이었다. 우리는 러시아인과 마주치지 않으려고 기차도 객실 대신 화물칸에 탔다. 짐짝 사이에 대충 자리를 잡고 엉거주춤 앉아서 가다 보면 금세 화장실이 가고 싶어졌는데 그때마다 온몸을 화물칸 문밖에 대고 바지춤을 내렸다. 혹여 떨어질까 봐 뒤에서 있는 옷이랑 팔을 힘껏 잡아당겨 줬지만 기차가 달리는 속도가 워낙 빠르다 보니 몸이 종잇장처럼 펄럭거렸다. 그래도 무서운 줄 몰랐다. 기차에서 떨어지는 것보다 러시아인에게 봉변당하는 게 더 두려웠기 때문이었다.

우리가 지나온 만주국 수도 신경(新京), 그리고 봉천(奉天)에서도 보이던 러시아 군인들은 국경 도시였던 신의주에는 더욱 많이 들어와 있었다. 러시아인은 생김새가 우리와 달라서 그 장대 같고 허여멀건 얼굴만 봐도 소스라치게 놀랐는데, 그들 대부분이 난폭해 돈 될 만한 걸 보면 무조건 빼앗았다. 사람들한테 뺏은 시계와 커다란 빵 덩어리를 주렁주렁 달고 다니는 파란 눈과 마주칠 때면 공포에 질려 머리털이 바짝 곤두설 정도였다. 우리에게는 그들이 탐낼 만한 물건은 없었지만 그래서 오히려 더 해코지당하지 않을까 전전긍긍하며 필사적으로 러시아인들을 피했다.

만주에서 하얼빈, 봉천, 안동을 거쳐 압록강에 도착한 우리는 그곳에서 그나마 갖고 있던 모든 돈을 몽땅 다 쓸 수밖에 없었다. 일본의 패망으로 국경을 넘는 사람들이 많아지자 중국은 압록강 변의 경비를 더욱 강화하고 도강을 금지했다. 조선으로 들어가기 위해서는 밤중에 몰래 배를 이용하는 수밖에 없었는데 국경을 넘으려는 사람들이 많다 보니 뱃삯이 부르는 게 값이었다. 그래도 만주를 떠날 방법은 그거 하나였기 때문에 국경 앞에서 주머니를 움켜쥐는 사람은 아무도 없었다. 우리도 마찬가지였다.

온 식구가 주머닛돈까지 탈탈 털어 압록강을 넘은 후 우리는 큰당숙네와 헤어졌다. 도저히 속도를 맞출 수 없었기 때문이다. 그 당시 우리 가족은 모두 전염병에 걸려 움직이기 힘든 상태였다. 만주를 떠나기 직전에 군대 징병 갔던 오빠와 막내당숙이 돌아와 모두 다행이라며 기뻐했는데 그 때문에 모두 전염병에 감염되고 만 것이었다. 게다가 새어머니는 임신 중이었기 때문에 다른 사람들과 보조를 맞춰 움직이는 건 도저히 불가능했다. 그래서 큰당숙네를 먼저 보내고, 우리는 걷다 쉬다를 반복하며 몸이 허락하는 만큼만 걸었다.

여섯 식구 중 전염병에 걸리지 않은 사람은 나뿐이었다. 나는 어머니가 돌아가신 후에 장티푸스에 전염되어 며칠 호되게 앓았는데 그때 면역력이 생겼는지 병에 걸린 식구들과 한데 지냈는데도 감염되지 않고 멀쩡했다. 그래서 내가 앞장서서 갈 수밖에 없었는데 병든 식구들을 이끌고 가는 건 정말 말할 수 없는 고역이었다. 병환이 깊다 보니 다들 누울 자리만 보지 앞으로 나아갈 생각을 도통 하지 않았다. 보다 못해 내가 '이러다 우리 길에서 다 죽어!'라고 울면서 닦달하면 그제야 겨우 몸을 일으켜 몇 발짝 걷다가 이내 주저앉아 자리 잡고 누워 버렸다.

할 수 없이 하루는 걷고, 하루는 쉬면서 겨우 국경 마을인 신의주 시내에 도착했는데 감사하게도 교회에서 사람들이 나와 우리를 피난민이 묵는 숙소로 데려가 주었다. 그리고 평양이든 서울이든 다른 도시로 가는 차가 도착할 때까지 편안하게 묵으라고 했다. 다른 피난민들이 다들 전염될까 봐 불안해하는 눈치였지만 나 혼자 식구들을 돌보느라 애쓰는 모습이 안쓰러웠던지 우리가 전염병에 걸린 걸 알면서도 대놓고 싫은 내색은 하지 않았다. 하지만 식구가 모두 전염병을 앓고 있는 상황에서 피난민 수용소에 마냥 있을 수는 없었다. 그래서 몸이 어느 정도 추슬러졌다 싶었을 때 수용소에서 나와 평양 방향으로 걷기 시작했다.

여유가 있는 사람들은 마차를 빌려서 갔지만 우리는 돈을 다 빼앗겨 그럴 여력이 없었기 때문에 길을 걷다 차를 보면 얻어 탔고, 도중에 내리라 하면 내려서 걷고 또 걸었다. 병에 시달리면서 녹초가 된 식구들은 길에서 축축 늘어졌고, 유일하게 멀쩡한 나는 어린 아기 철우를 업고, 6살 진우는 손을 잡고 걸었는데 툭하면 주저앉아 일으켜 세우느라 너무나 힘이 들었다.

그렇게 청주까지 오는 귀향길에 우리는 별의별 고난을 다 겪었다. 식구들이 기운을 못 쓰다 보니 잠자리를 찾는 건 내 몫이었다. 나는 새벽녘이면 동네에 들어가 연기 나는 집마다 문을 두드리며 하룻밤만 재워 달라고 애원했다. 멋모를 때는 방도 내주고, 밥도 주면서 우리를 인정 있게 대했지만, 우리가 밥도 못 먹고, 밤새 앓는 걸 보고 나면 마음이 바뀌어 바로 나가라고 내쫓았다. 야박하고 서러웠지만, 전염병이 무섭다 보니 그들을 탓할 수도 없었다.

하루는 어떤 사람이 우리를 보고 "개똥을 볶아서 보리차처럼 뜨거운 물에 우려먹으면 전염병에 좋다."고 말해 줬다. 그 얘기를 들으니 귀가 번쩍 뜨였다. 약을 구할 수 없으니 개똥이라도 먹여 봐야겠다는 생각에 당장 동생과 개울가로 가서 개똥을 주워 불에 달군 생철판에 볶은 후 헝겊에 곱게 쌌다. 그리고 보리차 우리듯 우려내어 한 모금씩 마시게 했다. "제발 이걸 먹고 병이 낫게 해 주세요."라고 속으로 빌고 또 빌면서 식구들에게 개똥차를 먹였지만 아무 효과는 없이 배탈만 났고, 우리는 청주에 오는 내내 천덕꾸러기 전염병자 신세로 사람들에게 내몰리며 지내야만 했다.

그런 와중에 내가 황해도 산골 총각에게 시집갈 뻔한 사건도 겪었다. 그때는 식구들이 모두 병을 앓다 보니 밥을 제때 먹지 못해서 밥을 보자기에 싸서 들고 다니다가 동네를 만나면 솥을 빌려 데워 먹었다. 그런데 한 고갯길을 지날 때 아버지가 한 집을 가리키며 "저 집에 가서 밥을 좀 끓여 먹을 수 있게 부탁해 보라."고 하셨다. 그래서 그 집에 가서 사정을 얘기하니 솥을 빌려줘서 거기다 밥과 물을 넣고 끓이고 있는데 그 집 할 아버지가 안방에서 쪽문으로 나를 계속 쳐다보셨다.

그리고 갑자기 우리 아버지를 불러 비록 자신이 산골에 살고 있지만 땅도 있고 산도 있는 알짜 집안이라고 하면서 나를 막내아들과 짝지어 주면 좋을 것 같으니 두고 가라고 했다. 그러자 아버지는 "우리는 애 없으면 죽습니다. 목숨을 어떻게 두고 갑니까?"라고 하시면서 거절하셨고, 나는 기겁하며 문밖으로 도망쳤다. 밥 끓는 냄새가 나는데 입맛이 싹 사라졌다. 아버지가 거절하셨기에 망정이지 누군지도 모르는 사람과 어떻게 산단 말인가, 또 내가 여기 남으면 동생들은 어떻게 한단 말인가. 이런저런 생각을 하니 하염없이 눈물이 났다.

그때 내 최대 관심사는 식구들을 한 걸음이라도 더 걷게 하는 것이었다. 그때만 해도 밤이면 사나운 짐승이 나와 어둑해지면 아무도 산속에 들어가지 않았는데 우리 식구들은 걷는 속도가 느리다 보니 산에서 밤을 맞기 일쑤였기 때문이다. 그러나 감사하게도 숱한 밤을 산기슭 아래 으슥한 곳에서 잤지만 누구 하나 상하지 않고 아침을 맞았다. 천신만고 끝에 신의주에서 평양으로, 또 평양에서 서울까지 왔다. 사흘 길이면 충분한 거리를 한 달 넘게 고생하며 걸어왔으니 발은 다 부르터 터지고 몸은 만신창이가 되어 병은 더욱 악화되었다. 서울에 도착하자마자 임산부인 새어머니는 세브란스병원에 입원하셨고, 우리는 피난민 수용소로 갔다. 거기에 가서는 일단 잠자리와 먹을 것이 보장되었기 때문에 적어도 일주일 이상은 맘 편히 쉴 수 있었다.

그렇다고 수용소에서 마냥 지낼 수는 없었다. 연고도 없는 서울에서 지체하느니 하루빨리 청주로 가는 것이 나을 것 같아 다리에 힘이 붙자마자 다시 피난길에 올라 최종 목적지인 청주에 도착했다. 고향과 가까운데다 몇 년 동안 살았던 기억이 있어서 기를 쓰고 청주에 왔지만, 사실 청주에 왔다고 해서 별다른 뾰족한 수가 있는 것은 아니었다. 당장 살 집도 없고 아는 사람도 없었다. 유일하게 우리를 맞아 준 분들은 석교동에 있는 교회 교인들뿐이었다. 그분들은 피난민들을 태운 차가 도착할 때마다 환영의 깃발을 흔들며 '피난민은 이리 오세요'라고 환대하며 피난민들을 교회로 데려갔다. 그리고 성전 옆에 있는 작은 공간에 피난민 숙소를 마련하여 쉬게 했다.

임신 중이었던 새어머니는 퇴원하여 청주 옥산 친정으로 가셨고 나는 두 동생과 피난민 숙소에서 지냈는데 동생들의 병세가 악화하여 청주도립병원에 입원하게 되었다. 그 병원은 피난민들에게 치료비를 받지 않았기 때문에 환자 중에는 우리와 같이 피난 온 사람들이 많았다. 그중 전염병 환자들은 따로 전염병동에 격리하여 입원시켰는데 의료진은 물론이고, 배식하는 사람들조차 병동에 가까이 오려고 하지 않았다. 문제는 전염병동에는 보호자가 없다는 것이었다. 누군가 병원과 환자 사이에서 중간 역할을 해 주지 않으면 그대로 방치되고 말 상황이었다. 그래서 내가 전염병동의 보호자 역할을 했다. 배식원들이 끼니마다 병동 입구에 음식을 두고 가면 그것을 가져다가 환자들에게 나눠 주고, 몸이 불편한 사람들은 먹여 주었다.

난방을 위해 장작도 팼다. 난방장치는 고사하고, 전체 병동에 난로가 한 대뿐이었던 전염병동은 추위에 대해 무방비 상태였다. 삭풍이 불면 창문 사이로 찬 바람이 들어와 환자들이 추위에 덜덜 떨었다. 병실은 물론 복도도 냉골이라 어디에도 온기는 찾아볼 수가 없었다. 문제는 한 대뿐인 화목난로를 피우려면 장작이 있어야 했는데 병원에서는 그것조차 주지 않았다. 결국 장작도 내가 패서 난로를 피우고, 남은 재는 땅에 묻었다.

그렇게 겨울을 보내고 봄이 되자 다른 환자들은 회복되어 퇴원하고 나와 동생들만 남게 되었다. 가뜩이나 썰렁했던 병동이 더 황량해지자 간호사들은 얼른 주사만 놔주고 가기 바빴다. 그때는 정맥주사를 혈관이 아니라 근육에 놨다. 그래서 주사를 맞으면 손이 부어올라 마사지해서 가라앉혀야 했는데 간호사들이 꽁무니를 빼는 바람에 그것도 내 차지가 되었다. 그나마 마사지는 양반이었다. 가장 나를 곤욕스럽게 했던 건 밤중에 화장실에 가는 것이었다. 화장실은 병실 반대쪽 끝에 있었는데 거기까지 가려면 빈 복도를 지나야 했다. 전기가 들어오지 않아 캄캄한 복도에는 수상쩍은 바람 소리가 가득했다. 손전등 대신 송진에 불을 붙인 광솔을 들고 갔는데 복도를 지날 때마다 창문에 일렁이는 불빛이 괴이하게 비쳐 등골을 오싹하게 만들었다.

그렇게 전염병동에서 외롭고 힘든 투병 생활 끝에 동생들이 회복하여 퇴원하게 되었다. 병원에서는 그동안 고생했다면서 위로금을 주며 퇴원을 축하했다. 만주에서부터 시작된 병마가 끝나고, 드디어 나와 동생들은 가족과 함께 살게 되었다. 우리가 입원해 있던 사이에 아버지는 우리보다 먼저 청주에 도착한 큰당숙을 만나 우리 가족이 지낼 방을 한 칸 얻었다. 교육을 많이 받고 선생님을 하던 큰삼촌은 청주에 오자마자 일본인이 버리고 간 적산가옥을 관리하는 일자리를 얻었는데 그중 번화가인 남문로 1가 요지의 적산가옥 하나를 불하받았다. 그 집은 규모도 있고 방이 여럿이라 그중 하나를 우리에게 빌려준 것이었다. 다시 대가족이 모여 살게 되었지만, 모든 것이 예전 같지는 않았다.

주경야독
(학교 대신 일터에서)

말하지 말라.
오늘 배우지 않고 내일이 있다고

말하지 말라.
올해 배우지 않고 내년이 있다고

해와 달은 무심히 흐를 뿐
세월은 나를 기다리지 않는다.

(주희 詩 〈배움〉)

나라를 되찾아 내 땅에 왔어도 먹고사는 일은 누가 대신해 주지 않았다. 청주에 와서도 아버지는 일곱으로 불어난 식구들을 먹여 살리기 위해 동분서주하셨지만, 일자리를 구하기가 쉬웠겠는가? 나도 청주에 오면 막연히 만주에서 중단했던 학업을 계속 이어 갈 수 있을 거라고 기대했지만 날마다 어깨를 늘어뜨린 채 들어오시는 아버지를 보면서 공부에 대한 마음을 접었다.

나는 아버지가 언제나 공부할 것을 강조하셨기 때문에 학교가 아니라 공장에 다니게 될 거라고는 생각하지 못했다. 그러나 나도 여느 아이들처럼 제사공장에 취직했다. 집안이 어려울 때 딸이 공장에 나가 일하는 건 그 당시 흔한 일이었다. 그리고 공장에 처음 출근하는 날, 깨끗한 모습을 보여 주기 위해 청주 도립병원에서 준 퇴원 위로금으로 정장을 맞춰 입었다. 그런데 그렇게 멋지게 차려입고도 누가 볼까 두려워 고개를 푹 숙인 채 공장 안으로 얼른 들어갔다.

아무리 좋은 옷을 입어도 또래들이 입은 헌 교복만 못 했고, 집안을 위해 돈을 버는 게 효도하는 길이라며 모든 사람이 칭찬해도 등교 시간에 공장에 출근해야 한다는 게 너무 싫었다. 공부가 하고 싶었던 만큼 공부를 할 수 없다는 사실에 대한 자괴감이 심해서 공장 가는 길이 너무 길었다. 학교 다닐 때 나는 누구보다 공부를 잘했기 때문에 누구보다 잘할 자신이 있었는데 그렇게 할 수 없는 현실이 너무 분하고 억울했다. 그러나 그 당시 취업은 나에게 선택이 아니라 가족 구성원으로서 당연히 져야 할 의무이자 책임이었다.

내가 다녔던 사직동 '남한제사공장'은 일제 강점기 때 수탈의 상징으로 악명이 높았던 곳이었는데 해방 후에는 산업 전사를 키워 내는 인재의 산실로 바뀌었다. 일본인 아래서 일했던 직원들이 공장을 인수하여 다시 가동하면서 직원들을 교육하고, 가르치는 데 집중했기 때문이다. 낮에는 여느 공장처럼 일했지만, 밤에는 야학을 열어 배움의 열정이 있는 직원들에게 한글을 가르쳤다. 무엇보다 공장에서는 직원들에게 긍정적인 사고방식을 심어 주기 위해 노력했다. 우리들은 산업의 최전선에서 일하는 소중한 일꾼이라고 강조하면서 누가 뭐라고 해도 자긍심을 갖고 당당히 살라고 했다. 사회에서 뭐라 해도 스스로 자부심을 잃지 않으면 누구도 함부로 대할 수 없다고 누누이 말했다.

공장에 다니다 보니 움츠렸던 내 생각과는 달리 더할 나위 없이 좋은 곳이었다. 공장에 취직하면서 공부하고는 담을 쌓을 거로 생각했는데 일본 말이 아닌, 그토록 바라던 한글도 가르쳐 주고, 공장 일에 대한 자부심도 느끼게 해 주니 점차 공장 다닐 맛이 나 열심히 근무했다. 그러다 보니 봉급날 경리사무실에 따로 불러 계산을 시키기도 하였고 드디어 실장으로 승진도 하였다. 무엇보다 야학에서 공부하는 게 가장 좋았다. 공부에 대한 갈증은 깊었지만, 도무지 배울 기회가 없었는데 야학은 내게 천우신조였다.

나는 여공 중에서 제일 먼저 야학을 신청했고, 첫 번째 받아쓰기 시험에서부터 만점을 받아 친구들과 선생님들로부터 인정받았다. 내 한글 실력은 아버지가 열었던 야학에서 배운 게 전부였는데 그 사이에 문법도 체계화되고 맞춤법도 달라져서 새롭게 공부할 게 한두 가지가 아니었다. 그중 하나가 'ㄹㅂ' 받침이었다. 처음에 그 받침을 보고 얼마나 신기했던지 공책에 적어서 글자를 모로 세워 보고, 옆으로 돌려 보면서 한참 동안 들여다봤었다.

주경야독하는 나를 사람들은 이해하지 못했다. 그때는 문맹률이 높아서 내 또래 중에 글을 읽고 쓸 줄 아는 사람이 거의 없었다. 그런데 너는 읽고 쓰는 게 가능한데 뭣 하러 공부하려고 하는지 모르겠다며 다들 고개를 저었다. 연세 지긋한 어르신뿐 아니라 동기 여공 중에도 그런 생각 하는 사람이 많았다. 여공 중에 공부하고 싶어 하는 사람은 거의 없었다. 공부할 시간에 한 푼 더 벌고자 했고, 배울 시간에 조금이라도 더 쉬길 원했다. 그런 분위기다 보니 야학은 예상만큼 활성화되지 않았다.

공장에서는 전략을 바꿔 야학을 접고, 공장 내에 교육계를 신설하여 여공들이 사회에서 당당한 일원으로 존중받을 수 있도록 사회 기초예절과 교양을 가르쳤다. 야학과 달리 참여도가 높은 교육계를 활성화하기 위해 고등공민학교로 정식 인가받고, 본과와 예과로 나누어 여공들을 가르쳤다. 예과는 기초한글부터 가르쳤고 본과는 글을 아는 학생들을 모아 심화학습을 하였는데 나는 본과생으로 입학했다.

고등공민학교 본과에서는 공업을 비롯해 영어와 수학, 과학, 도덕, 음악 등 다양한 과목을 가르쳤다. 대부분 결혼 적령기에 있는 여학생들을 위해 바느질과 자수도 가르쳐 주었고 휴일에는 운동회도 개최해 전인교육을 지향하였다. 어릴 적 청주에서 1년 남짓, 만주에서 2년 정도 학교에 다녔지만, 군사훈련과 근로봉사를 하느라 제대로 수업받은 적이 없었는데 거기에서 처음으로 일반 학교에서 가르치는 과목을 모두 배울 수 있었다.

다른 학생들과 달리 나는 글자를 한글로 쓰고, 일본어로 말하고, 영어로 표현하는 게 가능해졌고, 음악 시간에는 음표, 음정, 박자를 배워 악보도 볼 수 있게 되었다. 수학 시간에는 복잡한 계산은 물론 도형의 각도도 잴 수 있게 되었고 심지어는 무용까지 배웠다. 하나씩 배울 때마다 새로운 눈을 뜨는 것 같았다. 세상이 열리고, 가능성이 커지는 것 같아 공부하는 게 너무 재밌고 즐거웠다. 교우관계도 좋아서 학생들 사이에서 인기도 많았고, 기숙사 생활 태도도 모범상을 받았다. 실력이 쌓이고 매사에 자신이 생기니까 공장에 다닌다는 열등감이 사라지고 '공부하는 산업역군'으로서 자긍심이 생기게 되었다.

그러다 보니 시험을 보면 항상 1등이었고, 학급에서도 두각을 나타내 자타공인 우등생이 되었다. 그래서 그랬는지 반장도 되었고 학교에 행사가 있을 때는 축사나 송사도 나를 시켰다. 그렇게 내가 공부하는 재미에 푹 빠진 데는 짝꿍의 역할도 컸다. 항상 나란히 앉아서 공부한 걸 점검하고, 진도를 맞춰가며 실력을 키웠는데 엎치락뒤치락 경쟁하며 공부하는 게 얼마나 재밌던지, 집에 오면 다음 날 짝꿍과 서로 공부한 걸 맞춰볼 생각에 설레서 잠도 오지 않았다. 그때 짝궁이었던 공주 사람 유성매 그리고 허옥진은 지금 어디서 무얼 하며 사는지 혹 죽었는지 모르지만, 그 똘똘한 눈망울이 아직도 눈에 선하다. 보고 싶은 얼굴들!

제4장

전쟁의 포화 속에서

제1절

비극의 시작

(6.25의 발발과 피난길)

바람이여!

저 이름 모를 새들이여!

그대들이 지나는 어느 길 위에서나

고생하는 내 나라의 동포를 만나거든

부디 일러 다오,

나를 위해 울지 말고 조국을 위해 울어 달라고

저 가볍게 날으는 봄 나라 새여

혹시 네가 날으는 어느 창가에서

내 사랑하는 소녀를 만나거든

나를 그리워 울지 말고, 거룩한 조국을 위해

울어 달라 일러 다오

(모윤숙 詩 〈국군은 죽어서 말한다〉 중)

해방정국은 혼란 그 자체였다. 패전국 일본이 치러야 할 대가를 애꿎은 우리나라가 뒤집어쓰고 말았는데 전승국인 미국과 러시아가 한반도에 3.8선을 그었기 때문이었다. 두 강대국으로 대표되는 자유민주주의와 공산주의가 우리나라에서 세력다툼을 하면서 나라는 두 동강이 났고, 하나의 해방 조국을 세우고자 했던 김구선생 등의 노력에도 불구하고 남한과 북한은 서로 다른 이데올로기를 기초로 한 정권을 세움으로써 분단을 공식화했다. 남한의 이승만 대통령과 북한의 김일성 주석은 각자 세력을 더 키우기 위해 경쟁적으로 정권을 홍보하고 끊임없는 신경전을 펼쳤다. 지도자 몇 명의 그릇된 인식과 판단이 얼마나 무서운 결과를 가져오는지는 그리고 민초들에게 얼마나 큰 고통을 주는지 그 이후 벌어지는 참혹한 전쟁의 역사가 말해 주고 있다.

그 여파는 공장까지 미쳤다. 공장에 공산주의 바람이 일기 시작한 것이다. 공산주의는 가난하고 못 배운 한을 가진 공녀들의 취약점을 집중적으로 파고들었고, 우리가 듣고 싶어 하는 귀에 단 말을 들려주어 가슴을 들뜨게 했다. 그들은 우리가 공산주의에 동조하기만 하면 공부도 공짜로 시켜 주고, 더 좋은 직장에서 일할 수 있게 해 주겠다고 했다. 공산주의 국가는 누구에게나 평등하며 탁아소에서 아기를 무료로 키워 주고, 늙어서도 편안하게 지낼 수 있도록 보장해 준다고도 했다.

그들의 이야기를 들으면 귀가 황홀했다. 마음이 솔깃하여 믿고 싶어졌다. 하지만 그렇게 완벽한 나라가 세상에 어디 있겠는가. 그들의 이야기에 마음이 동하다가도 현실적으로 판단하여 마음을 다잡았는데 개중에는 공산주의자들의 말에 넘어가 공산당에 가입한 여공들도 많이 있었다. 함께 근무하던 공원 중에는 아무것도 모르고 공산당에 가입했다가 전향하라는 국가의 회유로 보도연맹 맹원이 되었는데 전쟁이 일어나자 국군들에게 끌려가 거의 다 사살당했다. 이른바 '보도연맹학살사건'이라 하는 역사의 비극이다. 이념이란 게 뭔지! 피난 못 간 순진한 공녀들은 북한군이 점령하면 동네 빨갱이들에게 고통당하고 남한군이 점령하면 부역자라고 남한군에게 말할 수 없는 고통을 받았다고 한다.

공장 내 공산주의 바람으로 한동안 뒤숭숭한 분위기가 계속되었는데 그러고 얼마 지나지 않아 나라에 큰 난리가 났다. 그날도 여느 때처럼 아침에 공장에 일하러 갔는데 분위기가 이상했다. 기계는 돌지 않았고, 직원들은 공장 문을 닫느라 정신이 없었다. 그리고 출근하는 공녀들에게 전쟁이 났으니 빨리 집으로 가라고 했다. 1950년 6월 25일 새벽, 북한군이 휴전선을 넘어 남한을 침략한 것이다. 예고 없이 전쟁을 시작한 북한 군은 파죽지세로 밀려오기 시작했다.

기숙사에서 중요한 짐만 챙겨 집으로 오니 가족들은 피난 준비로 바빴다. 초비상 사태에 양주에서 공무원을 하던 남동생 찬우도 집으로 돌아왔다. 사태의 심각성을 누구보다 잘 알고 있던 남동생은 한시라도 빨리 피난을 가야 한다고 가족들을 독촉하며 짐을 꾸렸다. 새벽 일찍 길을 떠난 우리는 무사히 청주에 도착했고, 거기서 아버지와 동생 대우를 임신하고 있던 새어머니는 옥산 친정으로 가시고, 나와 올케, 남동생 찬우, 진우는 남일면 산 쪽에 있는 친척 할아버지 댁으로 향했다. 올케는 창우 오빠가 해방 후 국방경비대 장교로 입대하여 홍천에 주둔하고 있다가 거기서 결혼하고 타지로 발령받자 만삭인 채 우리 집에 내려와 있었다.

그런데 안전할 거라고 생각했던 친척 할아버지 댁도 위험하긴 마찬가지였다. 언제 들이닥칠지 모르는 북한군을 피해 우리도 동네 사람들과 함께 산속으로 피신했지만 거기도 안전지대는 아니었다. 북한군이 그곳까지 밀고 들어와 교전이 벌어지고 있었다. 저녁나절부터 총성이 점점 가까워지더니 급기야 우리가 숨어 있던 초가집 처마에 총알이 빗발쳤다. 치열한 전투는 날이 새도록 이어졌고, 우리는 벌벌 떨며 밤을 꼬박 새웠다.

멀리 하늘이 희부옇게 밝아 올 무렵, 총성이 그치고 주위가 고요해진 틈을 타서 주변을 살펴보려고 어른들이 마당으로 나가려는데 갑자기 웅성거리는 소리가 들렸다. 밤새 교전을 치른 군인들이 수색 작업을 위해 민가를 찾은 것이다. 걸음 소리를 듣고 불길한 마음에 헛간으로 달려갔지만, 군인들의 눈을 피할 순 없었다. 군인들은 헛간 앞으로 와서 "빨리 나와! 다 엎드려!"라고 명령했다. 그 서슬에 놀라 모두 벌벌 떨면서 마당에 엎드렸는데 갑자기 한 군인이 재당숙 만휴를 보고는 "우리는 목숨 걸고 싸우고 있는데, 젊은 놈이 왜 여기 숨어 있어!"라고 하면서 다리에 총을 쐈다. 피가 뚝뚝 떨어지는데도 놀라서 비명조차 지르지 못하는 재당숙을 보면서 우리는 공포에 질려 보따리를 챙겨 들고 그길로 피난에 나섰다.

그런데 막상 떠나려 하니 어디로 가야 할지 막막했다. 늘 믿음직했던 둘째 당숙도, 정세에 밝다는 남동생 찬우도 피난지로 어디가 좋은지 모르긴 마찬가지였다. 오빠와 연락이 닿으면 어디로 갈지 알 수 있으련만 전쟁이 발발함과 동시에 연락이 두절되었다. 갈 바를 알지 못하고 떠나는 피난길은 그야말로 고행이었다. 차도 없고 마차도 없었던 우리는 걸어서 산 고개를 넘었는데 한여름 뙤약볕이 정수리에 닿아 타는 듯이 뜨거웠다. 햇빛에 덴 얼굴엔 물집이 잡혔고, 땀에 전 옷에서는 허옇게 소금기가 배어 나왔다.

방도 없어서 등만 댈 수 있는 곳이면 어디서든 잠을 잤다. 비가 오면 바위 밑이나 남의 집 처마 밑에 자리를 깔았고, 동네에 들어가면 큰 나무 아래 평상을 차지하고 잤다. 밥때가 되면 물가를 찾아 바위에 냄비를 걸어 놓고 밥을 지어 먹었다. 우리가 집에서 가져온 쌀이 금방 떨어지자 빈집들을 뒤져 남아 있는 곡식을 병에 담아 와서 그걸로 밥을 해 먹었다. 동냥만 하지 않았을 뿐 영락없는 거지 신세였다.

만주에서 내려올 때처럼 그렇게 상거지꼴로 낙동강까지 갔는데 도착해 보니 다리를 막아 놓아 건너갈 수가 없었다. 다리를 건너지 못하면 여기까지 피난 온 의미가 없는 것이었으므로 며칠 동안 강가에 진을 치고 앉아 기회만 엿보다가 경비가 허술한 틈을 타 겨우 강을 건너 대구까지 갈 수 있었다. 거기에는 작은할머니의 친정이자 둘째 당숙의 외삼촌 댁이 있었는데 우리는 체면 불고하고 온 식구가 모두 그 집으로 몰려 들어갔다. 대구는 이미 피난민들로 포화상태였다. 그 난리 통에 소식도 없이 찾아온 객식구를 마다한다고 해서 서운타고 할 수 없는 상황이었는데도 둘째 당숙의 외삼촌은 우리를 친절하게 맞아 주셨다. 그리고 보리밥일망정 큰 솥에 한가득 지어 배불리 먹게 해 주셨다. 그 집에 있는 동안 한 번도 눈칫밥을 먹어 본 적이 없었다.

사돈댁에서 너무 잘해 주시는 바람에 꽤 오래 머물렀는데 거기서 기적 같은 일이 일어났다. 청주에서 잃어버렸던 막둥이 동생 철우를 아버지가 데리고 오신 것이다. 안 본 사이에 삐죽 키가 컸지만, 분명히 우리집 막내였다. 막내는 내가 업어 키웠기에 자식 같은 동생인데 전쟁이 터지기 전, 공장에 다닐 때 잃어버렸다. 항상 막둥이를 돌봐 주던 내가 공

130

장 기숙사에서 지내다 보니 의지할 데 없었던 동생은 종일 볕 잘 드는 골목에 앉아 나를 기다렸다. 그 모습을 눈여겨본 어떤 할아버지가 막둥이에게 맛있는 걸 사 주겠다고 꼬드겨 자기 집으로 데려갔던 것이었다. 막내가 없어졌다는 걸 알고 난 후에 나는 제정신이 아니었다. 길을 잃어버려 어딘가에서 헤매며 울고 있는지, 나쁜 사람을 만나서 해코지를 당하는 건 아닌지, 머릿속에 최악의 상황만 그려지면서 가슴이 타들어 가는 것 같았다. 철우를 생각하면 잠이 오지 않아서 밤마다 울면서 골목길을 헤매고, 공장이 쉬는 날에는 멀리 장터까지 가서 수소문해 봤지만 찾을 길이 없었다.

그래서 피난 나올 때도 우리가 집을 비운 사이에 막내가 와서 나를 찾으며 울 것만 같아 발길이 차마 떨어지지 않았다. 그렇게 길이 엇갈리면 영 못 만나겠다고 생각하니 억장이 무너졌다. 그런데 그 막내가 내 눈앞에 서 있으니 얼마나 놀랐겠는가. 알고 보니 우리 막내를 데리고 간 것은 이웃 동네 할아버지였다. 딸만 하나 낳고 아들 없이 남편과 사별한 며느리를 위해 시아버지가 작정하고 우리 막내를 데리고 간 것이다. 막내를 데려가서 새 이름을 지어 주고, 그 집의 손자이자 머슴으로 살게 했다. 산에 가서 나뭇가지를 모아 묶어서 끌고 오게 하고, 마당 청소도 시키고, 남자들이 해야 할 온갖 허드렛일을 막내에게 다 시켰다. 그때 막내가 고작 8살이었는데 그 집에 살면서 얼마나 일을 열심히 했는지 집에 와서도 시키지 않은 일을 척척 해내는 걸 볼 때마다 마음이 아렸다.

만약 전쟁이 터지지 않았다면 막둥이는 그 집에서 손자 겸 머슴으로 계속 살았을 텐데 난리가 나자 그 집 할아버지가 막둥이를 버려 두고 자기 식구만 데리고 피난을 가 버리는 바람에 우리가 만날 수 있었던 것이었다. 할아버지 가족에게 버려진 막둥이는 고아원으로 보내졌다가 다시 북한군의 손에 넘어갔다. 다행히 북한군은 막둥이를 잘 돌봐 주었다고 한다. 북한 노래와 춤도 가르쳐 주면서 전진과 후퇴를 할 때마다 막둥이를 데리고 다녔는데 전세가 급박해지자 내버려 두고 퇴각해 버린 것이었다.

다시 혼자가 된 막둥이는 집에 가야겠다는 일념으로 길을 묻고 또 물어 청주까지 왔고, 마침 새어머니의 임신으로 우리와 피난을 함께 떠나지 못하고 처가댁인 옥산에 남아 계셨던 아버지가 청주 집에 들렀다가 막둥이를 만나신 것이다. 막둥이를 만나고 나니 마음이 날아갈 것 같았는데, 갑자기 대구 사돈댁에 국방경비대 훈련 장교로 있었던 오빠가 찾아와 대구도 안전하지 않다면서 빨리 남쪽으로 피하라고 했다. 마치 북한군이 대문 밖에 와 있는 것처럼 재촉하는 바람에 우리 식구들은 짐도 꾸리지 못하고 그 밤에 급히 일제 시대에 징병이나 징용으로 떠나는 자식과 어머니가 이별하던 장소였다는 눈물의 '고모령 고개'를 넘어 부산으로 향했다.

며칠이나 걸었을까. 피난 가는 고행길에 이골이 난 가족들은 굽이굽이 산 고개를 수도 없이 넘은 후에 부산 영도에 도착했다. 피난민의 섬이라 불리는 영도는 다리로 유명해진 작은 섬이다. 부산과 영도를 연결해 주는 영도다리는 그 당시 피난민들에게는 만남의 광장이었다. 피난 오다 혹시 손을 놓쳐도 영도다리에서 만나자는 약속을 한 피난민이 얼마나 많았던지 다리 앞은 항상 가족을 찾는 사람들로 인산인해를 이루었다.

원주민보다 피난민이 많다 보니 네 땅, 내 땅 소유권을 가릴 새도 없었다. 허허벌판이든 비탈진 산기슭이든 보따리를 풀어 놓고 앉으면 거기가 자기 자리였다. 피난민들은 그렇게 자리 잡고 앉아 이것저것 호구지책으로 장사를 시작했다. 우리가 도착했을 때는 웬만큼 지낼 만한 곳은 먼저 온 피난민이 다 차지하고 있었기 때문에 당장 잘 곳을 마련하기도 힘들었다. 다행히 양주에서 공무원 하다 함께 피난 온 남동생 찬우가 여기저기 돌아다니다가 간신히 우리 식구가 거처할 곳을 구했다. 비록 집도 절도 아닌 들판의 난민촌이었지만 보따리를 풀고 숙식을 해결하려면 어쩔 수 없었다.

문제는 주변 환경이었다. 일단 화장실이 부족했다. 사람은 많은데 화장실은 한 개뿐이다 보니 아무 데서나 용변을 봐서 사방에 지린내가 진동했고, 쓰레기도 방치해서 오물과 악취로 숨을 쉴 수가 없었다. 가장 고약한 건 물이 없다는 것이었다. 한동안은 멀리 있는 우물에 가서 물을 길어왔는데 그나마 말라 버려서 물을 구할 수가 없었다. 샘이라도 만들어 보려고 땅을 파면 물에서 지린내가 진동해 구역질이 나서 마실 수가 없었다. 씻는 건 고사하고 마실 물도 없어서 탈진 상태에 이를 때쯤 남동생이 희소식을 가져왔다. 우연히 양주에 살 때 이웃으로 지내던 아저씨를 만났는데 마침 그분이 군인 신분이었다. 그분은 남동생 가족들이 영도에서 고생하고 있다는 얘기를 들으시고는 피난민들 사이에서 고생하지 말고 당신 부대로 와서 일하라고 하셨다며 얼른 그쪽으로 가자고 했다.

남동생 찬우는 우리 식구 중에 가장 영리하고 빈틈이 없었다. 만주에서 돌아와 혼자 양주에서 세무서에 다니는 친척 집에서 먹고 자면서 일했는데, 워낙 일 처리가 정확하다 보니 세무서에 자주 드나드는 관청 직원의 눈에 들어 공무원으로 발탁됐다. 전후에도 성지건설과 대림산업 등의 회계 담당 임원이 될 정도로 일머리가 있었다. 그렇게 똑똑한 동생이었기에 우리는 남동생만 믿고 영도를 떠나 북면으로 거처를 옮겼다. 그때 다 함께 움직일 수가 없어서 나와 두 동생 그리고 올케만 남동생이 일할 부대 가까이에 있는 빈방으로 이사했다. 그 당시만 해도 전쟁 중이라 방이 비어 있으면 누구나 들어가 살 수 있었고, 아무도 나가라고 하지 않았기 때문에 사는 동안은 그런대로 맘 편히 지낼 수가 있었다.

남동생은 아저씨 부대 의무대에서 군무원으로 일했다. 부대에 신병이 들어오면 치질이 있는지 알아보기 위해 항문을 검사하는데 그 검사를 남동생이 했다. 비록 17살로 나이는 어렸지만, 일머리가 좋은 남동생은 일을 요령 있게 잘해서 부대 사람들에게 인정받아 쌀도 얻어다 주고, 약이며 붕대 같은 물품도 받아오고, 가끔 배급으로 광목도 받아서 그걸 팔아 생계를 이어 갔다. 특히, 올케가 아기를 낳을 때 남동생의 역할이 컸다. 피난을 떠날 때 이미 만삭이었던 올케는 부산 동래에 와서 첫아기를 낳았다. 병원에 갈 만한 형편이 되지 않아 이웃의 도움을 받아 아기를 낳았는데 그때 남동생이 의무대에서 솜과 거즈를 잔뜩 얻어 와서 무사히 출산할 수 있었다. 나의 첫 조카 경식이는 그렇게 '덕분에' 태어났다. 의무대에서는 의료 용품을 주었고, 이웃들은 산모에게 끓여주라며 미역을 갖다주었다. 마침 나라에서 광목을 배급으로 주어 배냇저고리도 지어 입혔다.

전쟁에 밀려 땅끝까지 쫓겨 왔지만, 우리는 부산 북면에서 고향 같은 따뜻함을 맛보았다. 그들은 우리뿐 아니라 모든 피난민에게 기본 양식을 제공해 줄 정도로 선한 이웃이었다. 쌀이나 된장, 간장같이 꼭 필요한 생필품을 꾸러미에 담아 하나씩 나누어 줬는데 그걸 받을 때마다 사람들이 감격해서 눈시울이 붉어졌다. 타지를 전전하면서 집 없는 설움에 배고픔까지 더해져 지치고 힘들 때 조건 없이 내어주는 도움만큼 고마운 건 없다. 나는 그곳에서 세상이 살 만하다는 희망을 품게 되었고 아직도 동래사람들에게는 감사한 마음을 잊지 못한다.

하지만 거기서도 오래 살지는 못했다. 올케가 아기를 낳은 지 9일 만에 부대 이동명령이 떨어졌기 때문이다. 북한군이 후퇴하기 시작하자 국군은 병력을 집결하여 총공세를 펼쳤다. 파죽지세로 국군이 북상하면서 부대도, 피난민도 함께 이동했다. 우리도 다시 대구 사돈댁으로 가기로 하고, 부대에서 내준 군용차를 타고 대구까지 갔다. 그런데 거기서 뜻하지 않게 다시 오빠를 만났다. 전쟁이 일어나고부터는 수시로 이동명령이 떨어졌기 때문에 오빠를 한 곳에서 오랫동안 볼 수 없었지만, 오빠는 당시 대구에 창설된 육군 제1훈련소에서 신병 교육 임무를 맡고 있었다. 불시에 일어난 전쟁에 준비 없이 공격당한 남한은 전쟁 중에 부랴부랴 신병을 모집하고, 훈련하여 병력을 키워나갔다. 신병 훈련은 실제로 전쟁터에서 싸우는 것만큼 중요한 일이었다.

그것은 우리에겐 너무나 다행한 일이었다. 신병 훈련은 대구 훈련소에서만 했기 때문에 부대 근처에 거처를 정할 수 있었다. 우리가 대구에 도착하자마자 오빠는 훈련소 근처 삼덕초등학교 옆에 있는 작은 방을 하나 얻어 우리를 불러들였다. 전쟁 중에는 어디를 가든지 피난민에게 빈방을 흔쾌히 내어주었기 때문에 비교적 쉽게 구할 수 있었다. 마루문을 열고 앉아 있으면 삼덕초등학교에서 훈련받고 있는 신병들의 기합 소리가 들리는 집이었다. 오빠는 주중에는 부대에서 생활하고, 주말에는 집에 왔다. 전쟁이 일어나고 처음으로 대구에서 온 식구가 한집에서 살게 되었다. 누구보다 올케가 식구가 한데 모여 사는 걸 제일 기뻐했다. 피난이 아니어도 부대 이동할 때마다 오빠와 생이별했었는데, 뜻하지 않게 한집에서 살게 되자 올케의 얼굴이 활짝 피어났다.

그 모습을 보면서 나도 마음이 너무 좋았다. 나보다 5살이나 어린데다 만삭의 몸을 이끌고 남편도 없이 남의 집을 전전하며 지내다 낯선 타지에서 아기를 낳은 올케를 볼 때마다 안쓰럽고 딱했는데, 오빠와 함께 살게 되니 올케가 오빠를 위해 밥상을 차리는 것만 봐도 배가 불렀다.

하지만 먹고사는 것은 녹록지 않았다. 군인 월급으로는 나와 동생들 그리고 조카까지 돌보기가 벅차서 누군가는 함께 벌어야 했기 때문에 오빠는 내게 훈련소 내에서 배식하는 일을 소개했다. 오빠가 교관으로 있으니 믿을 수 있는 데다 사병이 아니라 장교들만 따로 식사하는 곳이라 분위기도 점잖고 일도 힘들지 않으니 한번 해 보라고 했다.

그래서 나는 부대에서 일하는 사람들이 묵는 숙소로 거처를 옮기고, 아주머니들과 함께 먹고 자면서 배식작업을 했다. 처음 하는 일이었지만 아주머니들과 손발이 잘 맞아 힘들지 않았다. 그때는 집마다 한 입 더는 게 돈 버는 거라고 할 만큼 식구 챙겨 먹이기가 어려운 때라 안전한 곳에서 숙식을 해결하며 일할 수 있게 되는 행운을 얻은 것이다.

그러나 그곳은 전쟁의 한복판에서 청년들이 짧은 기간 훈련받고 오합지졸 군인이 되어 동족의 가슴에 총부리를 겨누러 전쟁터로 떠나는 슬픈 역사의 한 장면을 지켜볼 수밖에 없었던 비극의 현장이기도 했다.

연리지

(피난처에서 싹튼 사랑)

손 한 번 맞닿은 죄로

당신을 사랑하기 시작하여

송두리째 나의 전부를 당신에게 걸었습니다

이제 떼어놓으려 해도 떼어놓을 수 없는

당신과 나는

한 뿌리 한 줄기 한 잎사귀로 숨을 쉬는

연리지(連理枝)입니다

이 세상 따로 태어나

그 인연 어디에서 왔기에

두 몸이 함께 만나 한 몸이 되었을까요

이 몸 살아가는 이유가 당신이라 하렵니다

당신의 체온으로 이 몸 살아간다 하렵니다

당신과 한 몸으로 살아가는 이 행복

진정 아름답다 하렵니다

(황봉학 詩 〈연리지〉)

대구에서 오래 살 줄 알았는데 얼마 지나지 않아 또다시 떠나야 했다. 육군 제1훈련소가 제주도로 이전하면서 오빠도 그쪽으로 발령받았기 때문이다. 고향을 떠나온 후부터 줄곧 짐을 싸는 건 이골이 날 만큼 자주 했지만, 그때는 기분이 남달랐다. 그때까지는 육로로만 다녔는데 제주도는 배로 이동해야 하는 데다, 섬이라는 곳이 좀처럼 머리에 그려지지 않았다. 뭍에서 뚝 떨어진 곳에서 어떻게 살 수 있을까 걱정이 앞섰다.

제주도에서 소식이 오기만을 기다리고 있던 어느 날 한 청년이 훈련소로 발령받은 군인이라 하며 우리 집에 왔다. 오빠가 그 청년에게 우리 식구들을 제주도로 데리고 와 달라고 부탁한 것이다. 그런데 그분을 따라 부두에 도착해 보니 우리를 일반 배가 아니라 LST라 하는 전차상륙함에 몰래 올라타라고 하는 것이었다. 이 배는 원래 상륙작전을 위해 사용되는 군용 함정인데 그 당시에는 제주도로 훈련받으러 가는 신병들을 이배로 이송했기 때문에 바다에 자주 출몰했지만, 민간인은 근접할 수도 없었고, 접근해서도 안 되는 배였다.

하는 수 없이 우리는 숨을 죽여 가며 화물칸에 몰래 올라탔다. 한밤중이었기 때문에 우리가 탄 배가 얼마나 큰지 잘 보지 못했지만 둘러보니 배 안에서 가축도 키울 수 있을 정도로 컸던 것 같다. 우리가 숨어들어 간 화물칸도 천장이 높고, 길이가 길어 웬만한 강당만 했다. 창문 하나 없이 캄캄한 화물칸은 마치 고래의 배 속 같았는데 큰 파도가 올 때마다 묵직하게 밑으로 꺼졌다가 직각으로 곤두서서 머리가 어질어질하고, 속이 뒤집혀 져서 배 속에 있는 노란 물까지 다 토하게 했다.

하지만 그 끔찍한 뱃멀미보다 더 힘들었던 건 불안감이었다. 시간도 구분할 수 없고, 안도 밖도 보이지 않는 곳에서 기약 없이 항해하는 것처럼 사람을 불안하게 하는 건 없었다. 게다가 빽빽하게 짐짝이 들어차 있어서 두 다리도 뻗지 못했고, 파도가 일렁일 때마다 머리 위에 있는 짐이 떨어질까 봐 가슴 졸이며 고개를 다리 사이에 묻었다.

그러다 조카 경식이가 울면 들킬까 봐 가슴이 타들어 갔다. 밀항하는 내내 밥은커녕 물 한 모금도 먹지 못했기 때문에 젖이 말라 버려 아기가 배고파 울어도 올케는 아기에게 빈 젖을 물려야 했다. 배고픈 아기는 올케의 가슴을 파고들며 울었고, 나는 조카와 올케가 가여워 울었다. 나중에는 나도 너무 지쳐서 사람들에게 들켜도 좋으니 물이라도 한 모금만 마셨으면 좋겠다고 생각했다. 정말 이러다가는 제주도에 도착하기 전에 모두 굶어 죽겠다고 생각해 자포자기할 때쯤 배가 멈췄다. 드디어 제주도에 도착한 것이다.

배 밖으로 나오자 상황은 더 험악했다. 온갖 고생을 하며 제주도에 왔건만 우리를 위해 준비된 게 아무것도 없었다. 살 집은 고사하고, 당장 짐을 내려놓을 곳도 없었다. 오빠는 부대 일로 짬 낼 틈이 없었고, 우리는 제주도에 막 도착해서 지리도 알지 못하니 집을 구할 방법이 없었다. 대체 뭘 어떻게 해야 할지 몰라 망연자실하고 있을 때, 군인 가족들이 큰 힘이 되어 주었다. 우리보다 제주도에 먼저 도착해서 자리 잡은 군인 가족들은 사방으로 흩어져 방을 알아보고, 세간붙이를 구해다 주었다. 한뎃잠 잘 것을 각오하고, 짐과 함께 항구에 서 있던 우리는 그분들 덕분에 훈련소가 있는 모슬포에 방 한 칸을 얻어 짐을 풀었다

그때 대정읍 모슬포는 제주도의 조용하고 외진 마을이 아니었다. 훈련소가 들어서면서 참전을 앞둔 3만여 명의 훈련병과 그 가족들 그리고 피난민들이 몰려들어 매우 복잡했다. 거기다 10만 명에 육박하는 인구가 한꺼번에 들이닥치다 보니 식량은 물론이고 식수도 넉넉지 않아 전쟁 치르듯 끼니를 이어 가야 했다. 비와 바람이 낯선 육지 사람들에게 제주도 날씨는 혹독했고, 척박한 환경에서 외지인들과 부족한 물자를 나눠야 하는 현지인들의 삶은 고달팠다. 물 한 통 얻기도 힘든 제주도 살이는 모두에게 너무나 팍팍했다.

감사하게도 우리가 묵게 된 집 주인은 인심이 후하고 마음이 따뜻했다. 그분은 물질하는 해녀였는데 나중에 안 것이지만 남편은 4.3사건 때 폭도로 몰려 죽임을 당했다고 하며 그런 말 꺼내는 것을 극도로 두려워했다. 주인아주머니는 바다에 나갈 때마다 우리를 꼭 데리고 가서 따개비나 미역 따위를 많이 딸 수 있는 곳을 알려 주시고, 굳이 바다에 들어가지 않아도 얻을 수 있는 다양한 해산물을 채취하는 방법도 알려 주셨다. 그리고 다른 건 몰라도 간장이나 된장은 마음껏 갖다 먹으라고 하시며 장독 뚜껑을 열어놓으셨다.

사실, 주인이라고 해도 집만 있을 뿐이지 먹고사는 형편은 우리와 별반 다르지 않았다. 아니, 우리보다 못할 때가 더 많았다. 우리는 찰기 없는 쌀이지만 그래도 나라에서 안남미를 배급으로 줘서 쌀 구경은 했지만, 집주인은 조밥이나 고구마로 끼니를 때웠다. 꼭두새벽부터 허리가 휘게 일해도 입에 풀칠하기도 힘겨웠던 게 우리 집주인뿐 아니라 제주도 주민들의 삶이었다.

그런 형편인데도 먹을 걸 우리에게 나눠 준 것은 살점을 떼 준 거나 다름없었다. 그 진심을 알았기에 나도 힘껏 주인집을 도와 일했다. 타작도 같이했고, 고구마도 같이 심었다. 물질은 못 해도 밭일을 할 수 있기에 주인집 밭을 수시로 돌봤다. 주인집 아주머니는 곱딱한 비바리(아가씨)가 궂은일을 하면 손 망가진다고 하면서 내가 밭에 가려고 하면 펄쩍 뛰며 말렸지만, 놀고 있는 손으로나마 주인집을 위해 할 수 있는 게 있어서 다행이라고 생각하고 기쁜 맘으로 동행했다.

당시 모슬포는 훈련병과 가족 그리고 피난민 사이에서 '못살포'라 불렸다. 바다가 암초로 둘러싸여 있는 데다 항내가 좁아서 어항으로만 사용됐던 포구에 갑자기 수만 명의 훈련병이 몰려들다 보니 먹고살기가 힘들어 '못살포'였고, 한라산의 가장자리에 자리 잡고 있어서 한라산에서 부딪혀 밀려온 바람까지 불어와 사시사철 바람이 거세기 때문에 몹쓸 바람이 부는 '몹쓸포'였다. 제주도가 돌 많고 여자 많고 바람이 많이 불어 삼다도라 한다지만 서귀포 같은 데는 한라산이 북풍을 막아주기 때문에 겨울에 상대적으로 따뜻한데 모슬포는 바닷가 특유의 거친 바람이 거칠 것 없이 불어오기 때문에 겨울에 정말 추웠다.

하지만 사실 모슬포란 지명은 '모래가 많은 바닷가 마을'이란 뜻이다. 모슬포 동쪽 해안에 있는 산방산 아래 화순항만 봐도 천혜의 모래사장을 이루고 있어서 미 대형 함정 LST가 신병과 보급품을 그곳으로 운송했다. 전투 병력을 위해서는 최적의 장소였기 때문에 일제 강점기 때 '알뜨르 비행장'과 송악산 동굴 진지까지 있었던 곳이지만 많은 사람을 한꺼번에 수용하기엔 여러 가지로 부족한 모래땅이었다.

빈손으로 제주도에 온 피난민이나, 쉬지 않고 일해도 굶는 게 예사였던 제주도 주민들보다는 조금 나았지만, 허기지고 배고팠던 건 배급받아 살았던 우리도 마찬가지였다. 수시로 배급이 끊겨 쌀을 꾸기 위해 이웃

집 문을 두드리고, 바닷가로 들판으로 먹을 걸 찾아다닌 적이 한두 번이 아니었다. 그때 면우로 이름을 바꾼 남동생 찬우는 대구로 가서 공군 하사관으로 입대했고, 집에는 올케 황옥희와 아기인 조카 경식, 두 동생 진우, 철우가 있었는데, 이웃에게 얻어서라도 먹이려고 온 동네를 헤매고 다녔다.

하지만 쌀 얻기는 만만치 않았다. 한 되 꿔주면 두 되로 갚겠다고 해도 쌀독에 쌀 있는 집이 없었다. 그나마 있는 게 보리쌀이었는데 그마저도 그 집의 형편을 알면 빌려달란 말이 차마 나오지 않았다. 다들 하루 벌어 하루 사는 살림이라 내게 한 되를 빌려주면 그분은 그만큼 보리밥을 먹지 못했기 때문이다. 그래도 동생들 먹이겠다고 양식 동냥하는 나를 동네 사람들은 빈손으로 보낸 적이 없었다. 다들 가난하고 배고팠지만, 인심이 따뜻한 동네였다.

어렵게 구해 온 보리쌀로도 동생들의 허기는 채울 수가 없었다. 연신 배고파 허덕이는 동생들을 두고 볼 수가 없어서 춘궁기인 초봄에는 민들레 잎을 따 먹였다. 봄 아지랑이가 피어오르기 전에 제주도 밭에 납작하게 피기 시작한 민들레가 연둣빛으로 번져 나갔다. 노란 꽃대가 오르기 전, 잎이 순하고 연할 때 따 먹으면 쌉쌀하고 부드러운 맛이 입안에 향긋하게 퍼지면서 허기를 달래 주었다. 바람이 잦을 때는 바닷가에 가서 물풀도 뜯어 먹고, 따개비도 따 먹었다.

그렇게 모슬포 모래땅 곳곳을 다니며 동생들을 위해 먹을 걸 찾아다니는 나를 동네 사람들은 좋게 봐주셨고, 남다르게 챙겨 주셨다. 그중에서도 특별히 나를 예쁘게 보셨던 분이 계셨는데 이대길 씨라는 장교 가족 중 한 분이셨다. 다섯 아이의 엄마로 손끝이 여물고 사리 분별도 정확한 분이라 나는 물론 오빠와 올케도 많이 의지하고 신뢰하는 분이었는데, 그분과 사모님이 언제부턴가 내게 신랑감을 소개해 주고 싶다고 하시면서 혼담을 주선하셨다.

사실, 전에도 혼담은 여기저기서 많이 들어왔었다. 고생 가운데서도 눈이 크고 뽀얀 흰 피부에 복숭아같이 홍조를 띠고 있는 나를 사람들은 1950~1960년대 은막의 주역이었던 '조미령'을 닮았다고 하기도 하고 미국 여배우 '수전 헤이워드' 같다고 부르기도 했는데 예쁘게 봐서 그런지 청주에서 공장에 다닐 때부터 중신어미를 자처하며 우리 집에 찾아오는 사람들도 꽤 많았다. 하지만 나는 늘 결혼은 항상 남의 일이려니 했다. 우리 올케가 16살에 시집와서 17살에 아기를 낳았으니 그에 비하면 나는 결혼이 늦은 편이었지만 초조한 마음은 없었다. 이수일과 심순애와 같은 소설책을 읽은 적이 있어서인지 멋진 내 짝은 어디선가 반드시 나타날 거라고 막연하게 생각했다.

하지만 아버지는 웬만한 조건을 가지고는 우리 집 문지방도 못 넘게 하셨다. 귀한 딸이니만큼 집안과 가문이 모두 괜찮은 사람과 짝을 지어 주겠다고 하시면서 적어도 내 신랑감은 양반 성(姓)에 집안도 화목하고,

시어른의 인품도 넉넉하여 며느리를 자식같이 품어 줄 수 있는 집이어야 한다고 하셨다. 빈털터리에 너무 까다로운 기준을 세우며 퇴짜를 놓으시니까 나중에는 중신어미들도 "물 좋고 정자도 좋은 곳이 어디 있겠느냐."라며, 아버지 마음에 드는 신랑감을 찾다가 딸내미 처녀 귀신으로 늙히게 될 거라고 하면서 고개를 절레절레 흔들었다.

그런 와중에 제주도에서 우리끼리 살 때 중신이 들어오니 난처했다. 아주머니는 당신이 소개할 군인은 두말할 필요가 없는 사람이니 한번 만나보라고 하셨다. 그분이 소개한다는 노용래 중위는 이미 낙동강 전선에서 큰 공을 세워 군 내부에서도 인정받는 인재라고 했다. 제주도 훈련소에 배속되면서 소위에서 중위로 한 계급 승진했는데, 아주머니의 남편 이대길 씨가 서울에서 청년단 활동할 때부터 함께 지내서 잘 알지만, 누구보다 의식이 바르고, 청렴하며 책임감이 강한 사람이라고 칭찬했다. 피난 올 때도 노 중위는 아주머니 가족을 잘 챙겼고, 위급한 상황에서도 당황하지 않고 침착하게 대응하여 위기를 넘길 줄 아는 멋진 청년이라고 하셨다.

입에 침이 마르도록 노 중위를 칭찬하시면서 아주머니는 당장이라도 자리를 마련해 보겠다고 하셨지만, 아버지의 허락 없이 내 맘대로 남자를 만날 수는 없었다. 중신 서는 아주머니야 믿을 수 있고 또 실수할 분도 아니었지만, 인륜지대사는 어른 결정에 따라야 한다고 생각했기 때문에 받아들일지는 아버지가 결정하실 일이라고 말씀드렸다. 오빠 역시

146

전시 상황에서 어떻게 결혼시키겠냐며 노 중위와의 만남을 주저했다. 하지만 아주머니가 뜻을 굽히지 않고 하루가 멀다고 찾아와 다그치는 통에 할 수 없이 옥산에 계시는 아버지께 편지를 넣었다.

아버지는 답장을 보내시며 제일 먼저 신랑감의 본관을 물으셨다. 우리가 고령 신씨였는데 예전에는 양반끼리 혼인하는 전통이 남아 있어 혼사를 맺을 수 있는 집안이 매우 제한적이었다. 다행히 노용래 중위는 교하 노씨 창성군파 양반가로 아버지의 기준에서 혼인할 수 있는 집안이었다. 아버지는 먼저 집안을 확인하신 후에 신랑감 사진을 보내 달라고 하셨다. 그 과정이 끝나자 아버지는 대뜸 대구에 가시겠다고 했다. 신랑감을 보기 전에 먼저 시댁의 가풍과 시부모님의 인품을 보고 싶으시다는 거였다.

당시 시부모님은 대구에서 피난 중이셨다. 서울을 점령한 북한군이 청년 운동의 훈련부장이었던 노 중위를 찾아내라고 시부모님을 협박하고, 잡아가 매질하고, 죽이겠다고 겁박했는데 시부모님들은 북한군에게 시달리다 못해 어린 3남매에까지 해가 갈까 두려워 아무도 몰래 밤중에 몸만 빠져나왔다고 한다. 그러니 대구 피난살이가 얼마나 궁색하고 초라했겠는가. 그곳으로 아버지가 찾아가신 것이다.

아버지 입장에서야 마음 놓고 딸을 시집보낼 수 있는 집안인지 꼭 확인하고 싶으셨겠지만, 정식으로 혼담이 오가지 않은 상태에서 불쑥 선보러 왔다고 말할 수는 없었다. 그래서 아버지는 제주도 신병훈련소에 있는 아들을 면회하러 갔다가 마침 노 중위를 만나서 얘기를 하던 중에 대구에 피난 가 계시는 부모님을 한번 찾아봐 달라는 부탁을 받고 왔다고 하셨다. 덕분에 처음 만난 사이인데도 타지에 아들을 둔 부모로서 허심탄회하게 말씀을 나눌 수 있었다고 한다.

시아버지는 아버지가 기대하셨던 것보다 인상이 좋으신 데다 인자하셔서 말씀을 나눌수록 마음이 편해지셨다고 했다. 특히, 아버지가 이런 난리 통에 아들을 결혼시켰다가 혹시라도 전방에서 불행한 일을 당하면 며느리를 어떻게 하실 거냐고 묻자 일단 내 집에 오면 내 식구이니 당연히 당신이 돌봐야 하는 것 아니냐고 하시면서 그런 걸 왜 걱정하겠느냐고 시아버지가 되레 반문하셨다고 한다. 그 대답으로 아버지의 마음이 흡족하여 더 이상 물을 게 없었다고 하셨다.

게다가 그때 둘째 아들이 함께 있었는데 아버지 마음에 쏙 들었다고 한다. 당시 그는 북한 인민의용군에 끌려갔다가 탈출하는 과정에서 붙들려 거제도 포로수용소에 수감되어 있던 중 휴전협정 기간에 실시한 이승만 대통령의 반공포로 석방 조치로 풀려나 가족과 함께 대구 피난지에 있었다. 아버지는 그때 그를 보시고 제주도에 있는 사윗감이 둘째 아들만 같아도 혼사를 적극적으로 추진하고 싶을 만큼 인물이 좋다고 편지에 적으셨다. 둘째 아들 덕래는 그 후 다시 대한민국 공군에 자원입대하여 공군 상사까지 근무하고 예편하였다.

아버지는 전쟁통이라 사윗감 후보의 집안 형편은 몹시 어려워 보였지만 시아버지 될 분의 인품이 훌륭해 보여 걱정을 내려놓았다고 하시면서 다만 한 가지, 이 난리 통에 시집보냈다가 혹여라도 잘못될까 봐 그게 마음에 걸린다고 편지에 쓰셨다. 그걸 읽는데 나도 모르게 '인명은 재천이라는데 사람이 살고 죽는 걸 어떻게 아나. 전방에 있다고 다 죽고, 후방에 있다고 다 사는 것도 아닌데.'라는 생각이 들었다. 아마도 그간에 아주머니로부터 밤낮없이 노 중위에 대한 칭찬을 들으면서 나도 모르게 마음이 그쪽으로 기울었던지 아버지의 걱정이 하나도 눈에 들어오지 않았다.

그래서 아버지의 편지를 받고 어떻게 해야 할지 결정을 내리지 못하고 내 의견을 묻는 오빠에게 "우리가 신이 아닌데 어떻게 생사를 장담하겠어요. 운명에 맡겨야죠."라고 대답했다. 그 말 한마디에 노 중위와 나의 혼담은 급물살을 타기 시작했다. 중신하는 아주머니는 양가 사이에서 편지를 주고받으며 혼사에 관련된 일을 의논하셨고, 일사천리로 혼인 날짜까지 정했다. 그렇게 어른들이 숨 가쁘게 혼사를 진행하는 동안에도 나와 노 중위는 한 번도 만나 보지 못했다. 그 당시만 해도 남녀 간에 내외하는 분위기가 강한데다 노 중위가 군인 신분이라 외출이 쉽지 않았기 때문에 따로 만나기가 쉽지 않았다. 나도 내심 그가 어떤 사람인지 궁금하긴 했지만, 혼인 전에 만날 수 있을 거라고는 생각하지 못했다.

하지만 적극적이고 추진력이 강했던 노 중위는 어느 날 갑자기 중신어미를 앞세워 우리 집에 찾아왔다. 그때가 저녁나절이었는데 나는 물을 길으러 해안가에 갔었다. 제주도는 비가 많이 오지만 먹을 물이 귀했다. 현무암의 구멍 사이로 빗물이 다 빠져나가 버려서 우물을 파도 물이 없었기 때문이다. 다행히 땅 밑으로 스며든 빗물이 해안가의 샘에 솟아나서 사람들이 거기에 우물을 팠다. 그런데 그 우물이 아무 때나 단물을 내는 것이 아니었다. 종일 짠 바닷물이 찰방거리다가 저녁때쯤 그 물이 빠지면 맑은 물이 솟았다. 그래서 제주 아낙들은 부지런히 저녁 밥상을 차려놓고 물을 길으러 '물 허벅'이라고 하는 항아리를 물 구덕에 넣어 밧줄로 연결해서 등짐을 지고 나왔다.

그날도 동네 아낙들과 함께 물을 길으러 갔다가 저녁 늦게 돌아오는데 길목 끝에 동생들이 서 있었다. 멀리서 내 그림자를 보고 헐레벌떡 달려온 동생 진우가 "노 중위가 왔어!"라고 했다. 그 말을 듣자 발이 딱 멈춰선 채 움직여지지 않았다. 부끄럽기도 하고, 당황스럽기도 했다. 무엇보다 땀범벅이 된 채 물지게를 진 채로 신랑 될 사람을 만나고 싶지 않았다. 나는 그 길로 골목 끝으로 가서 노 중위가 갈 때까지 집에 들어가지 않았다. 아무리 기다려도 내가 들어오지 않자 노 중위는 아쉬운 마음에 돌아가지 못하고, 중신한 아주머니와 얘기를 나누며 시간을 벌었지만 결국은 나를 못 보고 돌아갔다. 일부러 시간을 쪼개서 왔는데 색시 얼굴도 못 보고 간다며 노 중위는 가는 걸음마다 뒤돌아보며 혹시나 내가 나타날까 기대했지만 나는 부끄러운 마음에 노 중위의 뒷모습조차 훔쳐보지 못하고, 돌담 뒤에 바짝 숨어 있었다.

그런 와중에 우리는 대정읍 인성리로 이사했다. 김동욱이라 하는 주인집 아저씨는 진흙을 쳐서 옹기그릇과 장독을 만드는 분이었고 부인은 밭일을 비롯해 살림을 도맡아 하는 분이었다. 슬하에 고등학생 문보, 중학생 문구, 12살 난 딸 영자, 3 살배기 문권 4남매를 두고 있었는데 함께 살면서 남자아이들은 내게 누님이라 하며 따르고 영자는 언니라 부르며 좋아했다.

이사 후 얼마 뒤에 군인 가족들이 다 모여 한라산으로 소풍 갔는데 우리 식구들도 아침부터 법석을 떨며 갔지만, 나는 사람들이 많이 모인 데에 가는 것이 남사스러워서 혼자 집에 남았다. 그런데 그때 노 중위가 연락도 없이 불쑥 찾아왔다. 전혀 예상치 못했던 일이라 마당에 들어서는 노 중위를 보고 너무 놀라서 급히 방 안으로 들어가 숨어 버렸다. 노 중위는 내가 나올 때까지 묵묵히 문 앞에 서 있었는데 한참 지나도 꿈쩍도 하지 않아 하는 수 없이 그를 방 안으로 들였다.

막상 마주 앉으니 할 말이 없어서 한참 동안 방바닥만 쳐다보고 있었는데 노 중위가 침묵을 깨고 내게 돈을 주면서 먹을 걸 좀 사 오라고 했다. 숨이 막힐 것 같았는데 마침 잘됐다 싶어 얼른 가게에 가서 사탕을 사 왔다. 그리고 그걸 나눠 먹었는데 그때까지도 나는 노 중위를 똑바로 보지 못하고, 옆얼굴만 겨우 쳐다봤다. 그는 첫눈에 들어오는 멀끔한 사내는 아니었다. 키는 삐죽하게 크고, 볕에 그을려 얼굴이 새카만 얼굴이었다. 그런데 뭔가 끌리는 매력이 있었다. 반듯하고 시원한 이마와 단정하고 우뚝한 콧날에 서려 있는 당당함과 따뜻함이 말없이 나를 감싸 주는 것 같았다.

노 중위는 사탕을 아껴 먹고도 한동안 말없이 앉아 있었고, 나는 어쩔 줄 몰라 방바닥만 처다보고 있었다. 나와 눈이라도 한 번 마주쳐 보려고 계속 바라보는 눈길이 느껴졌지만 부끄러워서 고개를 들 수가 없었다. 노 중위는 나를 처다보다가 얕은 한숨을 쉬더니 그만 가 봐야겠다고 하면서 몸을 일으켰다. 그리고 악수를 하자면서 손을 내밀었다. 그 손을 맞잡으려고 고개를 드는 순간 노 중위는 나를 끌어당겨 품에 꼭 안았다. 그리고 조심스럽게 내 어깨를 감싸 안으며 다정하게 내 눈을 바라보았다. 그의 눈동자에 비친 내 모습이 한없이 사랑스러워 보였다. 노 중위는 내 표정을 살피면서 고개를 한 번 끄덕였다. 그리고 갑작스러운 행동을 한 자신을 용서하라고 했다. 그러면서도 노 중위는 나를 뜨거운 눈길로 바라봤다. 그 눈빛을 보면서 내 마음은 수줍은 꽃처럼 피어났다. 얼굴을 마주 대하는 것은 그날이 처음이었지만 혼담이 오가는 동안에 나 역시 노 중위에 대한 연모의 마음이 깊어져 그의 포옹이 당혹스럽긴 했지만 싫지는 않았다.

그렇게 길을 튼 후로 노 중위는 종종 우리 집에 찾아왔다. 그렇다고 해도 내 방도 따로 없었고, 둘만 오붓하게 시간을 보낼 수 있는 특별한 장소도 없다 보니 노 중위가 찾아와도 마루턱에 앉아서 냉수 한 사발 마시고 가거나, 방 안에서 동생들과 어울려 놀다 가는 게 전부였다. 하지만 특별한 걸 하지 않아도 서로에 대한 정이 도타워지는 게 느껴졌다. 나를 바라보는 노 중위의 눈길은 점점 애틋해졌고, 건네는 말마다 정다워 나도 모르게 마음 깊이 그를 의지하고 신뢰하게 되었다.

그러는 중에 전쟁은 소강상태에 돌입하고, 강대국들 사이에서는 휴전을 위한 물밑 작업이 이루어졌다. 그때 오빠는 전방으로 발령받아 제주도를 떠났고, 올케와 아기 그리고 나와 동생들만 제주도에 남았다. 가족이 떨어져 지내는 걸 안타까워하던 노 중위가 군인 중에 뭍으로 발령받은 사람에게 우리 식구들을 육지로 데려가 줄 것을 부탁했다. 그래서 올케와 아기 경식이 그리고 동생들은 오빠가 발령받은 부대 쪽으로 가고, 나만 제주도에 남게 되었다.

나 혼자 덩그러니 남게 되자 군인 가족들은 하루라도 빨리 결혼하라고 재촉했다. 어차피 정해진 짝인데 각자 외롭게 지낼 게 뭐냐며 주위에서 결혼식을 서둘렀다. 우리의 결혼식을 위해 연대장님은 2백만 원을 쾌척했다. 그때는 화폐개혁 전이어서 전쟁으로 인한 인플레이션이 최고조에 달했을 때라 상인들이 쌀가마니에 돈을 담아 리어카에 싣고 다닐 정도로 돈의 가치가 바닥으로 떨어졌었다. 그래도 2백만 원은 쌀 두 가마를 살 수 있을 만큼 큰돈이었다. 연대장님은 여행용 가방 한가득 돈을 담아 주셨는데 나는 그걸로 미용실에 가서 머리도 만지고 화장도 했다.

결혼식을 위해 아버지는 명주이불과 노랑 저고리 그리고 치마저고리를 보내 주셨다. 나머지 혼수는 제주도에서 만난 친구들과 함께 내가 직접 준비했다. 그러자 비로소 결혼한다는 게 실감이 났다. 사실, 혼수는 한국전쟁이 일어나기 전, 공장에 다닐 때부터 준비했었다. 여공들의 나이가 보통 열 일고여덟으로 결혼 적령기에 있는 사람들이 많았기 때문에 공장에서는 혼기 앞둔 여공들을 위해 바느질과 뜨개질을 필수로 가르쳤는데 공장 기숙사에서 나와 한방을 썼던 친구들은 그 기술을 썩히지 않고 밤마다 다 함께 모여 이불보도 만들고, 방 가리개도 만들었다. 작은 조각보이라도 비단같이 귀한 걸 구하면 거기에 자수를 놓아 액자에 걸어 놓기 위해 따로 보관해 두기도 했다. 눈썰미가 좋은 편이었던 나는 무궁화로 우리나라 지도를 만들어 옷장 깊숙이 넣어 두었었다. 하지만 전쟁은 그 모든 걸 다 소용없게 만들었다. 한 땀 한 땀 바느질할 때마다 꾸었던 풋풋한 꿈도 전쟁의 포화 속으로 다 사라져 버렸다.

그러나 그런 건 하나도 아쉽지 않았다. 가질 수만 있다면 어린 시절 어머니가 날 위해 이불장 사이에 곱게 포개 놓으셨던 명주를 갖고 싶었다. 첫째로 딸을 낳아 집안에 할 일을 다 하지 못했다고 자책하시면서도 정성스럽게 딸의 앞날을 준비해 두셨던 내 어머니, 할 수만 있다면 어머니와 함께 오래된 명주를 찾아 단 한 땀이라도 좋으니 이불 바느질하고 싶었다. 하지만 어머니는 세상에 계시지 않았고, 나는 친구들과 군인 가족들의 도움을 받아 결혼식을 준비해야 했다. 양가 부모님이 참석하지 못한 우리들끼리의 결혼식이었지만 다른 어떤 결혼식보다도 성대하게 치러졌다. 모슬포에는 결혼식장이 따로 없었기 때문에 학교를 빌려 식을 올렸는데 군악대가 축포를 날리듯 연주해 주었고, 하객 자리는 군인 가족들이 채웠다.

결혼을 준비하는 데 있어 하나에서 열까지 모두 함께했던 나의 두 친구는 새로운 인생을 시작하는 내 곁에서 신부 들러리로 같이 입장해 주었다. 하얗게 옷을 맞춰 입은 신부 들러리가 신부의 날개가 되어 주었다면 단정하게 정장을 입은 신랑 들러리는 결혼식의 장중함을 더해 주었다. 연대장님이 직접 주례를 보시고, 군인 가족들이 양가 부모님을 대신하여 축하와 축복을 쏟아부어 주셨다. 1953년 1월 18일, 잠시 포화가 멈춘 전쟁의 한복판에서 남편 노용래 중위와 나 신재우는 아무 연고도 없는 낯선 섬, 제주도에서 새롭게 만난 모든 이들의 축복 속에서 제2의 인생을 시작했다.

신혼일기

(함께 써 내려간 사랑 이야기)

"아담이 이르되

이는 내 뼈 중의 뼈요 살 중의 살이라

이것을 남자에게서 취하였은 즉 여자라

부르리라 하니라

이러므로 남자가 부모를 떠나

그의 아내와 합하여

둘이 한 몸을 이룰지로다"

(창세기 2장 23~24절)

남편은 나를 소중하게 대하고 어여삐 바라봤다. 정식으로 살림을 배운 적도 없는 내가 뭘 하든 남편은 무조건 잘한다고 감탄했고, 내가 옳다고 지지해 줬다. 다른 사람들 앞에서는 나의 방패막이가 되어 주었고, 집에서는 든든한 울타리가 되어 주었다. 소꿉장난하는 것처럼 옹색한 살림살이였지만 누구 못지않게 행복했던 것은 남편의 한없는 사랑 덕분이었다.

그런데 하루는 퇴근하고 집에 오는 남편의 표정이 영 밝지 않았다. 가방을 건네는 손에도 힘이 없고, 저녁도 먹는 둥 마는 둥 하더니 급기야 돌아앉아서 훌쩍훌쩍 울었다. 깜짝 놀라 왜 그러냐고 물으니 내가 알면 맘이 아플 거라고 말할 수 없다고 했다. 세상에! 남자가 그것도 내게는 산 그림자처럼 품이 넓고 듬직하기만 한 남편이 아이처럼 우니까 가슴이 철렁 내려앉았다. 그래서 맘이 아파도 같이 아프고, 속상해도 함께 속상해해야지 결혼했는데 혼자만 속앓이하면 어떻게 하냐고, 무슨 일 때문이냐고 얘기해 달라고 남편을 졸랐다.

그러자 남편은 대구에 계신 시부모님이 어려운 지경에 처하셨다고 털어놓았다. 타지에서 먹고살 길이 막막해지자 시아버지는 리어카로 짐을 날라주며 생계를 유지했는데 그만 발을 다쳐 일도 못 하고, 치료도 못 받은 채 집에서 끙끙 앓고 계신다는 것이다. 가장이 몸져누워 있으니 나머지 식구들이 어떻게 살지는 굳이 말하지 않아도 눈에 그려졌다. 남편도 식구들의 모습이 떠올랐는지 목이 메어 뒷말을 잇지 못했다.

애통해하는 남편을 보면서 나는 "그럼 내가 가야죠! 운다고 해결이 되나요? 빨리 가서 아버님도 치료해 드리고, 식구들도 도와야죠."라고 말했다. 그러자 남편의 눈이 등잔만 해졌다. 갓 결혼한 새댁의 입에서 나온 말치고는 너무 대담했다. 당시 제주도에서 뭍으로 나가기란 쉬운 일이 아니었다. 올케와 동생들만 해도 육지로 발령받은 군인에게 부탁하여 겨우 제주도를 떠날 수 있었는데 내가 혼자서 대구에 가겠다고 하니 남편이 얼마나 놀랐겠는가.

말을 듣고 나자 나는 마음이 급해졌다. 지체할 시간이 없었다. 한시라도 빨리 가야 시댁 식구들이 덜 고생하기 때문이었다. 그래서 가방을 열어 축의금으로 들어온 돈을 바닥에 깔고, 남동생이 군대에서 받아 온 광목을 그 위에 넣고, 돈 되고 쓸 만한 물건을 다 골라 담았다. 한동안 놀라서 멀뚱히 바라만 보던 남편도 내가 서둘러 짐을 꾸리자 퍼뜩 정신이 났는지 주머니에서 돈을 꺼내 주며 아버지가 신 걸 좋아하시니까 제주 시내에 가면 꼭 귤을 사 가라고 했다. 또 고기를 좋아하시니 고기도 사라고 신신당부했다.

다음 날 아침 출근길에 남편은 나를 꼭 안아 주었다. 남편의 품에서는, 결혼하고는 처음 떨어져 지내게 되어 서운한 마음과 혼자 먼 길을 가게 하는 미안함, 그리고 그 힘든 길을 마다하지 않고 선뜻 나서 준 나에 대한 고마운 마음이 느껴졌다. 그 힘을 받아 나는 제주도를 떠나 대구로 향했다. 대구로 가는 길은 생각보다 까다롭지 않았다. 그때는 지게꾼이 배나 기차, 버스가 서는 곳마다 있었기 때문에 그들에게 주소를 주고 짐을 지워 편하게 갔다. 알쏭달쏭한 길을 만났을 때는 정육점을 찾아 고기를 사면서 길을 물었다. 그렇게 물어물어 어느 골목길에 접어들자 멀리서 젊고 고운 아주머니가 "애기니?"라고 하시며 달려 나오셨다. 그 뒤로 시동생들과 시누이가 따라와 쭈뼛거리며 "새언니 안녕하세요?" "형수 안녕하세요?"라고 인사했다. 남편의 전보를 받고 내가 오는 걸 알았던 시댁 식구들이 마중을 나와 집은 수월하게 찾았다.

시댁 식구를 만난 건 그때가 처음이었다. 그동안 편지 왕래만 있었을 뿐 한 번도 보지 못했다가 갑자기 새색시 혼자 오니 시댁 식구들도 좀 서먹하고 어색해하셨다. 그래도 며느리가 오면 밥이라도 지어 주실 줄 알았는데, 시어른들 앞에서 땀 흘리고 앉아 있는 내게 시누이가 목이라도 축이라고 냉수 한 사발 가져다줄 뿐 밥때가 되었는데도 시어머니는 일어

159

나실 기미가 안 보였다. 뭔가 분위기가 이상해서 식구들을 자세히 살펴보니, 그제야 가슬가슬하게 버짐이 피어오른 시누이의 여윈 얼굴과 누루죽죽한 얼굴로 앉아 있는 시동생들 그리고 바짝 말라 뺨이 쏙 들어간 시어머니의 얼굴이 보였다. 한눈에 봐도 며칠 굶은 얼굴이었다. 활짝 웃고 계셨지만, 시아버지 역시 기운이 하나도 없어 보였다. 그런 형편이니 먼 길 온 며느리에게 어떻게 밥상을 차려 줄 수 있겠는가.

실상을 보고 나니 마음이 급해져서 밥을 차리려고 부엌에 섰는데, 쌀 구할 일이 까마득했다. 화폐개혁 전이라 돈은 흔하고 전쟁 통에 현물이 귀할 때라 쌀은 아예 팔지도 않았다. 돈을 다발로 갖다줘도 쌀 한 됫박 얻기가 힘들 때였다. 그렇다고 맥 놓고 앉아 있을 수 없어서 주인집에서 쌀을 꿔다가 밥을 짓고, 사 온 고기를 볶고, 제주에서 가져온 생선을 구웠다. 그렇게 그럭저럭 구색 갖춘 밥상을 차려 함께 나누었다.

새 며느리의 첫 밥상을 받으시고 흡족하셨던 시아버지는 내게 예상 못한 특별한 선물을 주셨다. 바로 이야기보따리였다. 상을 물리고 앉은 내게 시아버지는 "먼 데서 일부러 왔는데 내가 아무것도 해 줄 게 없다. 옛날이야기라도 해 주고 싶은데 괜찮겠냐?"라고 하시면서 이야기보따리를 풀어놓으셨다. 그 이야기가 어찌나 찰지고 재미나던지 처음 시부모님을 뵙는 데다 혼자라서 잔뜩 긴장했던 마음이 술술 풀려 버렸다. 한참 동안 찰떡 반죽하듯 흥미진진하게 이야기를 풀어 가시던 시아버지가 갑자기 내게 "새아가, 이왕 대구까지 왔으니 친정에도 가 봐야 하지 않겠니?"라고 하시면서 주저하는 나의 등을 떠밀어 친정에 가게 하셨다.

덕분에 나는 친정에 가서 친척과 친구들을 만나 회포도 풀고, 결혼 축하도 받았다. 다들 반갑고 보고 싶었던 얼굴이었지만 그중 가장 그리웠던 것은 동생들이었다. 동생들 역시 나를 본 게 좋았던지 좀처럼 놔주려 하지 않았다. 내가 떠나려고 하자 진우와 철우는 "누나, 결혼하지 마. 우리랑 같이 살아."라고 하면서 울며불며 버스 뒤를 따라왔다. 나에게는 생떼 같은 동생들이었지만 이미 결혼한 몸이었기 때문에 더 이상 동생들을 돌봐 주는 건 불가능했다.

오히려 결혼으로 인해 생긴 새로운 시동생과 시누이를 돌봐 줄 의무와 책임이 내게 있기 때문에 그들이 더 신경이 쓰였다. 다시 제주도로 가기 위해 대구에 들른 것은 시부모님께 인사를 드리기 위함도 있었지만, 시누이를 데리고 가기 위해서였다. 대구에 오기 전에 남편은 큰어동생 영식을 제주도로 데려와 공부시키면 어떻겠냐고 물었다. 열여섯 살이나 되었으니 크게 돌봐 주지 않아도 되고, 나중에 친해지면 오히려 나의 말벗이 되어 줄 수 있으니 좋지 않겠냐고 해서 그렇겠다고 대답한 터였다.

그런데 막상 큰시누이만 데리고 제주도로 가려고 하니까 어린 시동생과 시누이가 눈에 밟혔다. 어머니가 돌아가시고부터 내가 동생을 키우고, 공부시켜서인지 동생들 또래인 시동생과 시누이가 마음에 걸렸다. 당시 큰시누이 영식 밑으로 12살 준래, 9살 숙자, 7살 한래 등 동생들이 줄줄이 있었다. 남편과는 큰시누이를 제주도로 데리고 와서 중학교에 보내자고 했는데 가만히 생각해 보니 큰시누이는 시부모님 곁에 있는 게 나을 것 같았다. 자기 채비도 할 수 있는 데다 설거지나 청소도 할 수 있어 살림에 도움이 될 텐데 그 밑으로는 돌봐 주어야 할 나이라 손 많이 가는 동생들을 데리고 가는 게 시부모님께는 더 도움이 될 것 같았다.

그래서 시부모님께 준래와 숙자를 데리고 제주도로 가서 공부시키겠다고 했다. 그 말을 듣자 시동생과 시누이는 환호성을 질렀고, 시어머니는 기겁하셨다. 아직 어린 자식들을 품에서 떼어 놓기 불안한데다 며느리라고는 해도 오래 겪어 보지도 않은 사람에게 선뜻 자식을 맡기고 싶어 하지 않으셨다. 대놓고 반대하지는 않으셨지만, 시어머니는 신나서 짐 싸는 시동생과 시누이를 따라다니며 가지 말라고, 엄마와 같이 살자고 하며 말리셨다. 하지만 이미 마음은 제주도에 가 있던 시동생과 시누이에게 그 말이 들릴 리가 없었다. 그들은 혹여라도 내가 떼 놓고 혼자 제주도에 갈까 봐 대문 밖에 미리 나가 서 있었다.

그 당시에는 제주도에 가는 방법은 배편밖에 없었다. 나는 대구에서 부산까지 기차를 타고, 부산에서 배를 탈 계획이었다. 그래서 기차역에 가서 표를 사려고 줄을 서서 기다리고 있는데 내 앞에 계신 할아버지가 뒤를 돌아보시더니 어디까지 가냐고 물으셨다. 제주도에 간다고 하자 할아버지는 반색하시면서 당신도 며느리와 함께 아들을 만나기 위해 제주도에 간다고 하셨다. 아들이 군인인데 제주도에 가더니 휴가도 못 오고, 연락도 없어서 직접 만나러 가는 길인데, "하늘을 봐야 별을 따는 것이지 신혼부부가 멀리 떨어져 있으면 어떻게 아기가 생기겠냐?"라고 하시면서 외며느리를 위해 하늘을 보러 가시는 길이라는 것이었다.

제주도가 초행인 할아버지는 나와 동행하길 바라셨기 때문에 나는 초면이나 다름없는 어린 시동생과 시누이, 그리고 할아버지 가족과 나란히 앉아 부산까지 갔다. 그런데 기차가 출발하고 부산이 가까워질수록 할아버지의 표정이 어두워졌다. 어린 며느리에게는 제주도만 가면 아들을 금방 만날 거라고 큰소리쳤지만 사실, 할아버지도 아들의 부대가 어디 있는지조차 모르셨기 때문에 제주도에 가서 아들 만날 일이 막막하셨던 거였다.

할아버지는 내게 제주도에 대해 꼬치꼬치 묻고 또 물으셨지만 크게 도움이 될 것 같지 않았다. 제주도에 대해 알면 알수록 불안해하는 할아버지의 마음을 다독이기 위해 나는 제주도에 가면 남편에게 부탁하여 아들 찾는 걸 돕겠으니 걱정하지 말고 잠깐이라도 주무시라고 했다. 남편은 일반 사병이 아니고 장교이기 때문에 제주도에 있는 부대에 연락을 취해서 할아버지 아들을 수소문할 수 있으니 남편을 통하면 금방 아들을 찾을 수 있을 거라고 말씀드렸더니 그제야 할아버지는 긴장을 풀고 안심하셨다.

그런데 부산 항구에 도착하니 날씨가 험악했다. 항구에 정박해 있는 배들은 거센 바람과 높은 파도에 시달려 뒤집어질 듯 위태로워 보였고, 단단히 묶어 놓은 밧줄조차 곧 풀어질 것처럼 느슨해 보였다. 기상악화로 출항 예정됐던 배편이 전부 취소되었고 매표소는 입구를 막은 채 굳게 닫혀 있었다. 문제는 결항한 배가 언제 떠날지 모른다는 거였다. 폭우에 강풍까지 불어 사나워진 바다는 쉽사리 잠잠해질 것 같지 않았다.

예상치 못했던 상황에 황당해서 바다만 쳐다보고 있는데 할아버지가 내 어깨를 두드리면서 "가자!"고 하셨다. 대책도 없이 어디를 가자고 하시는 건가? 할아버지를 따라 발걸음은 옮겼지만, 머릿속으로 오만 가지 생각이 들어 자꾸만 걸음이 느려졌다. 그런데 할아버지는 목적지를 결정한 사람처럼 갈림길을 만날 때마다 척척 방향을 잡아 가며 앞장서셨다. 그리고 어느 가정집 앞에서 걸음을 멈추고 문을 두드리셨다. 당연히 항구 근처에 있는 여관이나 숙소에 갈 거로 생각했는데 아무 설명도 없이 가정집으로 데려와 다짜고짜 문을 두드리는 할아버지를 보고 나는 의아해했다.

문 두드리는 소리에 주인이 나왔고, 그제야 이 집이 할아버지의 친척 집인 걸 알았다. 할아버지는 제주도행 배가 뜰 때까지 이 집에서 지내면 된다고 하시면서 처음부터 당신의 친척 집에 같이 가자고 하면 내가 사양할까 봐 일부러 말씀하지 않으셨고, 친척이 좋은 사람이니 맘 편히 지내도 된다고 하셨다. 할아버지 말씀대로 친척은 정말 좋은 분들이었다. 우리가 사흘이나 묵었는데 한결같이 친절했다. "흉년 손님은 뒤 꼭지가 예쁘다."라고 하는데 전후 복구가 채 이루어지지 않아 물자는 없고, 양식이 귀할 때 기별 없이 찾아온 친척과 거기에 딸려온 객식구가 뭐가 반갑겠는가? 하지만 그분들은 마치 귀한 손님을 대하듯 우리를 극진하게 대접했다. 덕분에 그 집에서 사흘 동안 편안히 지내고, 뱃길이 다시 열렸을 때 무사히 배를 타고 제주도에 갈 수 있었다.

제주도에서는 다시 처지가 바뀌었다. 나는 제주도에 아무 연고가 없는 할아버지와 며느리를 우리 집으로 모셨다. 한동안 조용했던 우리 집에 손님까지 와서 북적거리니 사람 사는 것 같다고 집주인도 좋아했다. 도착하자마자 짐을 풀고, 집을 구경하고, 이곳저곳 두리번거리느라 나도 시동생과 시누이도 남편의 존재는 깜박 잊었다.

남편은 우리가 온 것을 알지 못했다. 그때는 전화가 없었을 때라서 언제 오겠다는 전보를 미리 치지 않으면 우리의 도착 여부를 알 길이 없었다. 그날도 남편은 당연히 내가 집에 안 왔을 거로 생각하고 혼자 터덜거리면서 집에 왔는데 웬 낯선 여자가 속치마 바람으로 우리 방에서 나오는 걸 보고 기겁했다. 화들짝 놀라 방으로 얼른 들어와 버린 며느리를 따라 방으로 들어온 남편은 낯선 할아버지가 자리를 깔고 누운 걸 보고 두 번 놀라고, 그 옆에 동생들이 누운 걸 보고 세 번 놀랐다. 그리고 나를 보고는 펄쩍 뛰며 반가워했다. 나를 본 남편은 왜 그렇게 오래 대구에 있었냐며 오늘도 집에 안 왔으면 내일은 제대하고 나를 찾으러 가려고 했다고 너스레를 떨었다.

남편이 퇴근하자 집안에 생기가 돌았다. 자기들이 좋아서 따라왔지만, 아직은 서먹한 나와 제주도라는 낯선 곳에 함께 있는 게 내심 불안했던 시동생과 시누이는 그제야 제 편을 만난 듯 마음을 놓는 눈치였고, 할아버지와 며느리는 아들을 만나게 해 줄 '중위' 님을 보더니 마치 하늘 대하듯 했다. 다행히 할아버지와 며느리는 집주인이 마련해 준 거처에서 며칠 지낼 수 있었고, 남편의 도움으로 아들을 순조롭게 만났다.

남편은 내가 어린 두 동생을 데려온 것에도 매우 놀랐다. 몸도 작은 사람이 통 크게 동생을 둘이나 데리고 왔다고, 그것도 학교만 보내면 될 큰동생이 아니라 한창 손 많이 가는 어린 동생들을 데리고 왔으니 앞으로 녀석들을 돌보려면 고생깨나 할 텐데 어떻게 하냐고 하면서 나를 먼저 걱정해 줬다. 남편의 걱정과 달리 나는 어린 시댁 식구와 사는 게 하나도 힘들지 않았다. 내 친동생들에게 했듯이 씻기고 먹이고 학교에 보냈다. 밥때마다 흰쌀밥을 지어 공기에 담아 주고, 깨끗하게 빨아서 손질한 옷을 입혀 학교에 보냈다. 숙제를 봐주고, 콧물도 닦아 주고, 집 근처 밭이나 바닷가에 가서 맘껏 뛰놀게 했다. 앞에 '시' 자가 붙었지만, 시동생과 시누이가 내게는 피붙이와 다름없이 사랑스러웠다. 나는 두 사람이 엄마 없이 형수에게서 자라는 티가 나지 않도록 더 깨끗하게 건사하고 정성으로 돌봤다. 시동생도 시누이도 나를 엄마처럼 따랐다. 엄마가 보고 싶다고 칭얼거리거나 대구에 가겠다고 떼쓰지 않고 부모와 떨어져 지내는 시간을 잘 견뎠다. 신나게 학교에 다녔고, 즐겁게 공부했으며 산으로 바다로 뛰어다녔다.

시동생, 시누이와 함께 살게 되면서 나는 자연스럽게 주인집의 네 살배기인 문권이도 함께 돌보았다. 주인집 아주머니는 밭일하느라 바쁘고, 아저씨는 옹기를 굽느라 집을 비우기 일쑤였기 때문에 막둥이를 도맡아 키울 사람이 없었다. 자주 씻어주지 않은 아이의 얼굴은 꾀죄죄하게 땟국물이 졸졸 흘렀고, 발에는 때가 덕지덕지 끼어 있었다. 우리 식구들을 씻기다 보면 마루 끝에 오도카니 앉아 있는 문권이가 항상 눈에 들어왔다. 그래서 아이를 데려다 씻겨 닦아 놓으면 얼굴이 반질반질한 게 참 예뻤다.

게다가 얼마나 넉살이 좋은지 밥 먹을 때가 되면 우리 집에 와서 "누님, 누님, 나 곰밥 줘."라고 하면서 엉덩이를 들이밀었다. 당시 제주도에서는 쌀밥을 '곰밥'이라고 불렀다. 집에서는 쌀 구경을 못 하니까 항상 내게 와서 밥을 찾았다. 그래서 문권이 밥을 따로 담아 두었다가 곰밥을 찾을 때마다 꺼내 주면 머리를 그릇에 박고 누런 코를 줄줄 흘려가며 밥을 먹었다. 그럴 때마다 시누이는 더럽다고 질색하며 눈을 흘겼지만 나는 그 모습이 귀엽고 웃겨서 밥을 다 먹을 때까지 코를 닦아 주며 밥시중을 들었다.

그렇게 문권이와 밥정을 쌓으면서 시동생, 시누이가 제주살이에 익숙해지는 동안 전쟁은 새로운 국면을 맞이했다. 1951년 6월에 휴전 협상이 시작되면서 남과 북은 분단선을 어디에 그을 건지를 두고 치열한 전투를 벌였다. 최대한 전략적으로 유리한 지형지물을 얻기 위해 1951년 겨울부터 1953년 초까지 남북 쌍방 간에 집요한 소모전이 이어졌다. 그래서 육군훈련소에서는 고지전에 필요한 병력을 보충하기 위해 훈련에 박차를 가했다.

신병 훈련에 속도가 붙으면서 남편은 눈코 뜰 새 없이 바빠졌고, 함께 보낼 수 있는 시간은 점점 없어졌다. 모슬포는 4주의 고된 훈련을 마치고 전방으로 떠나는 군인들로 인산인해를 이루었고, 한 번이라도 자식의 얼굴을 더 보기 위해 찾아온 가족들의 눈물 바람으로 넘쳐 났다. 모슬포 해안가에 있는 우리 집에도 멀리 들판에서 외치는 신병들의 군가 소리가 들려왔다. "제주도 넓은 벌에 바람 소리 군세니"라는 훈련소가를 들으며 나는 우물에 가서 물을 긷고, 밥을 지었다. 그 소리를 들을 때마다 남편이 곁에서 부르는 것 같았다. 시동생과 시누이, 집주인네까지 식구는 많았지만, 남편의 빈자리가 유독 크게 느껴졌다.

그렇게 허전한 마음으로 살아갈 때 우리 부부의 중신 아주머니가 아무래도 이상하다며 나를 병원에 데리고 가셨다. 그 결과 임신 3개월이었다. 종일 자고 싶고, 자고 일어나도 물먹은 솜처럼 몸이 개운치 않았던 것도, 생전 입에 대지 않던 신 귤을 보고 입안 가득 침이 고여 참기 힘들었던 것도, 아기가 들어섰기 때문이었다. 집에 어른도 계시지 않고, 나는 경험이 없으니 그때까지 임신한 것도 모르고 지냈다. 의사에게 임신했다는 말을 들었을 때는 그저 얼떨떨하기만 했다. 결혼한 지 얼마 안 됐기 때문에 아기를 갖는 것에 대해서는 아무런 준비를 하지 못해 믿기지가 않았고, 마치 남의 일인 것 같았다. 하지만 배 속의 아이가 자라면서, 하루하루 불러오는 배를 보자 마음이 달라졌다. 행복이 무엇인지 어렴풋이 알 것 같았다. 부모 형제와 떨어져 지내는 섬 생활은 마음 한구석에 바람이 부는 것처럼 외로웠는데 배 속의 아이가 그 허전함을 채워 주었다. 그제야 비로소 남편과 진정 하나가 되었구나, 하는 생각이 강하게 들었다.

군인에게만 군인 정신이 있는 건 아니다. 군인의 아내 역시 불굴의 정신과 꿋꿋함을 지니고 있어야 했다. 그렇지 않고서는 집안의 대소사 때마다 남편을 나라에 양보하기가 쉽지 않기 때문이다. 1953년 7월 27일에 휴전협정이 체결되고 남북 관계가 새로운 국면에 접어들자 남편은 더욱 바빠졌다. 부대 내 업무보다 외부 일정이 많아서 남편과 함께 저녁을 먹는 날이 손에 꼽을 정도였다. 그래도 그것 때문에 스트레스를 받거나 짜증 낸 적은 없었다. 남편은 나의 남편이기 전에 나라의 군인이라고 생각했기 때문이다. 그러니 당연히 집안일보다는 나랏일이 먼저라고 생각했다. 그래서 개인 사정이나 이유 불문하고 무조건 명령에 따라야 하는 군인 아내의 삶에 불만이 없었다. 오히려 남편이 중요한 일이 있을 때마다 함께 있어 주지 못하는 것에 대해 미안해하고 힘들어했다.

첫아이 출산 때도 남편은 교육받으러 다른 지방에 가 있었다. 출산 예정일이 코앞인데 하필 그때 남편이 외부에서 4개월간 지휘참모교육을 받으러 가야 했다. 그때도 남편은 혼자 남아 있을 나를 걱정하여 4개월

동안 대구 시댁에 가 있으라고 했다. 거기서 몸도 풀고 산후조리까지 하고 오라는 것이었다. 남편이 날 생각해 주는 마음은 알았지만 그렇게는 할 수 없었다. 시댁이 어떻게 살고 있는지 두 눈으로 뻔히 보고 온 내가, 시어머니가 꺼리시는 걸 뻔히 알면서도 한 입이라도 덜어드리겠다고 시동생과 시누이를 데리고 온 내가, 남편 없이 출산하기 무섭다고 시댁에 갈 수는 없었다. 그 사이에 학교에 다니는 시동생과 시누이는 어떻게 할 것이며, 시어머니는 무엇으로 내 해산구완하시겠는가.

아무리 생각해도 답이 나오지 않아서 나는 남편에게 대구에 가지 않고 제주도에 있겠다고 했다. 남편은 그건 절대 안 된다고 하면서 어떻게 자기도 없는데 혼자 아기를 낳으려고 하냐며 당장 짐을 싸라고 했다. 하지만 나는 설마, 산 입에 거미줄 치겠냐? 걱정하지 말고 다녀오라고 하면서 혼자 잘 지낼 수 있다고 남편을 설득했다. 실제로 남편이 교육받는 동안 그럭저럭 잘 지냈다. 만삭인데도 불구하고 혼자 지내는 걸 알고 있는 여러 이웃이 남편의 빈자리를 메꿔 준 덕분에 큰 불편 없이 지낼 수 있었다.

그중 가장 도움이 컸던 사람은 남편의 부하인 김만걸 하사였다. 그는 19살의 어린 나이에 북한군에서 탈출해 혈혈단신 부산항으로 왔는데, 천애 고아 신세라 갈 곳이 없어 항구에서 가마때기를 뒤집어쓰고 노숙하다 너무 배가 고파 밥이라도 먹었으면 하며 군대에 입대하였다고 한다. 그런 사정을 알게 된 남편은 훈련병으로 들어온 김만걸 하사를 전방으로 보내지 않았다. 살겠다고 기를 쓰고 북한에서 탈출했는데 다시 전선에 총받이로 보낼 수는 없다고 했다. 그래서 전방 대신 부대 안 매점(PX)에 넣어 주었다. 당시 남편은 인사담당자로 신병들의 자대 배치를 주관하고 있었기 때문에 그것이 가능했다. 김 하사는 그 일을 잊지 않고 남편과 나를 부모님처럼 따랐다.

남편이 교육받는 동안 김 하사는 저녁마다 우리 집에 왔다. 내가 혼자 있으니 방에는 들어오지 않고, 항상 마루 끝에 서서 "저 왔다 갑니다!"라고 인사하고 갔다. 매일 방문 앞에는 김 하사가 취사장에서 얻어 온 쌀이 있었고, 가끔 부대 매점에서 팔다 남은 생필품도 있었다. 그렇게 그는 우렁각시처럼 숨어서 남편이 오기까지 우리 식구를 돌봐 주었다.

주인집 아주머니도 버팀목처럼 나를 든든히 지켜 주었다. 예정일이 다가오자 나보다 더 긴장한 아주머니는 새벽 밭일하러 가기 전에 항상 우리 방문을 두드렸다. 아이가 넷인 주인집 아주머니는 산파 역할을 자처하며 항상 내 몸 상태를 살피고 돌봐 주셨다. 초산은 진통이 일찍 올 수 있으니 미리 준비하고 있어야 한다고 볼 때마다 당부하셔서 기저귀며 배냇저고리같이 꼭 필요한 출산용품은 한 달 전부터 준비해 뒀다.

아기 낳기 한 달 전부터 나를 세심히 돌봐 주셨던 아주머니 덕분에 의사나 산파 도움 없이 집에서 아기를 낳을 수 있었다. 아주머니는 출산 당일에 다른 날보다 일찍 귀가하여 해산바라지를 해 주셨다. 하지만 나는 출산 초보고, 아주머니는 산파 초보라 둘 다 어찌할 바를 몰라 밤새도록 용을 쓰며 씨름했지만, 아기는 쉽게 나오지 않았다. 진통은 점점 심해지고, 정신은 몽롱해지는데 아기는 나올 기미가 안 보였다. 힘을 주다 결국 나는 까무룩 정신을 잃었고, 아주머니는 그 곁에서 힘을 줘야 아기가 나온다며 나를 마구 흔들어 깨웠다.

이튿날 아침까지 사투를 벌이다 내가 탈진해 버리자, 아주머니도 기진맥진하여 식구들 아침을 차려 주러 가셨다. 그리고 시간마다 우리 방에 들러서 내 상태를 확인했는데 나는 점심이 될 때까지 눈을 뜰 수가 없었다. 그러다 밖에서 수런거리며 아침에 학교에 갔던 시동생이 돌아오는 소리가 들렸다. 그 소리를 듣자 정신이 번쩍 들었다. 더 이상 늘어져 있어서는 안 되겠다는 생각이 들어 마지막으로 사력을 다해 힘을 줬다.

그리고 아기가 태어났다. 아기는 건강했고, 울음소리는 우렁찼다. 시동생이 하교하다가 아기의 울음소리를 듣고 방문을 빼꼼 열고 얼굴을 들이밀었다. 표정에 걱정과 궁금증, 호기심과 두려움이 교차해서 섞여 있었다. 나는 시동생을 안심시키기 위해 웃으면서 "도련님, 지금 몇 시인지 보고 와."라고 말했다. 부리나케 시계를 보고 온 시동생은 "3시 10분."이라고 했다. 1953년 10월 26일 오후 3시, 내 평생 가장 기뻤던 때를 꼽으라고 하면 바로 그때, 내 첫아들 희영이가 태어난 순간이다.

생명이라는 게 얼마나 소중한지, 고개도 못 겨누는 아이가 얼굴이 빨개지도록 우는 걸 봐도 신기하고 놀라웠다. 조막 만 한 얼굴에 눈, 코, 입이 다 들어차 있고, 손가락, 발가락이 다섯 개씩 다 있는 것도 감사하고, 작은 것들을 오물거리며 얼굴을 쨍그리는 모습도 사랑스럽고 예뻤다. 아이를 볼 때마다 '이 아이가 정녕 내 속에서 나왔나!'라는 감탄이 내 속에서 절로 나왔다. 아기는 태어나자마자 온 집안 식구의 관심을 한 몸에 받았다.

첫아이의 해산구완은 어린 시동생과 시누이가 해 주었다. 특히 시누이 숙자는 아기가 조금만 뒤척이거나 '빽' 하고 울면 밖에 있다가도 후다닥 방으로 뛰어 들어가 아기를 안아 주었다. 아기와 아이들을 누구보다 사랑하는 숙자는 그 후에도 조카들이 태어날 때마다 틈만 있으면 업어 주는 사랑 많은 고모였다. 시동생 준래는 산바라지해 줄 사람이 없는 날 위해 밥을 지어 줬다. 13살짜리 남학생이 지은 밥이 오죽했겠냐만 생쌀 밥이건 탄 밥이건 고맙고 기특했다. 형수를 위해 두말하지 않고 밥 짓는 정성이 너무 예뻐서 그 밥을 먹으면 힘이 났다.

집주인 아주머니는 내게 첫 국밥을 끓여 주고는 바로 일하러 나가셨다. 내 출산을 돕느라 일하지 못한 걸 벌충하기 위해서는 밤낮없이 일해야 했다. 척박한 땅 제주도는 사람의 사정을 봐주지 않았다. 제때 일하지 않으면 제때 먹을 수 없는 곳이 제주도였다. 그래서 아무리 상황이 다급해도 산바라지를 도와 달라고 주인집 아주머니를 붙잡을 순 없었다. 결국 내가 몸 풀고 사흘 후에 바닷가 우물에 가서 물을 긷고, 기저귀를 빨고, 국을 끓여 먹었다.

그렇게 일상이 다시 시작됐다. 몸이 회복되지 않아 군데군데 아프고, 약해진 게 느껴졌지만, 하루가 다르게 자라는 아기를 보면 힘이 났다. 아기는 목을 가누지는 못했지만 엎어 놓으면 머리를 들었고, 내 말소리를 알아듣는지 칭얼거리다가도 살살 달래 주면 울음을 멈추었다. 제일 경이로웠던 건 아이와의 눈 맞춤이었다. 어디를 보는지도 모르게 천장만 바라보던 눈동자가 내 모습을 쫓아 움직이고, 나와 눈이 마주치면 배시시 웃었다. 그 모습을 볼 때마다 얼마나 사랑스러운지 힘든 줄도, 아픈 줄도 몰랐다.

남편은 아이가 백일이 되어서야 돌아왔다. 젖살이 붙어 통통한 아이는 아빠를 알아보는지 남편 품에 안겨 팔다리를 버둥거리면서 좋아했고, 남편은 첫아들을 감격과 놀라움으로 아기를 들여다보고 또 들여다봤다. 아이를 낳고 느낀 벅찬 마음을 남편과 공유한 것은 그때가 처음이었다. 초보 부부였던 우리는 첫 아이를 배고도 얼떨떨하기만 할 뿐 좋은 줄도 몰랐는데 새 생명을 품에 안자 이루 말할 수 없는 감동으로 벅차했다. 아기가 찡그린 얼굴에 남편이 들어 있고, 젖을 먹고 만족하여 입꼬리가 올라갈 때 내가 보였다. 그렇게 나와 남편을 닮은 아기가 울고, 웃고, 옹알이하며 자라는 걸 보는 게 너무 진기하고 놀라웠다. 아이를 통해 느끼는 경이로움과 기쁨을 함께 누리며 남편과 나는 부모가 되어갔다.

제5장

폐허 속의 고된 삶

살며 부대끼며

(대가족의 맏며느리)

"누가 현숙한 여인을 찾아 얻겠느냐

그 값은 진주보다 더 하니라

부지런히 손으로 일하며

밤이 새기 전에 일어나서 그 집 사람에게 식물을 나눠주며

밤에 등불을 끄지 아니하고

게을리 얻은 양식을 먹지 아니하나니

남편은 칭찬하기를 덕행 있는 여자가 많으나

그대는 여러 여자보다 뛰어난다 하느니라

고운 것도 거짓되고 아름다운 것도 헛되나

오직 여호와를 경외하는 여자는 칭찬을 받을 것이라

그 손의 열매가 그에게로 돌아갈 것이요"

(잠언 31장)

제주도의 1월은 모질고 독했다. 성난 짐승이 좁은 공간에 갇혀 날뛰는 것 같이 날카로운 바람이 땅을 할퀴고, 바다를 뒤집고, 바위를 깎아내렸다. 모진 바람에 평탄할 날 없는 바다는 허옇게 포말을 드러내며 연일 파도로 벽을 세우고, 칼바람에 얼어붙은 땅은 생명의 흔적조차 보이지 않았다. 황량하기 짝이 없는 1월이 되면 사람들이 왜 모슬포를 '못살포'라 불렀는지 저절로 이해됐다. 그렇게 춥고 을씨년스러웠던 1954년 1월, 우리는 제주도 대정을 떠났다.

휴전 이후에 남북 관계가 새로운 국면에 접어들면서 병력 증강을 위한 신병 훈련보다 정예부대의 전방 배치가 더 중요해졌다. 남편은 4개월 동안 지휘참모교육을 받은 후 제주도로 복귀하지 않고, 곧장 전방부대로 발령받았다. 4년간 지내 온 제주도를 떠날 때가 온 것이다. 우리가 제주도를 떠난다는 소식을 듣고 제일 아쉬워하고 서운해한 것은 김만걸 하사였다. 혈혈단신 이북의 고향 집을 떠나, 부모 형제 볼 수 없는 타지에서 처음으로 정붙이고, 의지하며 살았던 우리 부부와 헤어진다는 생각만 해도 눈물이 난다면서 그는 매일 밤 우리를 찾아왔다. 의지가지없던 사람이 나무에 접붙이듯 남편과 나를 의지하며 부모처럼 섬겼는데 갑자기 떠난다니 망연자실한 것이다.

우리 역시 그를 제주도에 두고 가는 것이 가슴 아프고 안타까웠다. 그래서 제주도를 떠나는 날 밤 그와 부둥켜안고 울며 밤새 잠을 이루지 못했다. 주인집 내외와 그렇게 나를 따르던 문권이 4남매와도 눈물겨운 이별을 했다. 나중에 서울 남자와 결혼한 영자는 노인이 된 지금도 그 시절을 그리워하며 통화한다. 작별 인사 후 우리는 부산행 배에 올라탔다. 시부모님은 휴전이 되자 서울의 살던 집으로 돌아가셨다. 그러나 전쟁 중에 서울은 말 그대로 폐허가 되었고 시댁도 쑥대밭이 되어 살 수 있는 상황이 아니었다. 할 수 없이 근처에 방을 한 칸 구해 살면서 시아버지 혼자 집을 수리하셨는데 몸이 성치 않다 보니 작업 속도가 느려 언제 끝날지 기약이 없었다. 그런 상황에 나와 백일 된 아이까지 함께 지내는 건 무리였기 때문에 남편은 시동생과 시누이만 데리고 서울로 가고, 나는 청주 친정에서 지내도록 하였다.

그렇게 생이별하고 얼마 후에 남편에게서 편지가 왔다. 남편은 어느 정도 집이 수리되어 살 만하게 되었다며 이제 서울로 왔으면 좋겠다고 했다. 편지에는 집 주소와 함께 가는 방법이 자세하게 적혀 있었다. 남편은 약도를 그리듯 상세하게 집에 가는 길을 적어 줬지만, 서울이 초행이었던 내게는 소용이 없었다. 하는 수 없이 일단 부딪혀 보자는 심정으로 아이를 업고, 이불 보따리를 이고, 무작정 서울행 기차를 탔다.

서울역에 도착하니 편지에 적힌 대로 지게꾼들이 줄지어 있었다. 나는 그들 중 한 사람에게 짐을 지워 택시 정거장까지 가서 택시를 잡아탔다. 그리고 홍지동 세검정파출소 앞까지 가 달라고 했다. 택시는 개천을 따라 난 길을 한참 올라갔다. 편지에는 개천이 있단 말이 없었기 때문에 개천이 곧 끝날 거로 생각했는데 길은 하나로 쭉 이어졌고, 곁길도 보이지 않았다. 불안한 마음에 택시 기사에게 '홍지동 세검정파출소 앞으로 가는 게 맞냐?'라고 묻자 기사가 몹시 당황했다. 그는 길을 잘못 든 것 같다고 하면서 차 방향을 틀었다. 알고 보니 택시 기사가 '홍지동'을 '홍제동'으로 듣고, 그 앞으로 가고 있었던 것이었다.

그래서 문화촌 쪽으로 길을 다시 잡아 홍지동 쪽으로 가다 보니 눈앞에 익숙한 뒷모습이 보였다. 제주도에서 함께 살았던 시동생 준래였다. 학교에서 돌아오는지 가방을 들고 터덜터덜 가고 있는데 뒷모습만 봐도 어찌나 반갑던지 택시 창문을 열고 '도련님!'이라고 크게 불렀다. 그 소리를 듣고 뒤돌아본 시동생이 나를 보더니 한달음에 달려와 안겼다. 일 년 남짓 함께 산 정이 얼마나 무서운지 잠깐 헤어져 지냈는데도 마치 이산가족이 상봉하는 것처럼 감격스러웠다.

시동생 덕분에 집은 쉽게 찾았다. 시댁은 세검정(홍지동)에 있었는데,

부암동 쪽에서 대원군 별장인 석파정을 끼고 돌면 앞으로는 맑은 물이 흐르는 넓은 개천 위에 '물문'이라 불렸던 허물어진 '오간대수문'과 연이어 성벽이 담장 역할을 하는 북향집이었다. 개천을 바라보고 집 좌측으로는 인왕산으로 이어지는 홍지문 성곽이 있고, 뒤는 문화촌 쪽으로 가는 길이 이어져 있었다. 원래 시댁은 조선시대 왕족이나 양반의 별장지였던 부암동 쪽이었다고 한다. 구한말 승정원에서 벼슬을 했던 시할아버지 노치준(盧治俊)의 대에는 부암동 능금과 자두밭 중 많은 부분이 시댁 소유였을 만큼 재산도 많고, 첩실을 둘 정도로 부유했는데, 일제 강점기에 삭탈관직당하면서 모든 재산을 빼앗기고 세검정 3거리 파출소 쪽에 살다가 이곳까지 밀려난 것이다.

시아버지 노성환(盧聖煥)은 1930년 말부터 유한양행에 다니다 광복 후에 병을 얻어 퇴사하고, 이후에는 이렇다 할 직업을 찾지 못하셨다. 손에 쥔 돈 없이 이 집 한 채가 가진 것의 전부였던 시아버지는 폐허가 된 집수리를 직접 하셨다. 일꾼을 부를 수 있는 형편도 아니었지만, 손기술이 좋으셨기 때문에 고문 후유증으로 아픈 몸을 이끌고서 그럭저럭 집수리를 마치셨다. 문제는 개울가 성곽 옆에 있는 외딴집이라 전기나 수도가 들어오지 않는다는 것이었다. 전기 대신 등잔불을 사용해야 했고 물은 멀리 옥천암 맞은편에 있는 위스키샘이라는 데서 길어왔다. 집의 형태는 갖추었지만 살기엔 불편하기 짝이 없는 곳에서 대식구가 살아야 했다.

그런 형편에서 결혼한 지 1년밖에 안 된 새댁이 시집살이하려니 하루

하루가 곤욕이었다. 큰살림을 맡아 본 경험이 있었다면 그렇게 막막하지는 않았을 텐데 살림을 제대로 배워 본 적이 없었기 때문에 아홉 식구 생활을 어떻게 책임져야 할지 아득했다. 어머니가 살아 계실 때는 부엌일을 돕기만 했고, 어머니가 돌아가신 후에는 공장에서 일하느라 살림을 배울 틈이 없었다. 시어머니가 이것저것 가르쳐 주셨지만 거의 모든 살림을 내게 맡기셨기 때문에 하나에서부터 열까지 다 물어볼 수도 없는 노릇이었다.

그런 상황에서 마음가짐을 다잡지 않으면 아무것도 할 수 없었기 때문에 나는 '이왕 해야 할 일이라면 불평하지 말고 열심히 해 보리라!'라고 마음을 고쳐먹었다. 나는 피할 수 없는 일은 의연하게 받아들이는 편이다. 어릴 때 학교에서 주사를 맞을 때도 아이들은 무섭다고 호들갑을 떨며 양호 선생님께 아프지 않게 놔 달라고 엄살을 떨었지만 나는 아무 말 없이 팔뚝을 내밀고 신음 한번 내지 않고 담담하게 주사를 맞았다. 그때도 나는 어차피 주사를 맞아야 한다면 법석 떨어서 뭐 하나라는 생각에 따끔한 걸 꾹 참았다.

지금까지 그런 식으로 피할 수 없는 상황은 있는 그대로 받아들이며 살았기 때문에, 살림이 뭔지도 모르고 엉겁결에 대식구를 맡았을 때도 원망이나 불평하는 대신 새벽부터 밤까지 열심히, 정말 옆도 돌아보지 않고 일했다. 꼭두새벽에 일어나 아홉 식구 밥을 큰솥에 안치고, 남편, 시동생과 시누이들 학교에 가져갈 도시락을 다섯 개 싸고, 시부모님 밥상을 차려 드렸다. 그리고 얼른 우물에 가서 물을 길어 오고, 온 집 안 먼지를 떨어 걸레질했다. 방마다 나온 빨랫감이 한 광주리였는데 수도가 없으니 개울에 가서 빨래해야 했다. 그런데 그때 하필이면 겨울이 왔다. 부엌에서 큰시누이 영식과 함께 양잿물로 비누질해서 개울물에 헹구었는데, 개울이 얼어 빨래할 수가 없어 시아버지께 얼음을 깨 달라고 부탁드리면 도끼로 개울에 구멍을 하나 내주셨다. 그 위로 퐁퐁 물이 솟으면 그 물에 흔들어 헹구었다. 물이 얼마나 찬지 얼음장 사이로 손을 넣으면 금세 뻣뻣해지면서 감각이 없어졌다.

그래서 큰시누이는 손끝으로 빨래를 잡고 물을 묻혀 흔들었는데, 그것만으로도 손이 깨질 것 같다고 손을 호호 불고, 발을 동동 굴렀다. 동상에 걸리지 않으려면 최대한 물에 닿지 않는 게 상책이었지만 나는 손을 물에 담그고, 빨래를 휘저어 빨았다. 이왕 손 시린 거 미룬다고 누가 해 주는 게 아니니 최대한 빨리 끝내자는 마음으로 정신없이 했다. 그러다 보면 손은 얼어붙어도 얼굴에선 땀이 뚝뚝 떨어졌다. 그렇게 빨래해서 큰 솥에 담아 오면 손이 얼어붙어서 손가락을 펼 수가 없었다. 손 녹일 시간도 없이 차갑게 얼어붙은 빨래를 더운물에 녹여서 푹 삶은 후 풀 먹여 다듬이질하고, 다리미질까지 하려면 잠시도 쉴 새가 없었다. 그렇게 종종걸음으로 쉬지 않고 일해도 하루해가 언제 갔는지 모르게 후딱 지나갔다.

시동생들이 학교에서 돌아오면 부랴부랴 시부모님 저녁상과 시동생, 시누이 밥상을 따로 차려내고 치웠다. 그러면 곧 어두워져 밤이 되었다.

저녁상을 물리고 나면 등잔불 아래서 바느질했는데 그때는 해진 옷을 버리지 않았고 기워 입던 시대였기 때문에 바느질할 게 참 많았다. 구멍 난 양말을 깁고, 내복을 꿰매고, 시아버지 바지와 시어머니 치마저고리 중 닳아서 낡은 부분에 조각 천을 덧대어 바느질했다. 손은 느리고 일은 많다 보니 바느질하다 보면 밤이 깊도록 일해야 했다. 해야 할 일은 내 앞에 줄줄이 밀려 있었지만 그런 집안일 때문에 힘들다고 울거나 베갯잇을 적신 적은 없었다.

나는 고된 일보다 늘지 않는 살림 솜씨 때문에 더 괴롭고 힘들었다. 특히 새벽마다 밥물 맞추는 게 고역이었다. 식구가 적을 때는 냄비 밥을 해 먹었기 때문에 밥물 잡기가 쉬웠는데 가마솥은 물을 얼마나 넣어야 할지 가늠하기가 어려웠다. 거기에 불 조절까지 쉽지 않아 아무리 신경 써도 3층 밥을 짓기 일쑤였다. 위는 설익고, 중간은 질고, 맨 밑은 거뭇하게 태운 밥을 볼 때마다 마음이 답답하고, 시부모님께 죄송했다. 물론 밥이 잘 못됐다고 타박하신 적은 한 번도 없었다.

며느리 사랑은 시아버지라고, 시아버지는 첫 만남부터 나를 사랑해 주셨는데 예민한 성격의 시어머니는 내게 거리를 두셨다. 대구에서 내가 어린 시동생과 시누이를 데리고 제주도에 갈 때 아쉬웠던 마음이 남아 있어서인지 나를 은근히 멀리한다는 것을 느꼈다. 자식에 대한 그리움에 눈이 짓물렀던 시어머니는 두 아이를 보고 두 팔 벌려 끌어안으려 했지만, 시동생과 시누이는 제주도에서 돌아와 1년 만에 시어머니를 만났을 때도 선뜻 달려가 안기지 않았다. 주춤주춤 뒤로 물러나면서 생글생글 웃기만 해서 시어머니 마음을 서글프게 했다. 그런데 내가 청주에서 왔을 때는 멀리서부터 달려와 치마폭에 매달리고, 턱을 받치고 앉아 온갖 얘기를 다 했으니, 그 모습을 보고 얼마나 섭섭하셨을지 짐작이 간다.

그래도 어린 자식을 거둬 준 며느리에 대한 고마운 마음에 대놓고 속상한 내색을 하지 않으셨던 시어머니 마음에 불을 지른 건 남편이었다. 시아버지와 13살이나 나이 차이가 났던 시어머니는 아들을 남편처럼, 친구처럼 생각하셨다. 그래서 결혼 전에는 남편이 집에 올 때마다 마음에 묵혀 뒀던 얘기를 털어놓으며 위로받고, 마음을 푸셨다. 비록 아들이 결혼은 했지만, 여전히 당신 품 안에 있는 자식이라는 마음이 크셨던 시어머니는 남편이 집에 왔을 때, 이런저런 얘기 끝에 며느리가 살림이 서툴다고 얘기했는데 예전처럼 시어머니 역성을 들지 않고, "다 알아서 하게 가만두세요!"라고 하면서 무질러 버렸다. 남편이 나를 믿고 기다려 달라는 의미에서 한 말이지만 시어머니에게는 남편의 말과 행동이 너무나 서운하게 다가온 것이었다. 결혼 전에는 어머니가 1순위였는데 며느리가 들어와 부모와 자식 사이를 이간질하여 부모밖에 모르던 착한 아들의 마음이 변했다고, 내가 당신 자식들의 마음을 다 뺏어갔다고 오해하신 것 같았다. 그런 오해가 쌓이면서 나와의 관계는 점점 더 멀어졌지만, 시어머니가 내게는 아무런 말씀도 대놓고 하지 않으셨기 때문에 해명할 기회도 없었다.

아들에게도 당신의 속마음을 말하지 못하게 된 시어머니는 동네 아주머니들에게 당신의 섭섭한 속내를 털어놓기 시작하셨다. 동네가 빤하다 보니 그 말은 부풀려져 내게도 전해졌다. 바람결에 듣기도 하고, 입담 좋은 동네 아주머니가 찾아와 말해 주기도 했다. 심지어는 중신한 아주머니에게 큰애가 아빠를 닮지 않았다. 어떻게 1월에 결혼해 10월에 애를 낳냐고 하는 말까지 들어왔다. 그럴 때마다 너무나 억울하고 속상했지만 나는 아무 말도 하지 못했다. 나의 변명이 시어머니를 욕되게 할까 봐 벙어리 냉가슴 앓듯 혼자 가슴앓이했다.

덕분에 나는 동네 아주머니들 사이에 기피 인물이 되고 있었고 아주머니들은 남편이 전방에서 오면 새댁이 어떤 사람이냐고 묻기 바빴다. 그러면 남편은 벌쭉 웃으면서 "뭐 엄청 착한 여자죠."라고 대답했다고 한다. 우리를 중신해 준 아주머니께서 가까운 부암동에 살았었는데 그렇게 대답하는 표정을 보고 시어머니가 시샘할 만하다고 내게 말씀하시곤 했다. 내게는 억울하고 힘든 때였지만, 누가 뭐라 해도 무조건 나를 믿고 지지해 주는 남편 덕분에 그나마 그 시간 들을 버틸 수 있었다.

또 다른 버팀목은 시아버지였다. 시아버지는 나를 볼 때마다 "어유, 네가 고생이 많구나."라고 말씀하시며 고마운 마음을 전하셨다. 그렇게 말씀해 주실 때마다 지치고 힘들었던 몸과 마음이 다 녹아내렸다. 내가 고생하는 걸 알아주는 분이 계신 것만으로도 큰 힘이 되었다. 시집살이하는 기나긴 밤의 이야기 동무가 되어 주신 분도 시아버지셨다. 시아버지는 내가 바느질감을 들고 등잔불 아래로 갈 때마다 "내가 너한테 해 줄 건 없고 얘기나 해 주마."라고 하시면서 여러 가지 재미있는 이야기를 해 주셨다.

시아버지는 승정원에서 벼슬을 했다는 시할아버지에게 배워 역사, 지리 등 학문에 통달하셨다. 배가 많이 나오신 시할아버지가 궁에 들어갈 때는 문 앞에 앉아 "끙!" 하며 배에 힘을 주셨는데 그러면 궁 안으로 "쿵!" 하며 넘어 들어가셨다고 하도 진지하게 말을 하셔서 그럴 리가 없다고 생각하면서도 시아버지가 이야기하면 마치 사실인 것처럼 느껴질 정도였다. 유한양행 퇴사 후 일찍 생계 전선에서 물러나신 시아버지는 동네 오래된 나무 아래 놓인 평상에서 장기도 두시고 사람들과 이야기 나누는 걸 좋아하셨는데, 평상에 앉아 낭랑한 목소리로 말씀을 시작하시면 지나가던 사람들까지 모여들어 넋을 잃고 이야기에 빠져들었다.

시아버지는 그 유창한 말솜씨를 밤마다 등잔불 아래서도 풀어놓으신 것이다. 시아버지의 이야기를 들으면서 나는 일제 강점기 때 당신이 일본의 문화에 얼마나 충격을 받았는지도 생생하게 들었다. 일제에 의해 벼슬과 관직, 재산까지 모두 빼앗기고, 가세가 기운 시댁이 세검동 지서 옆으로 밀려나면서 일본인과 이웃으로 살게 되었는데, 그때 일본인들의 문화가 얼마나 미개한지 알게 되셨다고 했다. 일본인은 큰 나무 물통에 물을 받아놓고 시아버지가 먼저 씻고 나오면, 그 물로 가족들이 차례로 목욕하다가 며느리까지 목욕한다고 하시면서 정말 상종 못할 사람들이라고 하셨다.

더 경악스러운 것은 집 안에서 어른들이 '훈도시'라고 하는 기저귀만 차고 벌렁 누워 있는 것이었다. 여름이면 이웃에 사는 남자들은 일본 남자들의 전통 속옷인 훈도시만 입고 버젓이 마루 끝에 앉아 있었는데 어찌나 그 꼴이 민망한지 혹여 우리 집안 여자들 눈에 띨까 봐 가슴이 철렁하면서도, 일본인이라는 위세에 눌려 말 한마디도 못 하고 못 본 척, 모르는 척, 허리 굽히며 살았다고 하셨다.

시아버지는 내가 몰랐던 남편에 관한 이야기도 자세하게 해 주셨다. 40대에 직장을 그만둔 시아버지 덕분에 10대에 가장이 된 남편은 닥치는 대로 일하며 가족의 생계를 책임졌다. 남편은 비빌 언덕 하나 없는 가난한 집안의 가장으로 최선을 다하면서도 청년단 훈련부장으로 활동하며 해방 후 나라를 재건하는 데도 앞장섰다. 그리고 6.25 전쟁이 발발하자 자원입대하여 장교로 현지 임관되어 소위 계급으로 전쟁에 참전했다.

북한의 기습 공격으로 시작된 전쟁이 순식간에 전면전으로 확전되자 부족한 장교 인력을 보충하기 위해 나라에서는 선임 병사나 부사관 등을 바로 장교로 임관시키는 '현지임관제도'를 시행했다. 남편은 그 제도를 통해 따로 장교 교육이나 훈련을 따로 받지 않고 바로 육군 소대장이 되어 낙동강 전선에 배치되었고, 팔공산 전투에서 다리에 총탄을 맞는 부상을 입어 가며 큰 공을 세웠다.

이러한 남편의 전력으로 인해 시댁 가족은 북한군으로부터 큰 고초를 당했다. 전쟁 발발 당시 남편은 공산당을 피해 먼저 피난을 떠났는데, 그와 동시에 이승만 정부에서 한강 다리를 폭파했다. 운동 실력이 뛰어났던 남편은 제주도에서 나를 중신한 이대길 씨 등 청년단 동료들을 데리고 헤엄쳐서 한강을 건너 육군에 자원입대한 것이었다. 그 사이 북한군은 서울을 점령했고, 한강철교 폭파로 미처 피난 가지 못한 시댁 가족은 공산당 치하에서 모진 고초를 당했다.

종로구를 접수한 공산당은 이른바 동네 빨갱이들을 동원해 제일 먼저 우익활동을 한 청년들을 색출했다. 청년단 훈련부장이었던 남편도 색출 명단 제일 위에 올라가 있어 공산당원들이 눈에 불을 켜고 찾았다. 시도 때도 없이 시댁에 찾아와 남편을 내놓으라고 시아버지를 닦달하고, 몽둥이로 때리고, 협박했다. 시어머니는 공산당원들만 오면 자식들을 숨기기 바빴고 헛간에 숨다 들켜서 어린 시동생과 함께 끌려가 심하게 취조당하기도 했는데 그때 자식들이 잘못될까 봐 얼마나 가슴을 졸였던지 다리 힘이 풀려 제대로 걸을 수도 없었다고 한다.

하지만 공산당에게 가장 많이 당한 건 시아버지였다. 공산당은 막무가내로 남편 있는 곳을 말하라며 무차별로 고문을 했는데 그때 얼마나 맞았는지 온몸은 피범벅이 되고, 피떡이 져서 옷을 벗을 수도 없었다고 하셨다. 온몸이 성한 데가 없어서 겨우겨우 기어서 집에 왔는데, 비오는 어느 날엔 대문 앞에서 흥건한 핏물 속에 정신을 잃고 실신한 채 발견되

기도 했다고 한다.

그래도 다행스러운 건 시부모님이 남편의 행방을 모르셨다는 거다. 만약에 알고 있었다면 남편이 어디 있는지 말씀하셨을지도 모른다고 할 정도로 공산당의 취조는 집요했고, 몽둥이찜질은 끔찍했다고 하셨다. 하도 닦달을 당해서 하루는 문화촌까지 이어지는 홍제천을 샅샅이 뒤진 적도 있었다. 거기에는 북한군에게 맞아 죽고, 총살당한 시체들이 옥천암까지 즐비했는데 거기에 혹시 아들이 있을까 하는 마음에 시신의 얼굴을 하나하나 젖혀서 확인하셨다고 한다.

그러다 견디지 못해 몰래 밤도망 치듯 대구로 피난 가셨다. 북한군의 위세는 꺾일 줄 모르니 일단 몸을 피하고 보자는 심정으로 도망쳐 나온 곳이 대구였다. 아무 대책 없이 피난 가서 막노동하며 살다가, 몸을 다쳐서 먹고살 길이 막막할 때, 갑자기 내가 돈 가방을 갖고 인사 왔을 때 시부모님 두 분 다 '이게 무슨 일인가?' 싶으셨다고 했다. 시어머니는 내가 가방에서 돈다발 꺼내는 걸 보시고는 너무 놀라 가슴이 벌렁거려 식사도 못 하셨다고 했다.

저녁마다 풀어내는 시아버지의 이야기들은 동서양을 막론하고 신화부터 역사 지리까지 무궁무진했고, 우리나라에 있는 산맥과 섬 그리고 강의 개수, 지방 특산물까지 손에 잡힐 듯 생생했다. 시아버지의 그런 이야기들과 집안 이야기를 통해 나는 시댁 식구들을 더 자세히, 깊이 알게 되었고, 아는 만큼 친숙해졌다. 그렇게 살며 부대끼며 대가족의 맏며느리인 나는 서서히 시댁의 진정한 가족이 되어 갔다.

떠돌이 삶

(군인의 아내)

"네가

그리스도 예수의 좋은 군사로

나와 함께 고난을 받을찌니

군사로 다니는 자는

자기 생활에 얽매이는 자가 하나도 없나니

이는 군사로 모집한 자를 기쁘게 하려 함이라

경기하는 자가 법대로 경기하지 아니하면

면류관을 얻지 못할 것이며

수고하는 농부가 곡식을 먼저 받는 것이 마땅하니라

내 말하는 것을 생각하라

주께서 범사에

네게 총명을 주시리라."

(디모데후서 2장 3~7절)

내가 시댁살이에 익숙해지는 동안 남편은 최전방 강원도 인제로 발령받았다. 면회나 외박도 힘든 강원도 최전방이었다. 나는 남편이 멀리 가는 속상함보다 불안한 마음이 더 컸다. 비록 남북 간에 휴전협정은 맺었지만, 전쟁의 기운이 남아 있을 때라 언제든 전쟁이 발발할 수 있다고 생각했기 때문에 내게 최전방은 적진이나 다름없이 위험하게 여겨졌다. 그러나 최전방을 바라보는 남편의 시선은 나와 달랐다. 그에게는 새로운 발령지가 나와 아들을 자주 볼 수 없는 오지일 뿐이었다. 서울 인근에 있을 때는 일주일에 한 번은 만났는데 멀리 가게 되자 우리 모자를 볼 수 없어 답답하다고 했다. 그래서 남편은 부대에 도착하자마자 내게 편지를 보내 아이와 함께 빨리 오라고 했다. 부대 가까운 곳에 집을 얻으면 자주 볼 수 있으니 얼른 짐을 싸라고 했다.

하지만 아홉 식구의 끼니를 책임지고 있는 맏며느리인 내가 남편이 오라고 한다고 해서 홀랑 짐을 싸서 갈 수는 없었다. 시부모님의 허락이 떨어저야 움직일 수 있는데 두 분 모두 별말씀이 없으셨다. 그래서 남편 가까이 가는 걸 포기했는데, 뜻밖에도 내가 혼자 시집살이하는 걸 안타깝게 여겼던 동네 아주머니들이 젊은 부부를 오래 떨어뜨려 놓으면 안 된다고 하시면서 하루빨리 며느리를 아들에게 보내라고 시어머니를 설득해 강원도로 가게 되었다.

나는 첫 돌이 채 되지 않은 큰아이를 업고, 이불 보따리를 들고 강원도 춘천으로 갔다. 거기서 방 하나를 얻어 살았는데, 춘천에서도 남편을 매일 보진 못했다. 군에 소속된 사람이고 부대가 춘천에서는 꽤 거리가 있는 인제라 집에 오는 날이 불규칙했다. 그러니 거기서도 남편을 기다리며 사는 건 똑같았다. 그런 상황을 모를 리 없는 남편이 굳이 나를 강원도로 부른 것은 독박 시집살이를 면하게 해 주고 싶어서였던 것 같다.

확실히, 아홉 식구 뒷바라지하다가 아이와 둘이 지내니 소꿉놀이하는 것 같았다. 밥도 보글보글, 찌개도 보글보글, 먹을 만큼만 조금씩 끓여 먹으니 힘든 게 하나도 없었다. 어쩌다 한 번 남편이 오면 그 시간을 셋이 오붓하게 지내고, 주중에는 다른 일 없이 아들만 돌보니 너무나 한갓지고 여유로워 이상할 정도였다. 하지만 그런 시간은 오래가지 않았다. 몇 달 지나지 않아 남편은 홍천으로 발령받아 떠났다.

그때부터 보따리 인생이 시작되었다. 남편의 발령에 따라 나도 보따리를 싸고, 또 풀었다. 춘천에서 시작된 보따리 인생은 홍천으로 이어졌고, 포천 이동의 수도사단과 논산까지 계속됐다. 처음에는 큰아들만 있었지만 홍천 8사단 본부사령 시절에 둘째 아들 희성을 임신하고 서울로 왔다가, 다시 광주 송정리로 갔다가 논산에서는 셋째 아들 희광과 넷째 딸 희주를 낳았다. 아이들이 태어날 때마다 짐 보따리는 많아지고, 손은 부족해 기차를 타고 내릴 때마다 곤욕스럽고 고달팠다.

그래도 남편이 부르면 거기가 어디든 항상 달려갔다. 세검정에서 둘째를 낳을 때는 남편이 광주 송정리로 교육받으러 갔는데 출산한 지 한 달도 안 됐을 때 내려오라는 기별을 받고, 팅팅 부은 몸으로 두 아이를 데리고 광주까지 갔다. 그때 기차에 자리가 없어서 4살이었던 큰아들은 서서 가고, 나는 겨우 의자에 궁둥이만 붙여 앉고 갓난쟁이와 함께 오랜 시간 동안 기차를 타고 내려갔다.

그 덕분에 우리나라에 안 가 본 데가 거의 없이 다 가 봤지만, 실상 살았던 기간은 대부분 길어야 10개월이었다. 발령이 잦았기 때문에 짐을 채 풀기도 전에 다시 쌀 때도 있었다. 중령으로 승진해 논산훈련소 부연대장으로 가게 되었을 때만 그나마 꽤 길게 살았다. 논산에서 3년 이상 지내면서 두 아이를 낳고 길렀는데, 그때가 나름 떠돌이 살림의 황금기였다.

논산에서는 성도극장 근처 사택이 아닌 일반 가정집에 세 들어 살았는데 처음엔 부엌도 없었다. 방만 하나 달랑 있어서 벽에다 솥을 걸고 밥만 겨우 해 먹었다. 그러다 선반 달고, 작은 공간이나마 방 한쪽에 벽을 세워 부엌을 만들었다. 변변치 않은 살림이었지만 너무나 행복했다. 대식구 뒷바라지에 자식들을 온전히 돌보지 못했었는데, 부부가 함께 올망졸망 커 가는 아이들을 보면서 즐거워했던 건 그때가 처음이었다. 남편은 가정적이고 자상했다. 그래서 외출할 때도 아기를 항상 안고 다녔는데, 멀찍이서 군인이 보이면 얼른 내게 아기를 넘겨주었다. 가족과 떨어져 부대 생활하는 군인들이 아이와 아내와 함께 외출하는 상관의 모습을 보면 부러워서 스트레스를 받는다는 거였다.

다른 사람들은 그런 남편을 별스럽다고 했지만 나는 그런 남편이 자랑스러웠다. 남편은 계급에 따른 특권을 당연하게 생각하지 않았고, 항상 부하 직원을 먼저 생각했다. 그는 계급으로 사람을 대하거나 권력을 사적으로 이용하지도 않았다. 그건 나도 마찬가지였다. 당시에는 군인 가족 중에 남편의 계급에 따라 자신도 높아지는 줄 아는 사람도 많았다. 그래서 신병이 들어오면 집으로 불러 아이도 보게 하고, 장작도 패게 하고, 청소도 시켰다. 일을 시키는 군인 사모도, 일하는 신병도 그걸 당연하게 생각했지만 나는 한 번도 집으로 신병을 부르지 않았다. 군인이 나를 위해 군대에 온 것도 아닌데, 나라의 부름을 받아 온 이들에게 사적인 일을 시키는 건 말도 안 된다고 생각했기 때문이다.

그래서 장작도 내가 패고, 망치질이나 삽질도 내가 했다. 그럴 때마다 군인 가족들은 의아한 표정으로 나를 바라봤고, 신병들은 달려와 자신이 대신 하겠다며 도구를 빼앗으려 하기도 했다. 그러나 나는 남의 집 귀한 아들이 상관의 머슴이나 비서처럼 일하는 건 옳지 않다고 생각했다. 남편이 그렇듯 나도 신병이건 고참병이건 한 사람 한 사람 존중하며 귀하게 대하다 보니 부하들 사이에서 우리는 닮은꼴 부부로 소문나면서 존경받고 환영받았다.

그렇게 논산에서 알콩달콩 3년 동안 살다가 세 아들과 큰딸을 데리고 서울로 상경했다. 그때만 해도 아들 선호 사상이 강했기 때문에 연이어 3형제를 낳고 나니 시집와서 할 일을 다 한 것 같은 생각이 들었다. 아들 셋만 봐도 마음이 든든했다. 그렇다고 딸을 낳았다고 해서 서운하진 않았다. 다만, 힘들게 낳은 아이가 딸이란 걸 알았을 때 기쁨보다는 안쓰러운 마음이 더 컸다. '너도 자라서 나처럼 고생하며 아이를 낳겠구나.' 생각하니 작고 조글조글한 얼굴이 애처로워 보였다. 그리고 그 얼굴 위로 어머니의 모습이 겹치면서 '어머니도 나를 낳을 때 이런 심정이셨겠구나.'라는 생각이 들어 어머니가 그리웠다.

아이를 다섯이나 낳았지만, 출산 때마다 남편은 곁에 없었다. 첫째는 제주도에서 낳았는데 산달을 앞두고 남편이 뭍으로 교육받으러 가느라 아이 낳는 것을 보지 못했고, 둘째 때도 남편이 광주에서 교육받았기 때문에 서울 시댁에서 남편 없이 혼자 낳았다. 셋째와 넷째는 논산에서 출산했지만, 출퇴근하는 시절이 아니었기 때문에 결국 남편은 아기를 낳고 한참 후에나 볼 수 있었다. 남편은 막내딸을 낳을 때에야 비로소 출산 과정을 함께했다. 사실, 남편은 막둥이를 낳는 걸 반대했다. 아이를 낳을수록 내 몸이 더 약해지는 것 같다며 남편은 아이는 네 명으로 충분하다고 했다. 남편이 워낙 강하게 말하는 바람에 대놓고 싫다는 말은 못 했지만 나는 우리에게 찾아온 생명을 없앤다는 게 마음에 걸렸다. 그래서 차일피일 유산을 미뤘다. 지체할수록 유산이 힘들어지는데 내가 미적거리자 남편은 아침저녁으로 병원에 갔냐고 물으며, 빨리 병원에 가 보라고 채근했다.

남편의 닦달에 못 이겨 결국 한약방에 갔다. 나를 진맥하는 한의사에게 아이를 지우려고 왔다고 하자 한의사가 아무 말도 하지 않고 나를 빤히 쳐다봤다. 그리고 왜 아이를 유산시키려고 하는지 물었다. 건강이 좋지 않아서 아이를 낳지 않으려고 한다고 하니까 한의사는 나 정도면 얼마든지 아이를 더 낳을 수 있다고 하면서 유산하겠다는 말은 꺼내지도 말라고 호통을 쳤다. 한의사의 호통에 찔끔했지만, 한편 그 말을 들으니 마음이 놓였다. 정말 다행이다 싶었다. 남편이 유난스럽게 나를 아껴서 그렇지 네 명의 아이를 낳을 때 내가 특별히 난산을 한 건 아니고 보통 산모들이 겪는 정도의 진통을 느꼈을 뿐이다. 그런데 일반적인 출산 과정을 모르는 남편은 아이를 낳을 때마다 내 몸이 더 약해진다고 생각해서 다섯째 아이를 낳는 것을 예민하게 받아들였던 것이었다.

한의사의 말을 전하자 남편은 더 이상 유산을 고집하지는 않았다. 막둥이를 낳을 때는 시어머니가 함께하셨고 남편은 퇴근하자마자 집으로 달려와 나와 함께 진통을 겪으며 처음으로 아이 낳는 과정을 지켜보았다. 남편은 내가 고생하는 걸 옆에서 보면서도 자기가 해 줄 수 있는 게 아무것도 없다는 게 너무 힘들었다고 하면서 얼마나 놀랐던지 막둥이를 낳자마자 내게 묻지도 않고 정관수술을 받았다. 나는 그 마음이 정말 고마웠다. 자식은 많을수록 좋다고 생각했던 그 시대, 임신과 출산, 육아는 모두 여자의 몫이고, 남자들은 손가락 하나 까딱하지 않아도 당당했던 시대에, 자식보다 아내를 우선하고 자신이 희생하여 나를 지키고 보호해 주려는 남편의 깊고 따뜻한 사랑이 고마워서 나는 남편의 손 위에 내 손을 한참 동안 포개 놓았다. 그런 과정을 거쳐서 그런지 남편은 막내가 자라는 걸 보면서 "우리 막둥이! 우리 막둥이!" 하면서 그 누구보다 더 예뻐했다.

그렇게 나를 최우선으로 생각하고 절대적으로 지지해 주는 남편 덕분에 항상 주눅 들어 있던 나도 조금씩 살림에 자신감이 붙었고, 대가족 맏며느리의 역할도 몸에 붙기 시작했다. 다시 서울로 와서 나는 늘 골치였던 밥 문제부터 해결했다. 논산을 마지막으로 남편의 발령지를 따라다니는 동안 아이들이 태어나 식구는 더 늘었고, 집에서 출퇴근하는 남편의 도시락까지 5개를 싸려면 큰 솥에 밥을 해야 했다. 그런데 화력이 약한 연탄불로는 아무리 애를 써도 3층 밥이 되고 말았다. 불은 약하고, 쌀은 많다 보니 아무리 밥물을 신경 써도 소용없었다. 아침마다 설익고, 탄밥을 주었지만, 남편은 숟가락을 뜰 때마다 '맛있다'를 연발해 시어머니의 눈총을 샀고, 나는 죄인처럼 고개를 들지도 못하고 있었다. 누구 한 사람 왜 밥을 이렇게 하냐고 타박하진 않았지만 혼자 너무 괴로웠다.

하루 이틀도 아니고 이렇게는 살 수 없겠다 싶어 밥을 잘 할 수 있는 방법을 궁리하다가 생각해 낸 것이 '땔나무'였다. 가만히 생각해 보니 부산 북면에 피난 가 있을 때 서 산모였던 올케를 따뜻하게 해 주려 산에서 나무를 해 왔는데 그때 화력이 엄청나게 세고 오래갔다는 것이 생각났고 그 정도 화력이면 솥 밥도 가능할 거란 생각이 들었다. 그래서 시부모님 몰래 뒷산인 인왕산에 가서 나무를 해 왔다. 갈퀴를 하나 가지고 가서 솔방울과 솔가리(마른 솔잎)를 커다란 포대를 담아 왔다.

너무 욕심껏 넣다 보니 들고 오기엔 너무 버거웠다. 그래서 포대 입구를 꽁꽁 묶어서 땅에 굴렸다. 나뭇가지에 걸리면 꺼내어 굴리고, 또 굴렸다. 그럴 때면 나무들 사이로 비춰드는 햇빛이 내 얼굴을 쏘듯이 내리쬐어 눈이 부셨다. 햇빛을 가려 줄 양산이라도 있으면 좋으련만. 하지만 양산이 있다고 한들 나뭇짐을 하면서 꽃무늬 양산을 어떻게 쓰겠는가. 그때마다 나는 '호강스러운 여자들은 지금 양산을 쓰고 다니겠지. 나는 지금 햇빛 아래서 나무를 굴리고 있지만 괜찮아. 일할 수 있는 건 굶는 것보다 나아.'라고 생각하며 나뭇짐을 힘차게 굴렸다.

그리고 집에 와서 그 나무로 불을 때서 밥을 했는데, 역시 내 생각이 맞았다. 밥물이 아니라 불이 문제였다. 나무를 때서 밥을 하고부터는 기가 막히게 밥이 잘됐다. 매사에 걱정이 많으신 시어머니는 내가 나무를 해

올 때마다 질색하셨다. 동네 사람에게 흠 잡히기 십상이라고 하면서 누구네 며느리가 산에 나무하러 다닌다고 소문나면 동네 창피해서 어떻게 살겠냐고 노발대발하셨다. 하지만 나는 산에서 솔가지 주워 오는 걸 그치지 않았다. 시어머니의 격노보다, 동네 사람들이 입방아 찧는 것보다 식구의 밥이 더 중요했기 때문이다. 그래서 누가 뭐라고 하든 시부모님께 점심을 차려 드리고 나면 넷째를 둘러업고 산에 가서 나무를 해 왔다.

내가 솔가리를 주워 와 가마솥으로 밥을 함으로써 식구들의 먹는 걸 해결하는 사이에 남편은 먹고사는 문제를 풀었다. 집 옆 공터에 방을 새로 내어 생활비를 벌충한 것이다. 식구는 많고, 동생들은 줄줄이 공부시켜야 하는데 외벌이로는 도저히 감당이 안 되니까 남편이 건축에 조예가 있는 아버님과 의논하여 방을 증축하였다. 그 당시 우리 시댁에는 안방과 건넌방만 있었고, 건넌방 옆으로 꽤 큰 공터가 있었다. 그 밑이 바로 개천이라 쓸모없는 땅이라고 여겼는데 거기에 축대를 쌓아 땅을 넓히고 네 개의 방을 더 만들었다.

큰 방을 하나 만들어 십자로 방을 나눠 네 개를 만든 거라 부엌이나 툇마루도 없었다. 그런데도 워낙 살기 어려운 때다 보니 들어와 살겠다는 사람들이 많았다. 특히, 식구가 많아서 방 구하기가 힘들었던 사람들은 그 방이라도 감지덕지라면서 좋아했다. 남편은 방세를 연세로 받았다. 보증금 1백만 원을 1년 치 방세로 쳐서 한꺼번에 받고, 1년 후에 계약을 갱신하거나 이사를 하도록 했다. 그렇게 목돈을 만들어서 생활비에 보됐다.

　남편이 수도경비사령부로 오면서 계급도 영관급이었기 때문에 월급도 꽤 올랐지만, 대식구를 부양하기엔 턱없이 부족했다. 월급은 고정되어 있는데, 막둥이까지 태어나 식구가 한 명 더 늘었다. 그런 상황에서 시동생 시누이들까지 고등학교에 보내는 건 무리였지만, 나는 남편을 설득해 모두 끝까지 공부시키려고 노력했다. 물론 충분한 뒷받침은 할 수가 없어 아쉬움이 남지만, 힘닿는 대로 최선을 다했다.

　방을 만들어 세를 받아 학비며 식비를 보충했지만, 그것으로도 생활비를 다 감당하기는 버거웠다. 그 모든 걸 책임지려면 또 다른 묘수가 필요했다. 생각다 못해 방을 하나 헐어 가게를 냈다. 홍지동 삼거리에서 가게 하시는 아주머니 도움으로 구멍가게를 냈는데 쌀과 연탄 같은 생필품에서 과일, 야채, 아이들 문구류, 사탕까지 파는 잡화점이었다. 매상이 클 수 없는 작은 동네에서 돈을 남기려는 목적 보다는 쌀이나 연탄, 생필품을 도매가로 살 수 있다는 것만으로도 이득이라는 생각에 장사를 시작한 것이다.

　문제는 물건을 떼 오는 거였다. 날마다 용산까지 가서 물건을 사와야 했는데 그걸 맡아서 할 사람이 나밖에 없었다. 그래서 새벽마다 부암동 종점까지 걸어가서 버스를 타고 용산 시장에 가서 물건을 사 왔다. 매일 시장에 가도 이것저것 사다 보면 보따리가 산만해서 그걸 집까지 옮기는 게 고역이었다. 버스 정거장까지는 지게꾼을 불러 옮겨 달라고 했는데 그걸 이고 버스에 타는 게 문제였다. 짐이 크다 보니 나를 태우려는 버스 기사가 거의 없었다. 몇 번을 보이콧당한 끝에 겨우 버스를 타고 종점까지 오면 거기서부터는 짐보따리를 머리에 이고 집까지 와야 했는데 그 큰 짐을 이고 오다 보면 고개가 꺾여 정신이 아뜩하고 진땀이 났다.

그래도 발걸음을 재촉했던 것은 막내딸 때문이다. 갓난쟁이라 적어도 3시간에 한 번씩 젖을 먹여야 했는데 시장에 다녀오면 그 시간을 넘기기 일쑤였다. 집에 도착하자마자 나는 막내를 끌어다가 젖을 물리고, 뭐라도 먹어야 젖이 나올 것 같아 나도 허겁지겁 밥을 먹었다. 그러고 나면 온몸에 힘이 쭉 빠지면서 기운이 하나도 없었다. 다행히 쌀과 연탄은 도매점에서 배달해 줬지만 쌀에 이물질이 많이 섞여 있어서 배달 온 그대로 팔 수가 없었다. 풍로에 바람을 일으켜 겨와 도정 안 된 쌀을 골라내야 했는데 아버님이 도와주셔서 겨우 해결하였다. 조그만 동네 구멍가게인데도 그렇게 할 일이 많고 잔손이 많이 들어갈 줄은 미처 몰랐었다.

내가 가게에 진열해 놓고 팔 물건을 사서 정리해 놓으면 시부모님은 종일 가게에 앉아 물건을 파셨다. 틈틈이 가게 일하면서 살림까지 해야 했던 나는 아기를 돌볼 시간이 거의 없었다. 젖을 물릴 때를 제외하고는 시어머니가 아기를 봐주셨고, 나는 살림에 매진했다. 그때만 해도 살림이 손에 익어 좀 일하는 게 수월해졌지만 자고 일어나면 산더미같이 쌓여 있는 빨래와 바느질, 청소에 매 끼니 밥상을 차리자니 입에서 단내가 나고, 허리가 아팠다.

그래도 며느리를 아끼는 시아버지, 아내를 소중하게 여기는 남편, 엄마 손이 없어도 잘 자라는 아이들 덕분에 힘든 줄 모르고, 고생을 행복으로 알고 살았다. 종종거리며 일해도 냉수 한 사발 맘 편히 마실 틈이 없는 나를 딱하게 여기셨던 시아버지는 옷이 더러워져도 잘 내놓지 않으셨다. 내가 "아버님, 바지 빨 때가 됐는데요."라고 하면 그때에서야 "어허, 네가 고생이 너무 많다." 하시면서 바지를 벗어 내놓으셨다. 그러면 나는 그 바지를 정성껏 빨아 바짓부리까지 깨끗하게 손질해서 드렸다. 새로 빤 바지를 시아버지가 단정하게 입고 방에서 나오면서 나를 보고 웃으실 때면 마음이 그렇게 뿌듯할 수가 없었다. 그런 모습을 보는 게 나의 기쁨이고 보람이었다.

제6장

꿈같은 나날들

제1절

격변의 세월

(5.16의 한가운데서)

"여호와께서
사람의 걸음을 정하시고
그 길을 기뻐하시나니

저는 넘어지나
아주 엎드러지지 아니함은
여호와께서 손으로
붙드심이로다."

(시편 37편 23-24절)

전쟁이 끝난 후 자유당 정권은 점점 독재로 흐르고 급기야 부정선거로 4.19혁명이 일어났다. 이승만 대통령은 권좌에서 하야하여 하와이로 쫓겨나고 말았다. 그 이후에도 정국은 안정되지 않았다. 남편의 인생 항로가 바뀐 것은 5.16군사정변 때문이었다. 당시 남편은 정치 상황이나 군대 내 움직임과는 상관없이 평소대로 30사단의 대대장으로 복무하고 있었다. 성실하고 정직하게 일하는 것이 전부인 줄 알았던 남편은 권력의 핵심에 가까이 가거나 정치적인 활동과는 전혀 관계없는 사람이었다. 그러나 불안한 정국 속에서 5.16이 일어날 때 수도권 부대의 고급장교였던 남편도 그 소용돌이 속에 있을 수밖에 없었다.

철저한 계급사회인 군대에서 남편은 계급보다 사람을 우선시하는 따뜻한 사람이었다. 당시 군대는 예산이 부족해 영양부족으로 고생하는 군인들이 많았다. 오죽하면 적군과 싸우는 것보다 허기와 싸우는 게 더 힘들다는 말이 나올 정도였다. 거기에 빠듯한 예산으로 부족한 장병들의 먹거리를 일부 간부가 빼돌리는 비리가 연달아 발생하면서 잡음이 끊이지 않았다. 그런데 대대장이었던 우리 남편은 도시락을 싸서 다녔다.

군대 밥이라는 게 계급순으로 먹다 보면 계급이 낮은 병사들은 남은 잔반만 먹게 된다고 해서 '짬밥'이라고 하는데 우리 남편은 내가 싸 준 도시락을 먹었으니 국방 예산이나 소위 '짬밥'하고는 상관없는 사람이었다. 남편의 도시락 덕분인지 남편이 근무하는 부대 내의 비리는 사라지고 좋은 입소문이 널리 퍼졌다. 그런 남편의 고지식한 태도가 상사의 눈에 들어 5.16 직후에 수도경비사령부 30경비대로 발탁되어 경복궁으로 출근하게 되었다.

나에게 5.16은 전쟁을 방불케 하는 두려운 사건이었다. 그 당시 세검동에 살고 있었는데 시내에 탱크가 들어오고, 라디오에서 새로운 정권이 들어섰다는 말에 또 한 번 전쟁이 나는 게 아닌가 싶어 걱정되고 무서웠다. 그런데 남편이 5.16을 일으킨 분들과 함께 일하고, 또 그분들이 국가재건최고회의를 통해 이승만 정권에서 행했던 부정부패를 척결하고 사회악을 소탕하는 정책을 펼치는 것을 보면서 나도 여느 시민들처럼 우호적인 마음을 갖게 되었다. 일제 치하에 있다가 채 발전하기도 전에 전쟁을 겪은 우리나라는 지도자를 키울 만한 여건이 성숙하지 못했으므로 당시에는 군인들이 사회의 엘리트라 할 수 있었고 나중에 독재로 흐르기는 했지만, 혁명 초기의 젊은 장교들은 진정으로 나라를 사랑하는 사람들이었다.

위낙 청렴하고 강직한 남편은 국가재건최고회의에 발탁되어 군법무관이 되었고, 야간에 국학대학 법과(현재 고대법대)에도 다니며 역량을 쌓아 의로운 판결로 좋은 평가를 받았다. 초기 군사정권은 이승만 정권을 등에 업고 부정을 저질렀던 인물들과 정치 깡패를 처벌하는 재판을 거행했다. 남편은 혁명재판의 재판관으로 공명정대한 판결을 해 주변으로부터 칭찬받고, 좋은 인상을 남겨 대통령을 보위하는 육군 최정예부대 수도경비사령부의 정보참모로 발탁되었다. 남편이 5.16을 일으킨 핵심 인사는 아니었지만, 요직에 발탁되어 군사정권 초기에 국가재건을 위한 주요 임무를 맡아 훌륭하게 수행함으로써 주위 사람들로부터 많은 인정을 받았다.

그러나 군인으로 정년퇴직할 거로 생각했던 남편은 생각보다 일찍 예편하게 되었다. 그 이유는 본인에게 문제가 있어서가 아니라 능력을 인정받아 갑자기 중요한 위치로 발탁되면서 자신이 계획했던 군인의 삶을 살지 못하게 되자 스스로 옷을 벗은 것이었다. 남들은 그런 남편을 보며 천운을 놓쳤다고 했지만 나는 남편의 결정이 옳다고 믿었다. 남편은 권모술수나 정치와는 어울리지 않는 사람이기 때문이다. 당시 혁명 주도 세력이 군부의 주요 보직에 있었기 때문에 각종 기업 등에서 수많은 청탁과 함께 뇌물이 들어왔지만, 청탁자들에게 불이익을 주는 등 청렴 강직한 군인으로 여러 업무 수행에 있어 각별한 인상을 남긴 남편은 군정 통치를 마치고 제3공화국이 출범할 당시에 수원시장 자리를 제안받았다. 그때는 군정 통치 시절에 신임받은 사람들이 각 기관의 요직으로 옮겨 가면서 자연스럽게 정치에 입문했던 시기였기 때문에 남편도 수원시장 자리를 수락했다면 그 이후 정치적 입지를 다질 좋은 기회였다.

그런 기회를 얻게 된 남편을 보고 사람들은 남편이 대통령의 신임을 받아 출세 가도를 달리게 되었다고 다들 부러워하였다. 하지만 남편은 그 자리를 마다했고 퇴직을 선택했다. 자신은 군인일 뿐 정치에는 능력도 관심이 없다고 하면서 명예롭게 군인으로서 옷을 벗었다. 남편의 선택을 두고 천금 같은 기회를 놓쳤다고 아쉬워하는 사람도 많았고 가족이나 가족들이 부유하게 살 수 있는 방편을 제 발로 차 버렸다는 사람들도 많았지만 나는 남편의 선택을 믿었다. 남편은 부나 명예, 권력이나 좇는 시시한 남자가 아니었기 때문에 어떤 결정을 하던 그것이 옳은 선택이고, 최고의 결정이라고 생각했다. 지금도 자식들은 우리가 아버지 덕에 가난하게 살기는 했지만, 누구보다 자랑스럽다고 말한다.

평생 강직하고 깨끗하게 살아온 남편은 권력을 이용해 사리사욕을 취하는 것을 꺼려 했다. 남편은 낙동강 전선 팔공산 전투에서 큰 공을 세워 그 공로로 무공훈장을 탔다. 그때 다리에 총탄을 맞아 큰 부상을 당했지만, 그것으로 '국가유공자' 신청을 하지 않았다. 오히려 주변 사람들이 자격이 충분한데 왜 신청하지 않냐고 하면 남편은 국가유공자 지정을 둘러싸고 만연된 부정부패를 한탄하면서, 나라를 위해 마땅히 해야 할 일을 한 것뿐이고 지금은 완치되었는데 그걸로 무슨 공치사를 하겠냐며 신청을 마다했다. 결국 실질적인 혜택은 없는 가장 낮은 단계의 국가유공자로 지정받았지만 나는 남편이 자신에게 유리한 길이 아니라 옳은 길을 가는 사람이라는 걸 알았기 때문에 그때도 나는 남편의 결정을 지지했다.

남편이 군에 있을 때만 해도 병역 비리가 만연하여 자식들을 병역 면제로 빼내려거나 좋은 보직으로 보내려고 보따리에 돈을 싸 들고 오는 사람들이 줄로 늘어섰었다. 남편이 훈련병들의 자대배치 업무를 하는 논산훈련소 부연대장으로 있을 때는 고관이나 권력자들이 공공연하게 그런 청탁을 했다. 당시 군대 복무환경이 워낙 열악한데다 구타도 심하고 배를 곯던 시기였기 때문에 자식을 걱정하는 부모들의 심정을 이해할 만도 했지만, 남편은 지위 고하에 관계없이 모든 청탁을 단호히 물리쳤다. 상급자나 권력자의 청탁을 거절하면 자칫 미운털이 박혀 군대 생활하는 데 어려움이 생길 가능성이 컸지만, 남편은 지혜롭게 잘 처신하여 불이익을 당하기는커녕 사람들에게 정직하고 깨끗한 사람으로 인정받았다.

그뿐만이 아니었다. 군 요직에 있으면서 얼마든지 형제나 자녀들이 군대 가지 않게 빼돌리거나 좋은 자리로 가게 할 수 있는 위치였는데도 병역은 신성한 의무라고 말하면서 남동생 3명, 아들과 조카 9명, 사위 2명, 손자 6명 등 3대에 걸친 남자들이 전원 장교, 하사관, 병으로 전방부대 또는 전방과 가까운 부대에 근무하게 함으로써 2014년에는 노용래 가문이 병무청으로부터 '병역 명문가'로 지정받았다. 요즘 정치권이나 정부, 사법부의 고관이나 자녀들의 대부분이 석연치 않은 사유로 병역을 면제받았다는 보도가 나올 때마다 나는 통탄스러움과 함께 자랑스러움이 교차한다.

그렇게 항상 바른 결정을 내렸던 남편이니만큼 예편 후에 고생이 기다리고 있을지언정 그 결과가 부끄럽지 않을 것을 확신했고 이후에 닥칠 어려움을 극복해 나갈 수 있을 거라 믿었다. 하지만 세상은 그리 호락호락하지 않았다. 군인 생활만 하던 남편은 퇴역 후 쉽게 자리를 잡지 못했다. 준비 없이 퇴역했기 때문에 먹고살기 위해 닥치는 대로 일하고, 생계를 위해 생소한 분야에도 도전했다. 시동생 덕래가 자신이 '외판의 왕'이라고 하며 노하우를 전수해 주겠다고 호언장담해서 그걸 믿고 여러 사업을 같이했지만, 번번이 잘 안됐고 여기저기서 소개받은 회사에도 다녀봤지만, 업무가 익숙지 않아 오래 다니지 못했다.

이것저것 손에 잡히는 대로 일하고 애를 써도 사회에서 자리 잡기가 힘들어지던 중 전혀 예상치 않은 일이 일어났다. 남편이 어려움을 겪고 있다는 소문을 당시 국무총리가 우연히 듣고 집무실로 오라고 한 것이다. 크게 막역한 사이가 아니었는데도 불구하고 국가재건최고회의에서 워낙 일을 잘하던 남편이 사회에 나가 고생한다는 소문을 듣고 개인적으로 부른 것이었다. 남편은 그분을 만나 퇴역 사유와 그 이후에 마땅한 일을 찾지 못해 고생하고 있는 상황을 이야기했다. 그러자 총리께서는 비록 작은 일이지만 국가에 이바지할 수 있는 일을 찾아볼 테니 기다려보라 하였다. 얼마 후에 소공동에 있는 '무역센터' 빌딩의 관리와 청소용역 업무를 소개받아 지원했고 천우신조로 그 일을 맡게 되었다.

남편은 곧 (주)삼우건관이라는 종합용역 회사를 세워 전문적으로 경영일선에 뛰어들었고, 무역센터 일을 책임 있게 잘하자 얼마 후 삼성동 '한국종합전시장(현 COEX)'의 관리, 용역도 할 수 있게 되었고 사업은 순풍을 달았다. 워낙 성실하게 잘한다는 소문이 돌면서 곧 '세종문화회관'의 용역 사업도 추가로 따게 되었다. 그런데 짧은 기간에 한꺼번에 많은 일을 맡게 되다 보니 현실적으로 감당하기가 어려워 곧 난관에 빠지고 말았다.

　그것은 종합전시장의 전시 공간이 너무 넓고, EXPO 등 행사가 열릴 때마다 관람객은 너무 많은데다 쓰레기는 넘쳐 났기 때문이었다. 그 당시는 지금처럼 공중질서를 잘 지키는 시대가 아니었기 때문에 전시회를 마치고 나면 나오는 쓰레기가 상상을 초월할 정도로 많았다. 직원들만으로는 감당할 수 없어 행사 때마다 사람을 추가로 뽑으려고 했지만, 그것도 여의치 않자 전시회나 박람회를 치를 때마다 우리 식구들은 물론 일가친척에 아들의 친구들까지 동원하여 쓰레기를 치웠지만 역부족이었다. 하는 수 없이 역량에 비해 과다하게 큰 종합전시장과 무역센터 용역은 규모가 큰 다른 기업에 양도하고, 세종문화회관 하나만 내실 있게 관리하기로 해 힘 닫는 노년까지 오래 경영했다.

　용역회사를 경영하며 어느 정도 자리를 잡게 되었지만, 이후에도 우여곡절이 많았다. 군대라는 조직에서 성실하고 정직하게 살아온 남편은 모든 사람이 자신처럼 정직하다고 생각했다. 그래서 사람을 의심하지 않고 쉽게 믿었기 때문에 소위 사기를 여러 번 당했다. 그중 철석같이 믿었던 전무와 경리가 서로 짜고 회삿돈을 횡령하여 큰돈을 손해 본 후에는 남편도 무조건 사람을 믿을 게 아니라, 믿을 만한 사람과 일해야 한다고 생각하기 시작했다.

그래서 회계를 공부하여 찬우 이상으로 경리 지식에 밝고 꼼꼼한 큰처제 정우에게 경리 일을 맡겼다. 그 후로는 사업도 안정되었고 130만 원에 샀던 홍제동 집이 1980년대 초 1,300만 원으로 올라 은평구 신사동의 장미꽃 터널이 있고 목련꽃 나무가 피는 꿈같은 양옥집으로 옮길 수 있었다. 집은 좋았지만 단독주택이라 관리가 어려워 몇 년 살다가 역촌동 산기슭의 양지바른 빌라로 이사 가서 남편이 하늘나라로 갈 때까지 화초들과 함께 거기서 살았다.

분가

(고생 끝에 찾아온 작은 행복)

바라만 보아도

좋은 사람이 있다는 것은

즐거운 일입니다

느낄 수만 있어도

행복한 이가 있다는 것은

아름다운 일입니다

어떠한 고통이나 절망이

가슴을 어지렵혀도

언제나 따뜻하게 불 밝혀 주는

가슴 속의 사랑하나

간직해 둔 마음이 있다는 것은

소중한 일입니다

(무명씨 詩〈작은 행복〉중)

'맏이는 하늘이 내린다'는 말이 있는데 남편은 정말 하늘이 내린 장남이었다. 시아버지가 젊어서 직장을 그만두셨기 때문에 어려서부터 가장 역할을 했던 남편은 부모 형제를 끝까지 부양해야 한다는 책임 의식이 강했다. 그래서 '어떻게 하면 우리 직계 일곱 식구만 잘살 수 있을까?'를 고민한 적이 한 번도 없었다. 그런 남편에게 분가란 있을 수 없는 일이었다.

그런데 그 있을 수 없는 일이 우리에게 일어났다. 그 시작은 큰시동생의 합가에서 비롯되었다. 공군에 복무하던 시동생에게 결혼할 때 남편이 김포 비행장 쪽에 방을 하나 얻어 주었는데 1년 정도 살다가 갑자기 공군 상사로 전역하였다. 그리고 한 달만 살다가 나갈 거니 본가에 들어오겠다고 하며 세놓고 있는 방 중에 제일 큰 방을 비워 달라고 했다. 아예 이사를 들어오는 것도 아니고 한 달만 살다 나갈 건데 월세가 가장 많은 방을 비워 주면 생활비며 학비는 무엇으로 충당한단 말인가? 그래서 시부모님들과 설왕설래하다가 하는 수 없이 둘째로 큰 방을 내주었다.

시동생네가 이사해 들어왔지만. 제대하고 직업이 없을 때라 식구들과 마주치는 게 껄끄러웠는지 밥도 따로 해 먹고, 안채에 거의 오지 않았다. 그런 동생에게 남편이 앞으로 어떻게 살 거냐고 물으니 공군에서 배운 주물 기술로 취직할 거라고 했다. 당시 전후 복구 시대라 여기저기서 건물을 많이 지었기 때문에 일자리는 많아 큰 걱정은 하지 않았다. 그런데 성향 자체가 일을 열심히 하는 스타일이기보다는 기타도 잘 치고 노래도 잘하고 낭만파인 그는 막상 여러 사업장에서 일하자고 제의가 들어와도 차일피일 미루었다. 그러다가 느닷없이 동서와 함께 평창동 수영장 옆에서 국수장사를 하겠다며 가게 자리를 알아보더니 그것도 마땅한 자리가 없다면서 흐지부지 없던 일로 하고, 그 후로도 마냥 일자리를 알아보기만 했다.

그 사이에 조카 희중이가 태어나자, 남편은 앞으로 어떻게 생계를 꾸려 나갈지 계획을 구체적으로 말해 달라고 물었다. 차일피일 미루던 시동생은 방 하나를 비워서 가게를 할 수 있게 고쳐 주면 장사를 하겠다고 했다. 그 말을 듣고 시아버지는 이미 우리가 가게를 하고 있는데 집도 몇 채 되지 않는 작은 동네에서 잡화점을 나란히 하면 장사가 되겠냐고 역정을 내셨고, 시어머니는 우리가 팔지 않는 걸 팔면 되지 않겠냐고 하시면서 역성을 드서 집안 분위기가 험악해졌고 남편과 나는 중간에 끼어서 이러지도 저러지도 못했다.

그러는 사이 시동생은 그냥 방을 하나 비워 거기에 진열장을 놓더니 만화책을 갖다 놓았다. 우리와 상품이 겹치진 않았고 만화가 유행하던 때이긴 했지만, 조무래기들의 코 묻은 돈을 모아 봤자 얼마나 벌 수 있을까 걱정이 됐다. 한편으로는 '만화를 보러 오는 아이들이 우리 가게에 와서 과자를 사서 먹겠구나.'라는 생각도 들었다. 하지만 만화가게에서도 과자를 팔았기 때문에 굳이 우리 가게까지 오는 애들은 없었다. 그런 과정을 보면서 남편은 내게 한 집에서 가게를 두 개 할 수 없으니 가게를 합쳐 시동생에게 물려주고 이참에 분가하자고 했다. 분가하는 대신 시댁 생활비를 대주면 되지 않겠냐는 것이었다. 다음 날 남편이 출근하고 나서 시부모님께 말씀을 드리니 우리 좋을 대로 하라고 하시면서도 결정을 미루셨다.

이러지도 저러지도 못하고 고민만 하고 있었는데 남편에게서 전화가 왔다. 당시 남편은 군에서 대대장이었기 때문에 집에 지휘용 전화기가 설치되어 있었는데 전화벨이 울려 깜짝 놀라 받아 보니 당장 분가할 집을 알아보지 않고 뭐 하고 있냐면서 재촉했다. 막내 낳을 때를 제외하고는 사적으로 전화를 한 적이 없었던 남편이 일부러 전화해서 다그치자 나도 마음이 급해졌다. 사실 나를 괴롭히던 지병으로 의사의 권유도 있었던 터라 분가를 심각하게 고려하고 있었기 때문에 서두르지 않을 수 없었다. 그러나 막상 집을 알아볼 생각을 하니 서울이 고향도 아니고, 세검정에만 살아서 지리를 전혀 모르는데 어떻게 방을 구할지 너무나 막막했다.

그렇다고 마냥 앉아 있을 수가 없어서 일단 복덕방에라도 가보자고 문 밖을 나서는데 세 들어 사는 새댁이 같이 집을 봐주겠다며 함께 따라나섰다. '부산댁'이라는 별명을 가지고 있는 새댁은 성격이 활발하여 혼자가는 것보다 의지가 되었다. 그러나 부산에서 살다가 서울에 온 지 얼마 안 된 새댁과 아무것도 모르는 내가 방을 구하겠다고 나섰으니 얼마나 헤매고 다녔겠는가? 길이 열려 있으면 일단 가 보고, 복덕방 간판을 보면 무조건 문을 두드렸다. 그렇게 무작정 발품을 팔며 세검정에서 문화촌, 홍제동을 거쳐 무악재 넘어 서울역까지 갔다가 다시 서대문까지 돌았는데도 허탕만 치고 아무런 소득이 없었다.

방을 보러 가면 집주인들이 제일 먼저 묻는 것이 아이가 몇 명이냐는 것이었다. 그런데 다섯 명이라고 하면 화들짝 놀라면서 아이가 그렇게 많으면서 어디 방을 구하러 다니냐고 퇴짜를 놓았다. 그렇게 문전박대를 당할 때마다 기운이 쭉 빠지는 데다가 둘러업고 나온 막내는 더위에 지쳐 물먹은 솜처럼 축 늘어져 점점 더 무거워졌다. 한여름 뙤약볕이 내리쬐는 길을 걷고 또 걷자니 땅에서 올라오는 더위에 숨이 막히고, 온몸을 타고 흐르는 땀에 신발이 자꾸 미끄러져 걷기도 힘들었다.

그렇게 돌아오다가 홍제동 쪽 한 집에 들어갔는데 주인이 웬일인지 아이가 다섯 명이라고 해도 괜찮다며 언제든 이사 오라고 했다. 가뭄 끝에 단비를 만난 것처럼 반갑고 더 이상 집을 알아보러 다니지 않는다는 것만으로도 기뻐서 그 집을 마음에 점찍어 두고 집에 온 후 휴일에 남편과 함께 다시 갔다. 그런데 집을 이리저리 둘러보던 남편이 내 손을 이끌고 한쪽 구석으로 데리고 가더니 집 바로 옆에 솟아 있는 굴뚝을 가리키며 "집 옆에 화장터가 있는 걸 아느냐?"고 물었다. 세상에! 부산댁과 함께 집을 보러 왔을 때는 안 보이던 큰 굴뚝이 눈앞에 떡하니 버티고 서서 연기를 모락모락 내고 있었다. 어쩐지 아이가 많다고 해도 토 달지 않고 집을 내주겠다고 해서 웬 복인가 했더니 그 집이 홍제동 화장터 옆집이었다. 지금은 그 화장터가 벽제로 옮겨지고 그 자리에 고은초등학교가 들어서 있다.

남편은 아이들을 키우는데 화장터 바로 옆은 좋지 않다고 하면서 다른 집을 알아보자고 했다. 그래서 거기서부터 더듬어 방을 찾다가 결국 한 집을 얻었다. 우물 있는 집이라고 해서 좋아하며 갔는데 막상 그 집에 가 보니 우물은 모양만 남아 있었다. 하지만 그런 건 그 집을 선택하는 데 아무런 영향도 끼치지 않았다. 수도가 없어도 다섯 아이를 받아 주는 집이라면 무조건 계약해야 했다. 얼마 후 우리는 그 집으로 분가하여 처음으로 살림을 냈다. 집주인은 와세다대학을 나와 일본말을 잘하는 사람이었는데 신발을 만들어 파는 사업가였다. 외모도 일본 사람같이 머리가 벗겨진 분 이었는데 아들만 둘이라 그런지 우리 딸들을 보면 '오모짜(인형)구나!'라 하며 많이 예뻐했다. 겨울에는 특이하게 계량기와 상관없는 외부 전기를 몰래 따와 백열전구로 '고다츠'라는 전열기구를 만들어 썼다.

보통 분가하면 살림에 규모가 생긴다는데 우리는 시댁 생활비를 드리고, 시동생, 시누이 학비를 내고, 남은 돈으로 살아야 했기 때문에 더욱더 힘들었다. 그사이 우리 아이들도 자라서 내야 할 학비가 만만치 않았기 때문에 항상 생활비가 모자랐다. 군인 월급이 박봉인데다, 지출할 데가 많아지자 살림을 더 바짝 조일 수밖에 없었다. 원래도 절약이 몸에 배어 있었지만, 더더욱 쓰임새를 줄이고, '낭비하지 말아라.' '티끌 모아 태산이다.'라고 하면서 푼푼이 돈을 절약했다. 그 돈으로 남편은 동생들 뒷바라지를 계속했고, 나는 닥치는 대로 부업을 하면서 우리 애들을 거뒀다.

뜨개질해서 스웨터도 만들고, 공장에서 짠 스웨터를 가져다가 '시아게(마무리)' 작업도 했다. 손으로 직접 명주실을 뽑았고, 바느질도 했다. 구슬 꿰는 일, 봉투 붙이는 일 등 손에 걸리는 일은 가리지 않고 다 했다. 아이들을 학교에 보내고 나면 곧장 부업거리를 주는 공장에 가서 한 보따리씩 일감을 이고 와서 종일 틈날 때마다 일했다. 눈이 침침하고 손이 부르트도록 일해도 손에 쥐어지는 건 푼돈이었지만 그나마 그 돈으로 애들 학비도 보태고, 아들 운동화도 사주고, 옷감을 사서 딸내미들 옷도 만들어 주었다. 남들처럼 과외를 시키거나 학원에 보내지는 못했지만, 기성회비를 못 내서 집으로 쫓겨 오는 일만은 없게 하려고 정말 쉬지 않고 일하고 또 일했다.

그렇게 일해도 생활에 여유는 전혀 없었다. 부업으로 번 돈은 생활비에 난 구멍을 겨우 메우는 역할 정도밖에 못 했기 때문에 아이들 옷 한

벌도 사 주지 못했다. 얼마나 우리 애들이 옷이 없었는지, 1학년 때부터 6학년 때까지 반장에 전교 회장을 도맡았던 우리 딸들은 똑똑한 걸로도 유명했지만, 옷 잘 못 입는 학생으로도 소문났다. 우리 집 사정을 모르는 친구들이나 선생님은 맨날 똑같은 옷을 입는 딸들에게 '너는 옷이 그거 밖에 없냐?'라고 한마디씩 했다. 특히 교외 행사에 대표로 나갈 때면 선생님이 옷을 지적해서서 속이 많이 상했었다고 한다.

그도 그럴 것이 그때 내가 옷을 사는 기준은 무조건 싼 거였다. 가격을 따져 보고, 옷감 끊어서 만드는 것보다 싼 것은 기성복으로 사고, 그렇지 않으면 인조 천을 사다가 옷을 만들어 입혔다. 후줄근하게 보이지 않게 하려고, 비록 인조 옷감이지만 깨끗이 빨아서 풀을 먹여 빳빳하게 다려 입혔다. 중학생이던 둘째 아들은 당시 유행하던 엘리트 학생복 입어 보는 게 소원이었지만 집안 사정을 잘 아는 터라 구겨진 면바지 안쪽에 초를 입혀 이불 밑에 깔고 자기도 하였다.

아이들이 가지고 놀 장난감은 직접 만들어 줬다. 소꿉 장난감 좋아하는 딸들을 위해 종이 상자를 가져다가 집도 짓고, 그릇이랑 도마, 칼도 만들었다. 솜씨는 없지만, 애들이 갖고 놀기엔 충분해서 딸들이 어릴 때는 종일 그걸로 조물조물하며 놀았다. 딸들은 우묵한 그릇에 탕을 담고, 평평한 접시에는 국수를 담아서 내게 가져다주곤 했다. 인형도 직접 만들었다. 깨끗한 천에다 눈, 코, 입을 그려 넣은 후 모양대로 오려서 솜을 넣으면 빵빵해져서 애들이 가지고 놀 만했다. 거기에 인형에 맞는 옷을 지어 주면 딸들이 굉장히 좋아했다. 앙증맞은 손으로 인형에게 요것조 것 옷을 갈아입히면서 상황극을 하기도 하고, 패션쇼를 하기도 했다. 그 걸 보고 있으면 웃음이 절로 났다. 우리 막내는 중학교에 다닐 때까지 그 인형을 가지고 놀았다.

생활은 가난했지만, 우연히 얻은 큰 매킨토시 전축 등 놀거리들이 있 어 그런지 친구들이 많이 놀러 왔다. 아이들은 주로 팝송을 틀어 놓고 춤 추며 놀았는데 학교에서 배운 율동을 하기도 하고, 트위스트를 추면서 까불어 대기도 했다. 그렇게 같이 웃고, 춤추면서 아이들은 자연스럽게 어울리며 친구가 됐다. 아이들이 노는 사이에 나는 주먹밥을 만들었다. 간식 사 줄 여유는 없는데, 빈속으로 애들을 보낼 순 없어서 어렸을 때 어머니가 해 주던 대로 콩을 볶아 빻은 가루에 밥을 비벼서 뭉쳐 주었다. 따끈따끈한 밥에 고소한 콩가루를 묻혀 한 덩이씩 주면 마파람에 게눈감 추듯 잘도 먹었다. 냉수 한 사발만 있어도 신나게 먹는 모습을 보면 그렇 게 아이들이 이쁠 수가 없었다.

전세 계약이 끝날 때쯤 무악재 서울여상 맞은편에 새로 전셋집을 마련 했는데 국민당 총재도 하고 한화그룹 회장도 지낸 김종철 씨의 안산자락 대저택 담을 낀 50계단 제일 꼭대기 ㄷ자 형 기와집으로 전망 좋은 집이 었다. 게다가 부엌 하나와 다락이 딸린 방을 3개나 재임대를 줄 수 있어 생활에도 큰 보탬이 되었다. 그때도 내 인생에서 잊을 수 없는, 아름다운 시절이었다. 날마다 물지게를 지고, 홍제천을 지나 야트막한 산에 파놓은 우물까지 가서 한참 줄을 섰다가 물을 긷고, 집까지 오려면 50계단을 올라야 하는 고단함도 있었지만 여러 부류의 세입자들과 오순도순 살며 아이들 키우는 맛에 힘든 줄 몰랐다. 세입자 중에는 정읍에서 온 서울여 상 농구선수 가족도 있었고, 낚시를 좋아하는 샐러리맨 신혼부부도 있었고, 나중에 기독교 총회장이 된 웅변 좋아하는 엄기호라는 자취생도 있었고, 낮에는 자고 밤늦게 출근하는 아가씨 등 다양한 사람들이 있었는데 만주와 6.25 어려운 때를 생각하며 다 함께 돕고 나누며 살았다.

휴일 아침이면 아이들 다섯과 지금은 둘레길이 조성된 안산에 올라가 운동도 하고, 중턱에 있는 약수터에서 물도 떠먹었다. 그리고 저녁에는 아이들과 함께 남편을 마중하러 갔다. 나는 시댁에 살 때부터 항상 남편 마중을 나갔다. 그때는 남편이 육군 30사단 대대장이었는데 버스로 출퇴근했다. 집에서 버스를 타고 부대 앞까지 가서 거기서부터 군용차를 타고 부대 안까지 들어갔다. 퇴근할 때도 부대에서 경찰지서 앞까지 오는 시외버스를 타고 와서 일반버스로 갈아타고 집까지 왔는데 나는 아이들을 데리고 그 버스 정거장에서 남편을 기다렸다.

분가했을 때는 남편이 군에서 퇴역한 후였기 때문에 퇴근 시간이 일정치 않아서 주로, 아이들 손을 잡고 버스 정거장으로 가다가 남편을 만났다. 날마다 보는데도 남편은 아이들을 길에서 만나면 얼마나 반가워하고 좋아하던지 그 모습이 보고 싶어 올망졸망한 것들을 챙겨 저녁마다 길을 나섰다. 비스듬한 고갯길을 우리는 내려오고, 남편은 올라오다 보니 멀리 성큼성큼 걸어오는 남편의 머리가 길 위로 불쑥불쑥 보였다. 그러면 우리는 얼른 전봇대 뒤로 가서 꼭꼭 숨었고, 그걸 다 봤으면서도 남편은 모르는 척 전봇대 옆을 지나갔다. 그러면 아이들이 웃음을 참지 못하고 '히히힉' 커다랗게 웃으면서 전봇대 뒤에서 튀어나왔고, 남편은 '왁' 하고 놀래키면서 아이들을 두 팔 벌려 안아 주었다.

매일 반복하는데도 우리는 언제나 처음 겪는 일처럼 깜짝 놀랐고, 모두 크게 웃어제꼈다. 그렇게 웃으면서 골목이 꽉 차게 온 가족이 손잡고 걸어오다가 가게에 들러 아이들 손에 과자 하나씩 들려줬다. 그리고 서로에게 붙잡힌 손으로 과자를 먹느라 킥킥거리는 아이들을 바라보고 있으면 마음이 더할 나위 없이 벅차고 푸근했다. 더 이상 바랄 게 하나도 없었다. 이게 바로 가족이다 싶었던 소소하지만 확실히 행복한 '소확행'의 나날들이었다.

사랑의 열매 3남 2녀

(회초리로 키운 자식들)

"여호와를 경외하며

그 도에 행하는 자마다 복이 있도다

네가 네 손이 수고한 대로 먹을 것이라

네가 복되고 형통 하리로다

네 집 내실에 있는 네 아내는

결실한 포도나무 같으며

네 상에 둘린 자식은 어린 감람나무 같으리로다

여호와를 경외하는 자는 이같이 복을 얻으리로다

여호와께서 시온에서 네게 복을 주실찌어다

너는 평생에 예루살렘의 복을 보며

네 자식의 자식을 볼찌어다."

(시편 128편 1~6절)

아이들을 키우면서 내가 제일 많이 했던 말은 '지는 게 이기는 거야.'였다. 싸우지 않고 사이좋게 지내면 가장 좋지만 만약에 싸우게 되더라도 이기려 들지 말라고 했다. 나중에 안 것이지만 성경에서 '이삭의 우물' 이야기를 읽어 보니 바로 내가 가르쳐 주고 싶었던 말씀과 똑같았다. 이삭이 골짜기에 애써 우물을 팠는데 그 땅 거주민들이 시기하면서 계속 메워 버렸다. '다툼'이라는 뜻의 '에섹' 우물을 막고, '대적함'이라는 뜻의 '싯나' 우물을 막았는데도 이삭은 다투거나 대적하지 않고 또다시 새 우물을 팠다. 종들도 가족들도 이해하지 못했지만 결국 아무도 시비를 걸지 않는 때가 왔다. 그러자 이삭은 그 우물을 '르호봇'이라고 이름 지었다. "하나님께서 우리의 장소를 넓게 하셨으니 이 땅에서 우리가 번성하리로다."(창세기 26:22)라는 뜻이다. 이웃 주민들도 가족들도 종들도 진정한 승리가 무엇인지 깨닫는 순간이었다.

그래서 나의 화해법은 다른 엄마들과 달랐다. 길에서 아이들이 싸우는 걸 보거나, 우리 애들을 보고 싸우려고 쫓아오면 마음이 풀릴 때까지 막 때려 주라고 등을 갖다 댔다. 잘잘못을 따지는 대신 상대방 아이의 마음을 풀어주면 다시는 싸우지 않았기 때문이다. 하지만 우리 아이들끼리 싸우거나 잘못했을 때는 회초리를 들었다. 그럴 때면 반드시 5남매를 다 불러 세웠다. 누가 실수했는지, 누구 잘못으로 싸웠는지 뻔히 보이는 상황일 때도 그 아이만 혼내면 형제 사이에 자존심이 상할 것 같아서 항상 5남매를 다 불렀다. 그래서 서로 투덕거리다가도 내가 "회초리 가지고 다 와"라고 하면 큰아들부터 막내딸까지 내 앞에 와서 무릎을 꿇었다.

요즘에는 '사랑의 매'가 어디 있냐? 그것은 자녀 학대라고 하면서 펄쩍 뛸 일이지만 나는 "초달(楚撻, 회초리와 매)을 차마 못 하는 자는 그 자식을 미워함이라. 자식을 사랑하는 자는 근실히 징계하느니라."(잠언 13:24)라는 말씀의 뜻이 무언지 이해한다. 마치 뜨거운 솥에 손을 한번 데고 난 후에는 스스로 조심하게 되어 다시는 실수하지 않게 되는 것처럼 한 번의 따끔한 매는 자신의 우매함을 깨닫게 하고 10번의 실수를 줄여 준다. 그뿐 아니라 회초리를 든 사람 자신도 자신을 되돌아보고 매사 조심하게 된다.

그때, 회초리는 늘 옷장 위에 보관해 두었는데 내가 회초리를 따로 준비하지 않아도 아이들이 산에 갔을 때 싸리나무를 보면 잘라다 가지를 다듬어 자기들이 잘못할 때 때려 달라고 갖다 놓을 정도니 얼마나 착한 자식들인가! 아직 성숙하지 못한 아이들이기 때문에 늘 실수하게 되고 문제를 일으키는 것이 다반사이지만 본인들이 회초리를 준비할 정도니 실제로는 매를 든 것이 몇 번 되지 않는다.

아무튼 회초리를 든 엄마 앞에 무릎을 꿇고 앉아 있으면 겁이 날 텐데, 5남매 영, 성, 광, 주, 진(榮, 成, 光, 珠, 振)은 그에 대한 반응이 다 달랐다.

장남은 아무 말도 하지 않고 있다가, 제일 먼저 맞고는 동생들에게 우는 모습을 보이지 않으려고 머리를 다리 사이에 파묻고 흐느껴 울었고, 자존심이 강한 둘째는 끝까지 입을 벌리지 않고 '욱욱' 삭여 가며 속울음만 울었다. 성격이 외향적인 셋째는 입을 벌리고 '으왕' 하며 있는 대로 크게 소리 내며 울었고 두 딸은 자신들의 차례가 될 때까지 발발 떨면서 겁에 질려 있다가 한 대씩 맞고 나면 얼른 내가 보이지 않는 곳으로 도망가서 울었다. 형제 한 명이 잘못하면 잘못한 것이 없어도 온 형제가 다 함께 머리를 맞대 문제를 풀어 나가길 바라는 마음에서 아이들 모두에게 회초리를 들긴 했지만, 아이들은 피하지도 책임을 돌리지도 않았고, 억울하다고 대들지도 않았다. 모두 나란히 앉아서 회초리를 맞고, 각자의 방식으로 성장해 나갔다.

크건 작건 아이들이 잘못할 때마다 회초리를 든 것은 아이들을 응석받이로 키우지 않기 위해서였다. 나는 원칙을 세우면 반드시 지키게 했고, 그것을 어기거나 무시하면 따끔하게 혼냈다. 시댁에 살면서 가게를 할 때도 나는 가게 근처에 아이들을 못 오게 했다. 혹여 아이들이 할아버지, 할머니를 믿고 사탕이라도 집어먹을까 봐, 가게에 오는 것을 엄격하게 금했다. 하지만 아이들이 어렸기 때문에 말로만 해서는 안 될 것 같아 가게는 장사하는 곳이고, 돈을 줘야만 과자나 사탕을 사 먹을 수 있다고 얘기하고, 시부모님이 계신 데서 아이들에게 1원씩 주고 사탕을 사도록 훈련했다. 돈을 주면 사탕을 먹을 수 있지만 돈을 자기 손에 쥐고 있으면 사탕을 먹지 못한다는 것을 인지시키자 아이들은 돈이 있을 때만 가게에 가서 사 먹었다.

군인인 아버지와 내가 워낙 엄격했기 때문인지 모르겠지만 우리 아이들은 자랄 때부터 요행을 바라거나 눈속임하려 들지 않았다. 내가 강조해서 가르친 것은 지키려고 노력했고, 보는 눈이 있건 없건 원칙은 반드시 지켰다. 길에서 큰돈을 주웠을 때 주인을 찾아준 적도 있었고 이치에 맞지 않는 것은 어른이라도 끝까지 따져 사과를 받아 내기도 하였다. 형제들이 모두 개근할 정도로 규칙을 잘 지켰는데 연탄가스를 마시고 부엌 끓는 물에 넘어져 엉덩이가 크게 데었을 때도 빠지지 않고 학교에 갔다.

5남매 모두 무악재에 있는 안산초등학교에 다녔는데 두 딸은 특별히 공부도 잘하고 리더십도 있어서 반장과 회장을 번갈아 가며 했다. 딱 한 가지 딸들을 고민하게 만든 건 다른 학부모들처럼 내가 학교에 가지 않아서였다. 참다못한 선생님이 학교에 오라고 하셔서 마지못해 학교에 가면, 그때마다 선생님들이 딸들의 성적이나 교우관계가 좋아서 걱정할게 없지만 내가 좀 더 학교 일에 관심을 두고 학부모 대의원 같은 것을 맡아 적극적으로 활동하면 좋겠다고 말씀하셨다. 그러나 아이들의 학급 일까지 맡아서 할 만한 여유가 없었기 때문에 죄송하다며 사양할 수밖에 없었다.

5남매가 공부를 잘했는데도 다들 원하는 대학에 합격하지는 못했다. 나름 성적이 좋았기 때문에 선생님들도 재수하기를 권했지만, 우리 집 형편에 재수까지 시키는 건 불가능했다. 눈치를 챈 아이들은 결국 원하는 학교를 포기하고 자신들이 합격한 대학에 들어가 과외도 가르치며 부모의 부담을 덜어 줬다. 어떻게 해서든지 학원이라도 보낼걸, 과외라도 한번 받게 할 걸~~ 혼자 되뇌어 본 적도 많고 그럴 때마다 내가 좋은 엄마가 아닌 것 같아 아쉬운 맘이 가득했지만 그렇다고 남편에게 우리 아이들 공부 뒷바라지를 해야 하겠으니 시댁 돕는 걸 그만두자고 할 수는 없었다. 나 역시 남편과 같이 시댁을 남이라 여기지 않고 우리 식구라 생각했고 거기도 충분한 지원을 못 해 주는 걸 안타깝게 생각할 뿐이었다.

생각해 보면 나는 이상형과 결혼했다. 공장 다닐 때 혼기 꽉 찬 친구들은 돈 많고, 잘 생기고, 공부 많이 한 남자라도 장남과는 결혼하기 싫다고 했다. 그 얘기를 들을 때마다 나는 속으로 '그럼 장남들은 다 독신으로 살란 말인가?'라고 하면서 나는 형제간에 우애 있고, 화목한 집이라면 돈이 좀 없고, 남들보다 좀 못 배워도 괜찮고 장남이어도 상관없다고 생각했다. 어릴 때부터 내 결혼의 조건은 남들과 달랐고 내가 생각하는 행복의 조건도 다른 사람들과 달랐다. 살림이 넉넉하고 여유가 있어서 자식들을 최상의 조건에서 키우면 더없이 좋겠지만, 형편 빠듯한 상황에서 내 자식만 잘되게 하겠다고 시동생이나 시누이를 모른 척하면 그건 사람의 도리가 아니라고 생각했다.

나는 중요한 삶의 가치를 회초리로 배운 아이들은 잘못된 길로 가지 않을 거라는 믿음이 있었다. 그 믿음대로 우리 아이들은 정직하고 선한 삶으로 인정받는 '쓰임 받는 그릇'으로 성장하였다. 아이들은 희한하게도 남편을 한 가지씩 빼닮았는데 남편의 원만한 성품을 닮아 대인관계가 좋고, 리더십이 뛰어났던 큰아들 희영은 대학을 졸업하고 ROTC 장교로 복무한 후 대한전선에 입사해 그 능력을 인정받아 부장까지 되었다. 상·하급자 모두에게 신망이 두터웠던 희영은 노래도 잘 부르고, 분위기를 잘 이끌어 회사에서 행사가 있을 때마다 사회를 도맡았고 친구들도 많았다. 중학교 교사인 큰 며느리 정희와 결혼해 두 아이를 낳고 단란하게 살다가 대장암으로 먼저 하늘나라에 갔지만, 큰아들의 빈자리를 채워 주는 장손자 영철이가 서원과 결혼하여 종손인 종우를 낳고 캐나다에서 살고 있다. 캐나다로 갈 때 나를 안고 눈물을 그렁그렁 흘리며 이별하던 종우의 뒷모습이 눈에 선해 먼 이국땅에서 잘 적응해 살기만을 기도한다.

화가로 활동하고 있는 큰며느리는 학교 교장을 퇴임하면서 나와 막내 시누이 부부, 동서 등 집안의 어른들을 다 모시고 대만 여행을 시켜 주었는데 시집 식구들이 싫어 '시'금치도 안 먹는다는 요즘 사람들과 달리 시어머니에 집안 어른들을 챙기는 며느리의 마음 씀씀이가 고마워 정말 특별했던 여행으로 기억되고 있다.

둘째 아들 희성은 IBK기업은행 본부장을 거쳐 국립한국교통대 교수와 유한대학교 주임교수를 역임하고 여전히 활발하게 사회활동을 하고 있다. 교회 성가대에서 둘째 며느리 민선을 만나 두 아들을 낳고 장로와 권사가 되었다. 금융회사에 다니는 큰손자 재철도 항공사에 다니는 보인이와 결혼해 현아를 낳고 단란한 가정을 이루고 있고 작은손자 인철은 게임회사에 다닌다. 둘째 아들은 경력과 전공을 살려 《기본과 원칙의 힘》이라는 책과 《슬기로운 금융생활 GUIDE》라는 책을 출간하기도 했는데 그 책들을 읽어 보니 신앙과 원칙을 지키는 데 있어 타협하지 않으면서도 지혜롭게 사는 모습이 아버지의 강직함을 빼닮아 놀랍기도 하다.

세 아들 중 가장 키가 크고 건장해 외모로 남편을 빼닮았던 셋째 아들 희광은 축구, 골프 등 못하는 운동이 없었다. 어른 남자도 번쩍 들어 올릴 정도로 힘이 셌던 남편을 닮아 몸 쓰는 일을 누구보다 잘했지만 욱하는 성격이 있어 가끔 사고도 쳤다. 외향적 성격에 유머가 풍부해 늘 주위에 사람들이 가득하다 보니 술을 피할 수 없어 50대에 담낭암으로 세상을 떠나고 말았지만, 셋째 며느리 영희와의 사이에 낳은 두 딸 경원, 경민이가 부모의 재능과 미모를 물려받아 발레와 현대무용을 전공하여 아이들을 가르치고 있다. 지금도 어려운 일이 있으면 할머니에게 달려오고 내가 조금이라도 아프다고 하면 엉엉 울 정도로 감성이 풍부한 눈에 넣어도 아프지 않은 손녀딸들이다. 경원이는 작년 성탄절에 듬직한 인균이와 멋진 결혼식을 올리며 새 가정을 꾸렸다.

큰딸 희주는 교회 대학부에서 선교에 꿈을 가진 사위를 만나 동역자가 되었다. 서울상대를 다니다 인생에 회의를 품고 주님께 헌신하기로 한 사위는 장로회신학대학원을 졸업하고, 10여 년간 인도네시아 선교사로 활동하면서 주어진 사명을 다했다. 비자 문제로 현지 사역을 계속하기 힘들어지자 시카고에 있는 트리니티신학대학원에 가서 박사학위를 받고 아세아연합신학대학 교수와 높은뜻숭의교회 협동목사를 지냈다. 두 사람은 이 목사가 현재 높은뜻광성교회 담임과 아세아연합신학대학 이사장이 되기까지 항상 한 몸 되어 사역하고, 서로 지지해 주는 아름다운 동역자다.

부모의 선교지를 전전하면서 크느라 문화 충격을 많이 겪었을 텐데도 귀국하여 대학을 잘 졸업한 딸 조엘은 국가대표 복싱선수 출신으로 체육관을 운영하는 창환과 결혼하여 찬이와 송이를 낳고 나와 함께 큰딸네에서 4대 대가족을 이루고 있다. 지금은 육아라는 성스러운 일에 매진하고 있지만 교회 순장도 하고 있고 가진 달란트가 많아 앞으로 하나님의 선한 도구가 될 것을 나는 믿는다. 아들 성무는 일본에서 와세다 대학을 나와 현재 온라인 직구회사를 하고 있고 최근 세무법인에 다니는 진주와 결혼했다.

나를 제일 많이 닮은 막내딸 희진은 누구보다 착하고 순하여 어렸을 때 별명이 "어진이"였다. 대학을 졸업하자마자 사위 형일과 결혼했는데 사위는 일제 강점기 때 연변에 여러 교회를 세운 독립운동가의 후손으로 사돈이 춘천교대 교수를 지낸 명문가의 자제이다. 기업은행지점장을 지내고 정년퇴임 한 후 지금은 이북5도위원회에서 부친의 고향인 함경북도 학성군 명예군수로 재직하고 있다.

희진의 시댁 친외가 가족이 거의 다 미국과 캐나다에 이주하여 살았기 때문에 결혼하자마자 시외할머니를 모셨다. 귀염만 받고 자란 막내딸에게는 치매로 거동이 불편한 어른을 불평 없이 10년 넘게 모셨을 정도로 착한 내 딸이다. 큰딸 현민은 음악가인 수석과 결혼해 이태원에서 사진과 음악 스튜디오를 운영하고 있고, 감정평가회사에 다니는 아들 승배는 금융회사에 다니는 아현과 결혼해 행복한 가정을 이루고 있다. 막내 현서는 연기를 전공하고 대학로 등에서 연기에 열정을 불태우며 멋진 미래를 꿈꾸고 있다.

자손들을 하나하나 떠올릴 때마다 감사할 것뿐인데 무엇보다 서로 우애가 있고 사이가 좋다. 자식, 며느리, 사위, 손주들에게 더 고마운 것은 이 늙은 어미, 늙은 할미를 귀하게 섬기고, 소중하게 대해 준다. 생일이나 명절이면 꼭 예쁜 편지와 함께 선물을 가져오고, 자기들이 먹어 보고 맛있는 식당이나 눈에 보기 좋았던 곳에는 꼭 데리고 간다. 조금만 아파도 병원에 데리고 가서 검사받게 하고, 건강하고 편안하게 지낼 수 있도록 잘 돌봐 준다.

하루는 살뜰하게 나를 돌봐 주는 딸을 보면서 "회초리로 때리며 키울 때는 이렇게 효도받을 줄 몰랐는데 참 잘 키웠다."라고 말하면서 함께 웃기도 했다. 그렇게 편안하게 자식들과 함께 웃으며 사는 노후가 나는 참으로 감사하다.

제7장

나를 찾아오신 주님

구원

(삶의 주인을 만나다)

당신을

구원하는 것은

주님을 향한 열망이 아니라

바로 주님이십니다.

당신을 구원하는 것은

주님 안에서의 기쁨이 아니라

바로 주님이십니다.

당신을 구원하는 것은

주님에 대한 믿음이 아닙니다.

그것은 수단일 뿐입니다.

당신을 구원하는 것은

바로 주님의 보혈과

은혜입니다.

(찰스 스펄전의 〈구원〉)

결혼하고 서울 시댁에 올라오면서 시작된 고된 시집살이 속에 배앓이가 만성이 되고 말았다, 그때 시작된 배앓이는 아이들이 대학에 갈 때까지도 낫지 않고 나를 괴롭혔다. 입이 달아서 음식을 맛있게 먹으면 그게 쑥 내려가지 않고 명치끝에 얹혀 말썽을 일으켰다. 소화가 되지 않으니 속은 더부룩하고, 가슴은 답답해서 늘 머리까지 아팠다. 소화제를 먹어도 소용없고, 병원에 가도 뾰족한 수가 없었다.

엑스레이를 찍고, 필요한 검사를 다 해도 이상 소견이 없다면서 의사들은 약 처방도 해 주지 않고, 신경성이니 마음을 편하게 가지라고 했다. 약도 없는 병이라니, 참 기가 막혔다. 갈수록 통증은 심해져서 속이 쓰리고 아파 잠을 못 자고, 밥 먹는 것조차 무서울 정도인데, 마음을 다스리고 편히 가지라니 그처럼 맹랑한 일이 어디 있겠는가. 체구도 작고 살집이 없어 사람들은 나를 약골로 보지만, 어렸을 때부터 잔병치레를 거의 하지 않고 강단이 있어 병에 걸릴 거라고는 생각지 않았고 음식을 가리거나 물이 바뀌어 고생한 적도 없었다. 어려서 고향에 살다가 청주에 처음 왔을 때도, 만주에 살 때도, 피난 시절에도, 모든 고생 가운데서도 배앓이를 한 적은 한 번도 없었다.

육체적으로 너무나 고된 속에서도 시집 식구들과 갈등이 있었던 것도 아니고 게다가 나는 어차피 감당해야 할 일에 대해서는 속을 끓이는 성격이 아니라 특별히 마음에 쌓아 둔 원망이나 불평이 없다고 생각했는데, 병원이라고 가는 곳마다 신경성 질병이라고 하니 답답할 노릇이었다. 보다 못한 남편이 신경성 노이로제에 관한 정보를 샅샅이 뒤지기 시작했다. 신문 기사나 광고는 스크랩하고, 위장병 치료를 잘한다고 소문난 병원은 어디든 찾아서 나를 데려갔다. 하지만 어디를 가도 진단명은 같았다. 한 한의원에서는 좀 더 구체적으로 치료 방법을 제시했는데 그게 '분가'였다. 약을 주는 것도 아니고 분가라니 도통 이해가 되지 않았다. 그러나 한의사는 남편에게 시댁에서 나와서 따로 살지 않으면 명약이 무효라고까지 말했다. 그 말을 들은 남편이 나를 동네 병원에 입원시켜 며칠 동안이라도 편히 쉬게 했지만, 그때는 불면증까지 생겨서 밤잠을 이루지 못할 때라 병원에서도 꼬박 밤을 새우다 집에 왔다.

그런 와중에 둘째 시동생네가 본가에 들어오고, 가게를 개업하면서 1집 두 가게가 되니 여러 면에서 분란거리가 될 것으로 보이자 남편은 분가를 선택했다. 우리가 분가한 후에도 가게가 잘되지 않아 빚이 많이 늘어났지만, 다행히 얼마 후 세검동 집이 도시계획에 들어가 헐리게 되면서 약간의 보상금이 나와 그 빚들을 갚고 둘째 시동생네도 원당에 세를 얻어 분가했다. 당시 큰시누이 영식도 결혼을 했기 때문에 시부모님은 결혼하지 않은 작은시누이, 시동생들과 함께 부암동에 세를 얻어 살게 되었다.

얼마 있지 않아 시아버님이 하늘나라로 가시자 나머지 가족들은 부암동에서 우리가 사는 홍제동 집 계단 아래쪽으로 가까이 이사 왔다. 결국 시동생과 작은시누이가 결혼하기 전까지 내가 두 집을 오가며 살림을 할 수밖에 없었다. 그전까지는 직장생활을 해야 하는 시동생과 작은시누이가 나름 자기 몫을 했지만 살림을 전적으로 맡아서 하는 며느리와는 달랐기 때문에 나는 그전보다 몇 배나 신경 쓰고 자주 들러 봐야 했다.

그러면서 고질병은 점점 더 심해졌는데 항상 허리를 못 펴고, 잠을 이루지 못하며 골골했던 내게 큰딸이 교회에 한번 가 보자고 했다. 당시 우리 아이들 모두가 교회에 다니고 있었다. 큰아들은 대학에 들어가면서 친구 따라 응암동에 있는 한성교회를 다니다 ROTC 소위로 입대해 간성에서 정훈장교로 있었고, 둘째 아들은 형 소개로 한성교회에서 갈라져 나온 서문교회에 다니다 육군에 입대해 방공포 분대장으로 있었다. 자유분방한 셋째 아들은 작은형을 따라 가끔 교회에 나갔고 큰딸과 작은딸은 친구의 전도로 순복음교회 대학부에 나갔었다.

모두 예수님을 믿게 된 계기와 시기는 달랐지만, 자신들이 성장하는 과정에서 겪게 되는 고민을 신앙 안에서 극복해 가는 것을 보면서 나는 기독교에 대해 좋은 마음을 갖고 있었다. 게다가 어렸을 때 어머니와 성당이나 교회에 갔던 기억이 너무나 생생했다. 그때 목사님이 하신 설교 중에 "두 친구가 있는데 한 사람은 교회에 다녀서 천국에 가고, 다른 한 사람은 믿지 않아서 땅에 남았다." 하는 설교가 이상하게 평생 잊히지 않아 언젠가는 교회에 한번 가야겠다고 생각했었다. 그래서 큰딸이 교회에 가자고 했을 때 두말하지 않고 따라갔다.

딸이 다니는 순복음교회는 여의도에 있었다. 그 당시 내게 여의도는 굉장히 낯선 곳이었다. 비행장으로만 사용하던 허허벌판을 개발하기 시작한 건 1960년대 말인데, 마포대교가 건설되고, 그 후 국회의사당, KBS가 여의도에 차례로 입성했지만, 그 모든 내용을 신문이나 뉴스의 기사로만 접했을 뿐 실제로 본 적은 없었다. 그래서 딸과 함께 버스를 타고 한강을 건너는데 기분이 묘했다. 봄 햇살을 받아 반짝거리는 한강을 보는데 마치 새로운 세계에 들어서는 것 같았다.

그런 기분은 버스에서 내렸을 때 더욱 커졌다. 어디서 그 많은 사람이 왔는지 수많은 인파가 모두 한 방향을 향해 걸어가는 게 아닌가! 피난 행렬 이후 그렇게 많은 사람은 처음 봤다. 그 속에 끼어서 걷다 보니 어느새 교회 앞이었다. 건물이 얼마나 큰지 고개를 뒤로 꺾어서 봐도 한눈에 다 들어오지 않았다. 자리가 꽉 차 겨우 자리를 잡고 앉자 얼마 후에 예배가 시작됐다. 교회에 처음 간 것은 아니었지만 분위기는 어릴 때 갔었던 교회와는 완전히 달랐다. 생전 처음 경험하는 열기가 하도 뜨거워 낯설긴 했지만 불편하거나 거리낌이 생기진 않았다.

딸과 함께 찬송가도 부르고 기도도 하며 나는 어머니를 떠올렸다. 새벽마다 홀로 깨어 기도하시던 어머니, 그때 중얼거리시던 교리문답이 기도 소리 중에 들리는 것 같았다. '무엇이 어머니를 고난 속에서 인내하게 했을까, 두려움 속에서도 평안할 수 있게 했을까, 빈한한 가운데서도 사랑을 베풀게 했을까?' 그리고 '무엇이 나의 자녀들을 변하게 했을까?' 생각지도 않았던 질문이 꼬리에 꼬리를 물었다. 그리고는 설교가 시작되었는데 40대 초반의 젊은 목사는 힘이 넘쳤고 '영의 사람 육의 사람'이라는 제목의 말씀은 폭포수처럼 쉼 없이 귀에 쏟아졌다. 그런데 놀랍게도 그 말씀이 내 귀에 들리고, 마음을 울렸다. 목사님은 우리는 모두 부정모혈로 태어난 '육의 사람'으로 아무리 양심껏 책임을 다하며 착하게 살아도 인간이란 존재 자체가 '죄인'이라고 했다.

또한 인생의 목적을 이루며 모든 걸 다 갖추어도 마음속 허무함은 해결할 수 없으며, 육신의 정욕을 따라 '육의 사람'으로 살면 불지옥을 피할 수 없는데, 불지옥은 하나님께 버림받아 극단적으로 고독한 처소요, 그곳에서 영원히 버림받은 존재로 살 수밖에 없다고 하였다. 그러므로 우리는 어떻게든지 영의 신령한 사람이 되어서 하나님이 예비한 영원한 영광의 세계에 들어갈 준비를 해야 하는데, 그 유일한 방법이 예수 그리스도라고 했다. 우리의 죄를 대신해 죽었다 부활하신 예수 그리스도를 구주로 모실 때 생명의 씨앗을 받아서 비로소 영의 사람이 되며 영생을 얻은 사람이 된다고 했다.

전부 처음 듣는 내용이었지만 모두 이해가 되고, 마음으로 받아들여졌다. 지금까지는 '육의 사람'으로 살았지만, 이제부터는 '영의 사람'으로 살겠다고 결단했다. 그래서 새달 첫 주에 거행되는 성찬식에 참여했다. '예수 그리스도가 나의 구주임을 고백하고, 믿는 사람만 성찬을 먹으라.'고 하셨는데 나는, 그날, 예수가 누구인지 잘 몰랐지만 그를 믿고, 평생 따르기로 결심했기 때문에 예수님이 주시는 떡과 포도주를 먹고 마셨다. 1978년 4월 1일, 주님 안에서 첫밥을 먹고, 나는 그리스도인으로 새롭게 태어났다.

제2절

치유

(무거운 짐을 내려놓고)

"수고하고

무거운 짐진 자들아

다 내게로 오라

내가 너희를 쉬게 하리라

나는 마음이 온유하고 겸손하니

나의 멍에를 메고 내게 배우라

그러면 너희 마음이 쉼을 얻으리니

이는 내 멍에는 쉽고

내 짐은 가벼움이라

하시니라."

(마태복음 11장 28-30절)

그날 이후 나는 한 번도 예배에 빠지지 않았다. 때가 무르익어서인지 마음이 활짝 열려, 듣는 말씀마다 심령을 건드리고 굳은 마음을 깨뜨려 말씀을 받아들이고 믿게 하셨다. 목사님은 삼중축복 즉, 예수 믿으면 영혼과 범사가 잘되고 건강해지는 축복이 온다는 것을 강력하게 말씀하시면서 성도는 하나님의 약속을 믿고, 따르고, 기도에 힘써야 한다고 하셨다. 고난 많은 세상에서 이기는 방법은 기도밖에 없다고 하면서, 인생에 풀지 못할 문제, 막다른 골목을 만날 때마다 기도하라고 했다.

그 놀라운 진리 앞에서 나는 더 신실한 신자가 되길 원했다. 그래서 목사님이 전하는 말씀대로 순종하며 살려고 노력했다. 순종하며 제일 먼저 시작한 건 새벽기도였다. 그때까지 남편이 내게 별 얘기를 하지는 않았지만, 혹여 내가 새벽마다 교회에 가는 걸 눈치채고 반대할까 봐 남편 기색을 살피며 어떤 날은 골방에서 기도하고, 또 다른 날은 동네 교회에 가서 기도하며 새벽 기도를 이어 갔다. 그렇게 장소를 정하지 못하고 들쭉날쭉 기도했지만, "모든 길은 다 막혀도 기도의 길은 열려 있다."라는 목사님의 말씀대로 주님이 반드시 내게 새벽에 기도할 장소를 예비해 주실 거라고 믿었다.

얼마 후에 누군가와 얘기 끝에 자기는 새벽마다 물통 하나 가지고 산에 약수를 뜨러 간다고 하는 말이 귀에 쏙 들어왔다. '왜 그 생각을 못 했을까?' 나는 무릎을 치며 당장 그다음 날에 물통을 들고 약수터를 지나 안산 꼭대기까지 올라갔다. 이른 시간이라 사람도 없고 기도하기엔 안성맞춤인 장소였다. 바위에 엎드리니 아침이 오는 소리 외에는 아무것도 들리지 않는 고요함이 온몸에 스며들었다. '아! 여기구나. 이곳이 예비된 나만의 기도 장소구나. 감사합니다!'

그때부터 나는 찬 이슬을 맞으며 새벽기도를 다니기 시작했다. 처음에는 기도를 어떻게 해야 할지 몰라 목사님이나 교인들의 기도를 따라 했는데, 그건 내 기도 같지 않아 지역을 담당 목사님께 기도를 어떻게 하면 좋을지 여쭤보았다. 목사님은 간절한 마음으로 "주여…!"라 부르고 내 곁에 계신 분과 대화하듯 기도하면 주님께서는 친히 찾아와 우리의 이야기에 귀를 기울여 주신다고 하셨다. 그래서 그 말씀대로 어머니 아버지께 말씀드리듯 내 마음에 품고 있던 소원을 하나씩 말씀드렸다.

그렇게 기도를 쌓아 가면서 성경도 읽기 시작했다. 말씀과 기도는 한 쌍이라고 하셨기 때문에 날마다 양식을 받아먹듯 성경을 읽었다. 성경은 주로 빨래터에서 읽었다. 그때는 홍제동 서울여상 맞은편 '50계단 위 집'에 살았는데, 초기에는 수도가 없어 날마다 무악재 고개 아래 있는 우물에서 물을 길어다 썼다. 그런데 아무리 큰 물통을 갖고 가도 빨래까지 할 수는 없었기 때문에 빨래는 따로 장소를 정해두고 해야 했다. 내가 빨래터로 점찍은 곳은 구파발 버스 종점 근처에 있는 북한산성 입구였다. 거기에 가면 송추에서 흘러 내려오는 넓은 개천이 있는데 물이 맑고 깨끗한데다 군데군데 널지막한 바위도 있어 빨래를 널기엔 적격이었다.

그래서 아이들을 학교에 보내고 나면 빨래 보따리를 이고, 버스로 구파발 종점까지 갔다. 개천은 수량이 풍부하고 물살이 적당히 세서 빨래가 깨끗이 됐다. 비누질 서너 번 하고 물에 넣어 슬슬 흔들어 주면 때는 말끔히 씻겼다. 햇빛 좋고, 바람 좋은 날은 빨래를 짤 것도 없이 주르르 물기만 흘려주고 난 뒤에 바위에 널어 놔도 반나절이면 기분 좋게 바짝 말랐다. 햇살이 퍼지면서 빨래가 마르는 사이 나는 성경을 읽었다. 양산을 펴고 바위 앞에 앉아 성경을 읽노라면 마치 햇살처럼 말씀이 내 안에 깊이 스며들었다. 기도는 내가 주님께 말씀드리는 것이지만, 성경은 주님이 내게 하시는 말씀이라고 생각했다. 전체적인 맥락도 모르고, 각 구절의 뜻도 잘 몰랐지만 '하나님의 말씀'이시니 마음을 다해 읽고 가슴에 새겼다. 그러다 보니 성경을 읽을 때마다 주님은 내게 꼭 필요한 말씀으로 말씀하셨다. 그중에서도 시편 139편을 읽을 때 느꼈던 감동은 잊을 수가 없다.

"여호와여 주께서 나를 살펴보셨으므로 나를 아시나이다. 주께서 내가 앉고 일어섬을 아시고 멀리서도 나의 생각을 밝히 아시오며 나의 모든 길과 내가 눕는 것을 살펴보셨으므로 나의 모든 행위를 아시오니 여호와여 내 혀의 말을 알지 못하시는 것이 하나도 없으시니이다. 주께서 나의 앞뒤를 둘러싸고 내게 안수하셨나이다. 이 지식이 너무 기이하니 높아서 내가 능히 미치지 못하나이다. 내가 주의 영을 떠나 어디로 가며 주의 앞에서 어디로 피하리이까. 내가 하늘에 올라갈지라도 거기 계시며 스올에 내 자리를 펼지라도 거기 계시니이다. 내가 새벽 날개를 치며 바다 끝에 가서 거주할지라도 거기서도 주의 손이 나를 인도하시며 주의 오른손이 나를 붙드시리이다. 내가 혹시 말하기를 흑암이 반드시 나를 덮고 나를 두른 빛은 밤이 되리라 할지라도 주에게서는 흑암이 숨기지 못하며 밤이 낮과 같이 비추이나니 주에게는 흑암과 빛이 같음이니이다. 주께서 내 내장을 지으시며 나의 모태에서 나를 만드셨나이다. 내가 주께 감사하옴은 나를 지으심이 기묘하심이라. 주께서 하시는 일이 기이함을 내 영혼이 잘 아나이다. 내가 은밀한 데서 지음을 받고 땅의 깊은 곳에서 기이하게 지음을 받을 때에 나의 형체가 주의 앞에 숨겨지지 못하였나이다. 내 형질이 이루어지기 전에 주의 눈이 보셨으며 나를 위하여 정한 날이 하루도 되기 전에 주의 책에 다 기록이 되었나이다…."(시편 139편

250

1~16절)

1절부터 쭉 읽어 내려가는데 16절에서 가슴이 탁 막히며 마음이 뭉클하고 뜨거워졌다. "내 형질이 이루어지기 전에 주의 눈이 보셨으며, 나를 위하여 정한 날이 하루도 되기 전에 주의 책에 다 기록이 되었나이다." 이 얼마나 놀라운 말씀인가! 주님은 내가 오십이 다 되어 주님을 영접하기 전, 어릴 적 어머니와 만주에서 교회에 가기 전, 어머니의 교리문답을 들으며 웅크리고 있기 전, 어머니 뱃속에서 이미 나를 보셨고, 나를 위한 모든 계획을 세워 놓으셨다!

이 말씀을 읽는데 마음 깊은 곳에서 형언할 수 없는 기쁨과 감사가 솟아났다. 나를 향한 주님의 사랑은 내가 상상조차 할 수 없는 가장 근원적인 곳, 내 존재를 넘어 생명의 근원에 뿌리를 두고 있었다. 내가 알았건 몰랐건 나는 주님의 사랑 안에서 태어났고, 사랑받으며 살았고, 앞으로도 그 사랑 안에 존재할 거라는 생각을 하자 가슴이 벅차올랐다. 나는 누구의 권유에 설득당해 교회에 간 것도 아니었다. 나라는 존재가 이루어지기 전에 이미, 주님이 나를 택하셔서 자녀로 삼아 주셨기 때문에 내가 교회에 갈 수 있었고, 예수님을 영접할 수 있었다.

주님은 그 말씀을 통해, 나의 모든 인생이 주님의 책에 기록돼 있으며, 나는 주님의 손바닥 안에 있다는 것을 깨닫게 하셨다. 주님을 몰랐을 때는 원망하고 불평했던 모든 일들도 전부 주님의 역사 속에 있었다는 것을 깨닫자 지나온 모든 일들이 감사했다. 나는 주님이 지으신 주님의 작품이기에 내가 잘못하고 실수해도 절대 포기하지 않으시고 기다려 주시며, 주님 뜻대로 살 수 있도록 주님이 나를 이끌어 주신다는 사실에 감사하며 안도했다.

지금까지 내가 살아온 게 아니라 주님의 은혜로 살았다는 걸 알게 되자 가슴을 꽉 누르고 있던 온갖 체증이 내려가는 것 같았다. 이제는 내가 악착같이 애쓰고, 수고하며, 아등바등 살지 않아도 주님께서 앞으로의 인생을 책임져 주실 것이다. 은혜 안에서 주님과 동행하며 걸어가는 것이 인생이라면 얼마나 즐겁고 행복할 것인가? 어머니가 돌아가시고 난 후부터 나는 누구를 위해 '책임지는 인생'을 살아왔다. 결혼 전에는 어린 동생들을 돌봐야 했고, 결혼 후에는 시부모님을 모셔야 했고, 시동생들과 시누이를 공부시키고 결혼시켜야 했다. 그리고 자식들을 키워야 했다. 남편이 내 인생의 울타리가 되어 주었지만 나도 역시 남편의 방패막이가 되어 주어야 했기 때문에 어릴 적 부모님의 품 안에서 느꼈던 오롯한 평안함은 아니었다. 그런데 시편 139편은 부모님이 주신 사랑과는 비교할 수 없는 하늘 아버지의 사랑으로 나를 채워 주었고, 그 사랑으로 나를 변화시켰다.

그러고 보니 나는 참 자존감이 없는 사람이었다. 제사공장에 다니면서 공부할 때는 자신감이 넘쳤고, 교우관계도 좋아 선생님들로부터 학생들을 이끌 수 있는 모범생이라는 이야기도 들었지만, 정식으로 학교 다닐 기회를 영영 놓쳐 버렸다는 상실감은 늘 나를 주눅 들게 했다. 오랜 대가족의 시집살이도 나를 기죽게 했다. 가르쳐 주는 사람 없이 해야 하는 살림은 내게 새 학기에 받은 책처럼 어려웠다. 그렇게 시달리다 보니 사람들 앞에 나서는 게 불편하고 싫었다. 심지어 10년 이상 매달 한 번씩 모였던 군인 가족 모임에서조차 대화에 끼거나 주도적으로 말해 본 적이 없었다. 군인 가족 모임은 정말 흉허물 없는 관계라서 모이면 남편이 사다 준 목걸이가 꽤 비싼 거라는 둥, 애 보는 아이가 어떻다는 둥, 식모가 일을 잘한다는 둥둥 별별 시시콜콜한 얘기를 다 했다. 그 많은 화제 중에서 내가 낄 만한 건 없었다. 아이들 과외공부나 학원 한번 보내지 못했기 때문에 다른 사모들이 궁금해하는 유능한 과외 선생에 대한 정보도 알려 줄 게 없었다. 내가 하는 거라고는 밥하고, 청소하고, 빨래하고, 물 긷는 건데 그런 건 그들의 관심사가 아니었다.

비단, 그 모임에서만 낯을 가린 게 아니었다. 남편이 군에 급히 용무가 있을 때 가끔 부하를 집에 보냈는데, 그때 집에 온 군인이 사모님을 찾으면 나는 시어머니를 만나게 했다. 누가 봐도 행색이 초라하다고 생각했기 때문에 남편의 누가 될 것 같았기 때문이었다. 그렇게 매사에 주눅 들어 살았는데 예수님을 믿고부터는 내가 '주님의 자녀'라는 사실로 담대해지기 시작했다. 항상 더 배우지 못한 게 한이었는데, 그건 시대의 아픔때문에 어쩔 수 없었던 것이었고 주님께서 내가 꼭 배워야 할 지혜는 다 배우게 하셨다. 은혜 안에서 지나온 인생을 돌아보니 고통스럽고 힘들었던 그 모든 순간에 주님이 나와 함께하시며 삶의 지혜를 알려 주셨고 세상에 내세울 지식이 아니라 하늘의 지혜로 나를 채우셨다는 걸 깨닫게 하셨다.

그 넓고 한없는 사랑을 느끼자 마음이 충만하게 차올랐다. 어머니가 돌아가신 후 내내 마음 한구석을 차지하고 있던 허허로움이, 그리고 고아처럼 혼자 남겨진 것 같은 고달픈 외로움이 비로소 사라졌다. 어느 날 배앓이, 불면증, 스트레스성 노이로제라는 것도 흔적 없이 내 곁을 떠나 버렸다. 할렐루야!

사명

(내가 뭐라고!)

"그러나

하나님께서

세상의 미련한 것들을 택하사

지혜 있는 자들을 부끄럽게 하려 하시고

세상의 약한 것들을 택하사

강한 것들을 부끄럽게 하려 하시며

하나님께서

세상의 천한 것들과 멸시받는 것들과

없는 것들을 택하사

있는 것들을 폐하려 하시나니

이는 아무 육체라도 하나님 앞에서

자랑하지 못하게 하려

하심이라."

(고린도전서 1장 27~29절)

처음 교회에 갔던 날 새 신자 환영 선물로 보자기를 주었다. 사각으로 곱게 접은 보자기가 마치 성도가 되었다는 증표 같아서 한동안 집에 잘 모셔 놓았던 기억이 난다. 그런데 그날 교회에서 보자기를 받은 건 나뿐이 아니었다. 목사님이 "오늘 우리 교회에 처음 오신 분들은 다 일어나 주십시오."라고 말씀하자 여기저기서 사람들이 일어났다. 놀랍게도 예배당에 있던 사람의 절반 가까이가 새 신자였다.

내가 교회에 처음 갔던 그 주일에만 유난히 새 신자가 많았던 게 아니었다. 1970년대는 교회 대부흥의 시작점이었다. 당시 조용기 목사의 성령과 신유 사역은 한국 교회에 지각변동을 일으켰다. 예배 때마다 목사님은 "믿음의 기도는 병든 자를 구원하리니 주께서 저를 일으키시리라 혹시 죄를 범하였을지라도 사하심을 얻으리라."(야고보서 5:15)라고 외치며 아픈 곳에 손을 얹으라 하며 기도하셨고, '아멘'으로 화답한 자는 병 고침의 기적을 체험하게 되었다. 그들의 생생한 간증과 해결받지 못할 문제가 없다는 소문이 널리 퍼지며 인생의 어려움을 겪는 자들이 교회로 몰려들었다.

예배마다 성전이 꽉 찼고, 자리가 없어 간이의자와 돗자리까지 동원 됐다. 입추의 여지없이 빼곡히 들어찬 성도들이 손뼉 치며 찬양하고, 부르짖으며 뜨겁게 기도했다. 속사포처럼 강렬한 설교는 심령을 뒤흔들었고, 하나님을 향한 열정과 굳은 믿음을 일깨웠다. 그렇게 예배를 드리는 중에는 방언하는 사람도 많았다. 어떤 이는 기도 중에 '불의 혀처럼 갈라지는' 형상을 봤다고 하고, 또 다른 이는 온몸이 뜨거워지며 병이 치료되었다고도 했다. 회개의 영을 받아 파노라마처럼 지나가는 자기 잘못을 보며 눈물 콧물을 쏟아낸 사람도 있었다.

그런데 나는 그중에 어떤 경험도 해 보지 못했다. 아무리 원해도 방언이 터지거나 신비한 체험을 주시지 않아 '주님이 나는 구원하지 않으시나 보다'라고 생각한 적도 있었다. 하지만 나는 나를 변화시켜 심령을 새롭게 한 것 자체가 성령의 체험이라 생각한다. 내가 내 입으로 예수를 주로 시인하고, 또 하나님께서 그를 죽은 자 가운데서 살리신 것을 마음으로 믿는 것, 이보다 더 명확한 성령 체험의 증거가 있을까? 내 마음에는 하나님께서 나를 예수 그리스도에게로 인도하셨다는 기쁨과 감사가 넘쳐 났고 그것이 내 삶을 이끄는 원동력이 되었다. 책임과 의무를 다함으로써 인정받는 게 아니라 사랑받는 존재로서 자발적인 순종과 헌신을 드리게 되면서 고단한 삶도 고달프게 느껴지지 않았다.

그 뜨거운 역사 한가운데서 신앙생활을 시작한 나는 교회와 함께 빠르게 성장했다. 선생님 말씀 잘 듣는 학생처럼 목사님 말씀에 순종하여 믿음 생활하기 위해 반드시 해야 할 일이라고 강조하시는 건 무조건 따랐다. 열심히 예배드리고, 성경 읽고, 기도했다. 그러다 보니 목사님의 설교가 귀에 쏙쏙 들어오고, 기도하는 게 즐거웠다. 그런 모습을 눈여겨본 목사님들이 내게 집사 직분을 받으라고 했다. 교회에 나온 지 얼마 되지도 않는 초신자에게 내가 뭐라고 집사라니! 나는 기쁘기보다 당황스럽고, 어리둥절했다. 덜컥 겁이 나고, 망설여졌다. 그러나 두말하지 않고 집사 직분을 받았다. 내가 자격 있는 사람이라서가 아니라 "하나님의 뜻을 따라" 주의 종이 내게 말씀하셨다고 생각했기 때문이다.

그래서 얼마 후에 교회에서 구역을 맡길 때도 같은 마음으로 순종했다. 당시 순복음교회는 구역을 중심으로 '가정 안에 있는 교회'를 활성화했다. 서울 전역을 20여 개 교구로 나누고, 구역을 조직하여 여성 집사들을 구역장으로 세웠고 구역장은 최대 15명 되는 구역원을 양육하고, 함께 기도하며, 이웃에게 복음을 전해야 했다. 그 모든 일을 내가 잘 감당할 수 있을지 몰랐지만, 주의 종의 말씀에 순종하여 은평대교구 신사교구 구역장 직분을 맡았다.

그렇게 구역장 직분을 맡으면서 고민이 없었던 것은 아니다. 전도를 해야 하는데 나는 내성적 성격이었고, 모르는 사람에게 말을 걸지 못하는 소심한 사람이었기 때문이다. 그러나 성경 말씀을 읽는 중에 두 가지

구절이 마음에 다가왔다. "하나님께서 세상의 미련한 것들을 택하사 지혜 있는 자들을 부끄럽게 하려 하시고 세상의 약한 것들을 택하사 강한 것들을 부끄럽게 하려 하시며."라는 고린도전서 말씀과 "누구든지 주의 이름을 부르는 자는 구원을 얻으리라. 그런즉 저희가 믿지 아니하는 자를 어찌 부르리요. 듣지도 못한 이를 어찌 믿으리요. 전파하는 자가 없이 어찌 들으리요 보내심을 받지 아니하였으면 어찌 전파하리요 기록된 바 아름답도다 좋은 소식을 전하는 자들의 발이여 함과 같으니라."라는 로마서 말씀이었다.

나는 이 말씀에 의지하여 말로 복음을 전파하는 대신 '좋은 소식을 전하는 발'이 되겠다고 결심했다. 그래서 구역장 임명장을 받음과 동시에 전도를 시작했다. 마치 우리나라 초기 기독교 시대의 전도 부인처럼 열정적으로 골목을 누비며 복음을 전했다. 교회에서는 구역장에서 특별히 빨간색 가방을 주었는데 거기에 '행복으로의 초대'를 저녁 내내 반듯하게 접어 한가득 넣고 다니면서 사람들에게 나눠주었다. 행복으로의 초대는 교회에서 주일마다 발행하는 전도지이자 소식지인데, 거기에는 설교와 간증, 교회 소식 등이 상세하게 나와 있었다.

처음에는 집 현관이나 대문에 있는 우편물 꽂이에 놓고 오거나 사람을 만나면 말없이 공손하게 인사하며 전도 신문만 건네었는데, 시간이 지나면서 점점 말을 걸거나 찾아오는 사람이 생기면서 자연스럽게 이야기를 나누게 되었다. 일단, 대화의 물꼬가 트이자 말이 술술 나왔고, 그것은 전도로 이어졌다. 그런 사람 중에는 교회에 등록하여 나의 구역원이 된 사람도 많았다. 구역원이 늘자 교회에서는 내 구역을 초신자 중심으로 재편했는데 전도가 결실을 보면 볼수록 구역 수는 늘어났다. 나는 그들을 교회로 인도하는 것에서 그치지 않고, 신앙생활을 올바로 할 수 있도록 책임지고 양육해야 했다.

나는 그때도, 지금도 신앙이 성장하는 데 예배만 한 게 없다고 생각한다. 주님은 참된 예배를 받으시고, 예배를 통해 역사하시기 때문에 항상 예배를 구역 활동의 중심에 두었다. 사도행전에 나오는 "날마다 마음을 같이하여 성전에 모이기를 힘쓰고 집에서 떡을 떼며."라는 말씀처럼 모이기에 힘썼다. 교회에서 제공하는 구역예배 인도서가 있었지만, 나는 그것을 기계적으로 따르지 않고, 우리 구역 상황에 맞춰 찬송가를 정하고, 말씀이 잘 전달될 수 있게 해 달라고 기도하며 설교를 준비했다.

예배에 참석하지 못하는 구역원은 따로 심방 가서 기도해 주었다. 혹여 부담스러울까 봐 집에 들어가지 않고 현관에서 기도하고, 상한 마음을 위로하며 도움의 손길이 필요한 곳이 보이면 바로 가서 함께 예배드렸다. 구역 식구들이 모두 한 동네 사람들이라 시장에 갈 때도 개천길을 따라 걸으며 큰 소리로 찬송을 불렀고, 다 같이 공원에 놀러 가 도시락을 먹으며 말씀을 나눴다. 가끔 월드컵 경기장 옆 작은 운동장에 가서 뱅뱅 돌면서도 기도하기도 했다. 주 안에서의 친교가 얼마나 아름다운지 끈끈한 사랑으로 하나 되어 구역을 든든하게 세워 나갔다.

그렇게 주님이 내 삶의 중심이 되자 고민도 사라졌다. 우선 삶의 우선 순위가 바뀌었다. 예전에는 가족 부양이 최우선이었지만 그때부턴 주님이 먼저였다. 큰일이건 작은 일이건 주님의 일을 최우선으로 하는 훈련을 시작하면서 겨자씨만 했던 믿음이 조금씩 커지기 시작했다. 구역장 직분을 받은 지 3년 만에 나는 우리 구역이 속한 지역을 돌보는 조장이 되고 1988년에는 권사도 되었다. 처음 집사가 되었을 때의 감격과 감사가 다시금 솟구쳤다. 오랜 세월 지나 지금 생각해 보면 가부장적인 사회에서 억눌리고 제대로 꿈을 펼쳐 보지 못하던 여성들에게 교회가 구역장, 지역장, 집사, 권사로 직분을 주어, 책임 의식과 보람을 누릴 수 있게 한 것이 한국 교회 부흥에 큰 역할을 한 것이 아니었을까? 라는 생각이 든다.

　　그 당시 공교롭게도 첫 손주 육아를 어떻게 해야 할 것인가라는 난관에 부딪혔다. 큰며느리가 첫아이를 낳았는데 중학교 선생님으로 맞벌이하고 있던 터라 육아에 전념할 수 없었기 때문에 누구의 도움이 절실한 상황이었다. 집안의 첫 손주라 나는 물론 온 가족이 모두 애지중지했던 아이를 할 수만 있으면 내 손으로 돌봐 주고 싶었다. 하지만 오랜 세월 어깨와 마음을 짓누르던 가족 부양에 대한 무거운 짐에서 겨우 벗어나 오랜 지병을 끊어낸 지도 얼마 되지 않은 상태에서 또다시 육아를 맡는다는 건 무리였고 아무리 시간을 쪼갠다고 해도 두 가지를 잘해 낼 자신도 없었다.

어린 나이부터 극심한 시련 속에서 부모 형제에 시동생들과 5남매 자식들을 다 떠맡다시피 했지만 부족한 내가 아무리 정성 들여 아이를 돌보고 책임진다 해도 주님만큼 잘 키울 수 있을까? 꼭 내 손을 통하지 않아도 주님은 귀하디귀한 나의 첫 손주는 아름답고 선하게 키워 주시지 않을까? 생각하며 하나님은 나의 하나님이심과 동시에 내 아들과 며느리 그리고 손주의 하나님이시기에, 나는 우리 삶의 주관자께 맡기기로 결심했다. 그리고 며느리와 상의하여 녹번동에 사는 선하고 부지런한 분을 소개받아 돌보미를 맡기고 틈틈이 시간 나는 대로 들렀다.

주의 일을 하면서 주님께서 내 안에 자신감을 불어넣어 주셔서 사람 앞에 서는 것을 꺼려 넘기 힘든 산처럼 느껴졌던 회중 기도도 할 수 있게 되었다. 그리고 사람들 앞에서 해야 할 말을 내 입에 넣어 주셔서 어눌한 말로도 듣는 이들을 감동케 하셨다. 마음과 시선을 내 눈앞에 있는 사람들이 아니라 주님께 두자 사명을 감당할 수 있는 힘과 능력을 허락하셨고 '사람들에게 인정받는 은사'를 베푸시어 "근심하는 자 같으나 항상 기뻐하고 가난한 자 같으나 많은 사람을 부요하게 하고 아무것도 없는 자 같으나 모든 것을 가진 자"(고린도후서 6장 10절)같이 살게 하셨다.

그런 경험은 예배를 통해 더욱 확실히 깨닫게 하셨다. 처음 성령의 인도하심을 경험한 예배는 초보 구역장일 때 지역 장로님 병원 심방을 가서 드렸던 예배다. 장로님 몸속에 혹이 생겨 입원했다는 소식에 구역 식구들 모두 걱정스러운 마음으로 부랴부랴 병원을 찾았다. 우리는 장로님 곁에 둘러서서 작은 소리로 찬송가를 부르고, "내 이름을 경외하는 너희에게는 공의로운 해가 떠올라서 치료하는 광선을 비추리니 너희가 나가서 외양간에서 나온 송아지 같이 뛰리라"는 말라기서 말씀대로 회복의 약속이 이루어지게 해 달라고 기도했다. 그렇게 기도하던 중에 사모님이 울음을 터뜨리셨고 우리 모두의 마음도 뜨거워졌다. 병환으로 입원하셨지만 그것 말고도 차마 묻지 못하고, 말하지 않은 속사정까지 다 아시는 주님이 말씀과 기도를 통해 마음을 어루만져 주신 것이다.

그렇게 기도의 능력을 경험하고부터 주님은 다양한 방식으로 역사하셨다. 평소 친하게 지냈던 권사님이 편찮으시다는 소식을 듣고, 이사야서 38장 말씀을 준비해서 심방을 갔다. 병든 히스기야가 눈물의 기도를 드려 생명 연장을 받은 것처럼 우리도 권사님의 회복을 위해 한마음으로 간절하게 기도하자는 메시지를 전하려고 했는데 성경 봉독 순서에서 '이사야서 38장'을 '히스기야서 38장'으로 잘못 말했다. 그 실수 덕분에 모두 성경 66권을 아무리 찾아봐도 히스기야서는 없다고 하면서 박장대소했다. 분위기는 삽시간에 밝아져 그 어느 때보다 유쾌하고 즐거운 마음으로 예배드렸다. 주님은 나의 부족함으로도 더 큰 은혜를 주시며 주님의 일을 할 수 있게 해 주셨다.

모든 일을 할 때는 혼자 하는 것보다 동역자가 필요한데 그동안의 많은 동역자들 중에서도 둘째 며느리는 내게 특별했다. 처음 결혼할 때부터 우리가 살던 역촌동에 살았는데, 외모만큼이나 생각이 예쁘고 행동거

263

지가 호감을 주는 데다가 말씀 안에서 믿음이 굳건하여 나의 지역 아래 구역장을 맡겼더니 육아와 성가대를 병행하면서도 기대 이상으로 잘해내고 사람들이 잘 따라 함께 동역하는 데 큰 힘이 되었다. 며느리는 아파트를 분양받아 자양동으로 이사 가기 전까지 나의 최고의 파트너였다.

그러나 동역자들이 있는가 하면 '포도원을 허는 작은 여우'같이 화평을 깨뜨리는 사람도 있었다. 푯대를 향하여 달려가는 것은 같지만 각자 속도가 다르기에 서로 걸음을 맞추다 보면 갈등이 생기기 마련이었다. 공연히 대립각을 세우는 사람도 있었고, 이유 없이 말꼬리를 잡고 늘어지는 사람도 있었다. 대놓고 싫은 티를 내거나 뒤에서 험담하는 사람도 왕왕 있었다. 그중에서 나를 제일 난감했던 건 월권으로 일을 그르치는 경우였다. 하지도 않은 일을 뒷수습해야 할 때마다 마음이 복잡하고 심란했다. 그럴 때마다 잘잘못을 따지고 싶은 마음이 치밀어 올랐지만 그런다고 뭐가 달라지겠는가. 게다가 그렇게 할 경우 그로 인해 또 다른 갈등이 더 깊어질 게 뻔하고 옳고 그름의 싸움은 끝날 것 같지 않았다.

나는 그때마다 기도의 자리를 찾았다. 그리고 주님 앞에 마음을 털어놓았다. 아무리 신망이 두터워도 사람에게 말하면 뒤탈이 날 수 있지만 주님께는 내 속을 다 드러내도 걱정할 게 없었기 때문에 원망과 불평, 미움과 섭섭함을 다 쏟아놓았다. 그렇게 기도하다 보면 내가 화가 났던 진짜 이유가 드러났다. 분명히 상대방의 잘못이라는 생각 때문에 기도를 시작했는데, 기도할수록 그 사람의 잘못 때문에 화난 게 아니고 내 능력

264

을 인정받지 못해 자존심이 상한 것이라는 것을 깨닫게 되었다.

모든 사람에게 인정받고, 내 말이라면 누구나 믿고 따랐으면 하는 욕심, 그 욕심이 화를 돋워 내 안에 다른 이를 정죄하고 미워하는 마음을 낳았다는 걸 깨닫게 되면 회개하지 않을 수 없었다. 그런데 놀라운 건 "주님과 사람 앞에 겸손하게 엎드릴 수 있는 낮은 마음을 주옵소서."라고 기도할 때마다 나를 향한 주님의 사랑이 더 깊이 느껴졌다. '죽기까지 사랑하신' 주님의 사랑을 받은 내가 사람을 원망했던 게 얼마나 부끄럽던지, 억울한 일을 당할 때마다 주님께 기도하며 아버지께서 어떠한 사랑을 우리에게 베푸셨는지를 깊이 알게 되었다.

그렇게 내 안의 미움이나 죄는 기도를 통해 다스렸지만, 공동체에 갈등이 생기면 참으로 난감했다. 사소한 오해로 구역원들이 다투거나 분란을 일으킬 때 구역원들은 내게 문제를 들고 왔다. 그리고 각자 자기 입장에서만 문제를 이야기하며 시시비비를 가려 달라고 했다. 하지만 그럴 때마다 나는 '들을 귀'만 열어 놓고 입은 꾹 닫았다. 누가 봐도 잘못한 게 분명한 사람의 잘못을 지적하지 않았고 억울한 상황을 당해 상처 입은 자가 고민을 털어놔도 그 마음은 위로했지만, 그 사람을 위해 상대를 헐뜯거나 판단하는 일은 하지 않았다. 그런 말들이 불씨가 되어 또 다른 불화를 일으킬 수 있기 때문이다.

그리고 갈등을 겪고 있는 당사자는 물론 구역 식구 모두 한자리에 모이게 한 후에 함께 찬송가를 불렀다. "네 친구를 삼가 잘 선택하고 너 언행을 삼가 늘 조심하라."(찬송 395장)를 1절부터 부르고 또 불렀다. 그렇게 계속 찬송을 부르다 보면 처음에는 어리둥절해했던 구역원들도 차츰 가사에 마음을 열고, 상대를 향했던 손가락을 접고 자신의 죄와 교만을 보게 되었다. 찬송 안에서 기도하고, 기도 안에서 회개할 때 비로소 갈등이 풀어지고, 진정한 화해가 이루어졌다. 그렇게 서로를 받아들이고 하나 되어 드리는 예배는 얼마나 아름다운가. 그런 예배를 드려본 자만이 주님이 우리가 드리는 예배를 얼마나 기쁘게 받으시는지 경험할 수 있다.

그런 예배가 살아 있는 구역, 그런 예배를 함께 드릴 수 있는 교우관계를 만들다 보니 우리 구역에 들어오고 싶다는 사람이 계속 늘어나기 시작했다. 나와 일할 때 많이 배웠다면서 그때가 그립다고 지금까지도 연락하고 지내는 분들이 많이 있다. 그분들은 내게 어떻게 그런 일을 감당하면서도 겸손할 수 있냐, 어떻게 그렇게 자기 고집을 세우지 않고 인내할 수 있냐고 묻는다. 그 물음에 대답할 말은 한 가지뿐이다. 사람이 보기엔 내가 한 것 같아도 모든 일을 주관하시는 분은 주님이시니, 나는 뻐길 것도 없고, 우쭐댈 것도 없었다. 그저 주님의 능력으로 채워질 수 있도록, 주님 빚으신 그 형상 그대로 겸손하게 나를 비우는 것, 그것만이 내가 할 수 있는 유일한 일이었다고.

제8장

새벽보다 아름다운 황혼

시냇가에 심은 나무

(가족 구원의 열매들)

"복 있는 사람은

악인의 꾀를 좇지 아니하며

죄인의 길에 서지 아니하며

오만한 자의 자리에 앉지 아니하고

오직 여호와의 율법을 즐거워하여

그 율법을 주야로 묵상하는 자로다

저는 시냇가에 심은 나무가

시절을 좇아 과실을 맺으며

그 잎사귀가 마르지 아니함 같으니

그 행사가 다 형통하리로다."

(시편 1편 1~3절)

하나님을 만나고 나서부터 나는 늙는 게 싫지 않았다. 비바람을 맞고 자란 후 단풍이 들고 낙엽이 떨어지는 것은 열매를 맺을 때가 되었다는 뜻이기도 하기 때문이다. 새벽에 뜬 해가 그 뜨거운 빛과 열을 비춘 후에는 붉게 물들며 지는 것처럼 우리의 겉 사람이 후패하고 주름이 늘어 가고 힘이 빠지는 것은 연륜이 쌓여 인생을 마무리하고 정리할 때가 되었다는 뜻이며 가족과 후손들을 위하여 기도할 시간이 많아졌다는 뜻이기도 하기 때문이다.

그래서 기도가 뭔지 알기 시작하면서 제일 먼저 나는 가족들의 영혼을 구원해 달라고 기도했다. 어디 가서 맛난 것을 먹거나 좋은 것을 보면 가장 먼저 가족들과 아이들이 떠올랐다. 그래서 어떻게든 그들도 내가 경험한 걸 알게 해 주고 싶어 노력했다. 그런데 내 인생 최고의 만남이 예수님을 영접한 거였으니 가족을 전도하고 싶은 마음이 얼마나 간절했겠는가!

나의 아버지는 72세 되던 해 돌아가셨다. 동생이 TV를 사 드렸는데 임종 전까지도 당시 TV에서 나오는 아침 설교 시간이 너무 좋다고 하시고, 평소에 교회에 다니시지는 않지만 병환 중에 문병 가면 꼭 기도해 달라고 하시다 돌아가셨으니 천국에 가셨을 거라고 믿는다. 만주에서부터 혹독한 귀향에 전쟁을 겪으며 고생만 하다 병으로 일찍 돌아가신 새어머니를 생각하면 좀 더 잘해 드리지 못한 게 한이 되지만 해방둥이로 난 정우, 그리고 대우, 정자, 정순이 네 명의 동생들이 다 잘 살고 있으니 위로가 되고 힘이 된다.

나를 아껴 주셨던 시아버지는 73세에 세상을 떠나셨다. 아침에 친구들을 만나 한나절 놀다 오겠다며 나가셨다가 장기를 두던 도중에 갑자기 하늘이 빙빙 도는 것 같아서 일어나셨다는 시아버지는 낯선 청년의 등에 업혀 오셨다. 그리고는 손쓸 겨를도 없이 바로 돌아가셨다. 그때는 내가 교회에 다니기 전이었고, 갑작스러운 죽음이었기 때문에 시아버지께는 복음을 전하지 못했다. 그래도 시아버지가 돌아가신 게 애달파서 집에 상청을 설치해 놓고 아침저녁으로 상식을 올렸다. 상청은 격식 있게 차리고 거기에 내 정성을 보태 꽃도 꽂아 놓고, 촛불도 켜두고 때마다 갓지은 따끈한 밥을 올렸다. 그렇게 석 달을 날마다 돌아가신 시아버지께 아침저녁으로 절을 올리며 긴 작별 인사를 했다.

시어머니는 노년에 아이들을 돌봐 줄 겸 둘째 시동생네로 가서 사셨다. 제주도에서 어린 시절부터 함께했던 둘째 시동생은 대학 졸업 후 한

국유리 회사에 다니다 고등학교 가정 선생인 동서와 결혼해 방배동에 집을 마련했는데, 맞벌이라 어머니가 그 집에 가서 세 아이들을 돌보게 되었던 것이다. 가냘프긴 했지만, 큰 병치레 없이 내내 건강하셨던 시어머니는 연로해지면서 점차 몸이 약해지자 하루가 멀다 하고 내게 전화하셨다. 그리고 "너 좀 빨리 와라. 내가 지금 너무 아파서 죽을 것 같다. 네 따뜻한 손으로 기도 좀 해 다오."라고 말씀하셨다. 나는 곧장 달려가 어머니 손을 꼭 붙잡고 간절하게 기도했다. 그렇게 정성으로 기도하니 시어머니도 말년에는 하나님을 많이 의지하셨다.

그러던 어느 날 갑자기 곡기를 끊다시피 하시더니 결국 자리보전하고 누워 꼬박 석 달을 지내셨다. 나는 온몸이 가렵다고 툭툭 치시는 어머니의 몸 구석구석을 알코올로 닦아내고, 깨끗한 새 옷으로 갈아입혀 드리고 미음을 끓여 드리며 돌봐 드렸다. 지극히 여성적이시고 섬세한 성격의 어머니는 늘 자식들 걱정이 일과셨는데 병중에 자식들을 걱정하는 중에도 천국 소망을 붙드시고 평화롭게 눈을 감으셨다.

집안의 어른들이 돌아가시면 구심점이 사라져 식구들 사이가 소원해지기 쉽다고들 하는데 우리 집은 그렇지 않았다. 아이들이 자라 가정을 이루고, 식구가 늘면서 점점 대식구가 되었다. 명절이나 생일에 가족 친지들이 모이면 보통 50~60명이 넘었다. 설에는 큰집인 우리 집에, 추석 때는 시부모님을 모신 포천 가족묘로 다들 모였는데 세월이 지나면서 손주들이 탄생하자 아들, 손자, 며느리 다 모이면 손자녀들 장기자랑도 시키고 윷놀이도 하며 떠들썩한 명절 분위기가 절로 났다. 시동생, 시누이네는 물론이고 이북에서 혈혈단신 내려와 첫째 시누이 영식과 가정을 이룬 만걸 서방도 우리 집을 고향 삼아 애들을 다 데리고 왔고 고향이 청송이라 너무 먼 둘째 시누이 숙자, 황박 가족도 모두 함께했다.

그 많은 식구를 먹이기 위해서는 명절 되기 한 달 전부터 음식을 준비해야 했다. 재래시장에 가서 장을 봐 김치를 담그고, LA갈비도 충분히 사다가 재웠다. 잡채도 양푼 하나 가득 만들었다. 그렇게 푸짐하게 음식을 만들어 한 상 가득 차려내면, 식구들이 그렇게 좋아할 수가 없었다. 별것 아닌 평범한 음식이었는데도 더 달라고 여기저기서 빈 그릇을 내오고, 음식이 최고라며 엄지손가락을 치켜올려 주면, 그것으로 한 달간 고생한 게 눈 녹듯 사라졌다.

그렇게 식구들을 먹이고 챙기는 게 습관이 되다 보니 김장할 때도 100포기 이상 해서 동서와 조카들에게 나눠 주었다. 며느리들이 들어오면서 떡국과 만두는 큰며느리가 만들어 왔고 전은 둘째 며느리가 부쳐 왔고 딸들도 각자 주특기대로 음식을 준비해 왔다. 음식 솜씨 좋은 시누이들, 동서도 각자 음식을 준비했는데 음식을 다 풀어놓으면 웬만한 뷔페보다 더 풍성했다. 하늘나라는 잔칫집처럼 즐겁고 넉넉하다고 하는데 식구들이 모이면 서로서로 항상 넉넉하게 준비하고 후하게 나누면서 천국과 같이 기쁘고 즐거웠다.

그러는 사이 집집마다 하나둘씩 교회에 다니기 시작하더니 가족들이 대부분 교회에 다니게 되면서 제사 대신 추도 예배를 드렸으면 하는 마음이 간절했다. 그런데 내 말이라면 뭐든 다 들어주는 남편이 교회에 다니는 것만은 반대했고 추도 예배도 절대 반대였다. 그 이유는 3대의 기제사를 지내는 집안의 장남으로서 유교적인 전통은 포기할 수 없는 절대적인 신조였고 가족의 유대는 그러한 전통에서 유지되는 것이라는 신념이 너무 강했기 때문이었다.

하는 수 없이 제사상은 차리되 교회에 다니는 가족들은 절은 하지 않고 서서 기도하는 것으로 절충하였고 제사가 끝나면 따로 모여 다 함께 예배를 드렸다. 장자인 남편과 막내시동생네만은 그렇게 제사드리는 것을 제대로 된 제사가 아니라 하면서 못마땅해했다. 시간이 지날수록 절하는 사람보다 예배드리는 식구가 더 많아졌지만, 두 사람은 한결같았다.

나는 에스겔서 11장 말씀을 붙잡고 기도했다. "내가 그들에게 한마음을 주고 그 속에 새 영을 주며 그 몸에서 돌 같은 마음을 제거하고 살처럼 부드러운 마음을 주어 내 율례를 따르며 내 규례를 지켜 행하게 하리니 그들은 내 백성이 되고 나는 그들의 하나님이 되리라." 기도할 때마다 나는 그 말씀을 기억하며 주님 앞에 간절히 기도했다.

그때 큰딸이 목사 사모의 사명이 있어서 그랬는지 새벽마다 일찍 일어나 나와 함께 산에 올라 바윗등에 함께 엎드렸다. 지척에 교회가 많았는데도 굳이 새벽마다 산에 오른 것은 주님께 절박한 내 마음을 쏟아 내고 영적 전쟁에서 이길 믿음과 능력이 필요했기 때문이었다. 여름에는 예기치 않은 소낙비에 홀딱 젖기도 했고 한겨울에는 기도를 마치고 나면 손발이 곱아 잘 펴지지 않을 정도로 추웠다. 큰사위가 결혼 전에 동행하겠다고 따라나섰다가 추위에 호되게 놀라 기도도 못 하고 벌벌 떨다 내려왔을 정도로 새벽 산기도 환경은 척박했지만, 나는 반드시 모든 가족을 구원해 주실 거라는 확신을 갖고 기도하고 또 기도했다.

큰시동생 덕래는 일찍 세상을 떠났지만, 동서는 순복음교회 권사가 되어 자식들을 위해 열심으로 기도했는데 천식으로 몸이 좋지 않은 가운데서도 기도를 쉬지 않았다. 그 기도가 응답 되어 큰아들 희중은 성결교회 목사가 되어 사모 고현봉, 딸 서영과 함께 안성에서 목회하고 있고 막내딸 희경도 순복음교회 전도사가 되어 교구장 김 목사와 결혼했고 둘째 한준은 집사가 되어 믿음 안에서 하나가 되었다.

늘 웃는 얼굴에 천성이 한없이 착한 큰시누이 영식은 군에서 휴가 나오면 우리 집을 본가로 알고 들르던 똑똑하고 영민한 김만걸과 좋아하게 되었는데 우리가 논산에 있는 동안 급속도로 로맨스가 싹터 결혼했고, 후에 베트남전에 참전했다가 상사로 전역하여 포천에 터전을 마련하였다. 권사가 된 시누이와 장남 영인은 얼마 전 하늘나라로 갔고 만걸은 연로해져서 지금은 요양원에 있지만 부모를 닮아 모두 영특하고도 착한 자녀 영희, 영경, 영미가 가정을 이루어 성현, 인희, 윤택, 경택, 영두, 영소,

정환 등을 낳고 교수 등 각자의 분야에서 모두 훌륭한 삶을 살고 있다.

제주도에서부터 나를 어머니나 누님으로 생각하고 따랐던 둘째 시동생 준래는 성정이 곧아 누구에게나 칭찬받는 삶을 살았고 50대가 되면서 다니던 직장을 나와 신학을 공부하고 루터교 목사가 되어 하나님께 쓰임받는 귀한 주의 종이 되었다. 온 가족 어른들, 조카들 하나하나 세심히 돌보고 기도해 주는 따뜻한 목사였지만 교회개척 스트레스 때문인지 갑자기 신장이 나빠져 이식 수술이 필요했는데, 내 자식 같기도 하고 AB형으로 혈액형이 같아 내가 기증하기로 결정 했었지만 안타깝게도 신장뿐 아니라 고혈압, 당뇨 합병증이 겹쳐 수술도 못 하고 세상을 떠나고 말았다.

나와 어려울 때 늘 서로 격려해 주는 각별한 둘째 동서 신홍자는 누구보다 인격적으로 훌륭하고 예의 바르고 믿음에 바로 선 교사이자 사모다. 태어날 때부터 뇌성마비인 아들이 천국에 갈 때까지 지극정성으로 돌보았고 두 딸 희양, 희원을 믿음으로 잘 키웠다. 라재혁과 결혼한 둘째 딸은 농구선수인 큰아들 세현과 막내 주현 두 아들을 잘 키우고 있다.

작은시누이 숙자는 워낙 사랑이 많아 업혀 자라지 않은 조카가 없을 정도고 음식솜씨도 좋아 대접하기를 좋아하는 착한 권사다. 모 부대 사령관이 자기 운전병이었던 황 병장을 지켜보니 너무 착실하고 좋은 사람이라며 남편에게 동생을 소개해 달라하여 둘이 선을 보고 결혼하였는데, 청송 사람 황박 서방은 경상도 특유의 무뚝뚝함이 있지만 누구보다 속정이 깊은 사람이다. 씩씩하던 딸내미 승희는 최근에 사랑하는 최원석과 딸을 세상에 남기고 안타깝게 암으로 세상을 떴지만 큰아들 승욱, 정희 내외는 두 딸과 함께 가정을 이루어 부모님도 잘 섬기고 직장생활도 잘 하고 믿음생활도 훌륭한 모범가정이다.

시동생 중에 가장 보수적인 막내시동생 한래네는 원칙을 잘 지키고 생활 자세도 본받을 만한 가정으로 자손 모두 사회의 일원으로 열심히 살고 있지만, 아직도 믿음을 받아들이지 않아 나의 가장 큰 기도 제목 중에 하나다. 그래서 나는 누구보다도 간절하게 막내동서와 두 조카 희건, 희찬 그리고 그 가족, 자녀들을 위해 기도의 끈을 놓지 않고 있다.

내가 결혼하여 시댁의 일원이 된 후에는 아무래도 출가외인이라 나도 모르게 모든 것을 시댁 위주로 생각하고 행동해서 그랬는지 친정 가족들에 대해서는 상대적으로 기도가 부족했던 것 같다. 지금 세상에 없지만, 창우 오빠와 어린 나이에 결혼하여 피난 시절 함께 모진 고생을 함께한 올케 황옥희의 기도 열매가 조카 경식, 완식, 혜식, 인자, 종식, 준식에게도 하나님께서 함께하고 있음을 나는 믿는다. 조카들이 다 신실하여 믿음 생활도 잘하고 있지만 특히 담양소망교회 사모인 인자는 오히려 나를 위해 늘 기도해 주고 때가 되면 김장김치까지 보내 준다.

그리고 큰동생 찬우 내외와 때마다 내게 찾아와 인사하는 아들 동식이, 며느리 박숙주, 손자 지호를 비롯한 정원, 혜원, 숙원 조카들, 누구보다 인정 많고 정직하여 법 없어도 살 둘째 동생 진우의 세 딸 선희, 소희, 경희를 예쁘고 바르게 키운 이수경 올케, 그리고 사랑하는 동생 정우와 조카 동남이, 대우 부부와 규식이, 정자 부부와 두 아들 태갑, 태준이, 정 순이와 아들 김희태를 이름이라도 부르며 매일 기도한다.

연로한 내가 할 수 있는 일은 종일 기도하는 일밖에 없기에, "저는 시 냇가에 심은 나무가 시절을 좇아 과실을 맺으며 그 잎사귀가 마르지 아 니함 같으니 그 행사가 다 형통하리로다."(시편 1:3)라는 말씀을 붙들고 가족들 하나하나 이름을 부르며 주님 안에서 모두 서로 화목하고 복 받 고 건강하고 행복하기를 기도하고 있다.

날마다 기막힌 은혜

(남편을 천국으로 배웅하며)

나 하늘로 돌아가리라

새벽빛 와 닿으면 스러지는

이슬 더불어 손에 손을 잡고

나 하늘로 돌아가리라

노을빛 함께 단둘이서

기슭에서 놀다 구름 손짓하면은

나 하늘로 돌아가리라,

아름다운 이 세상 소풍 끝내는 날

가서, 아름다웠다 말하리라 ----

(천상병 詩 〈귀천〉)

남편은 내게 더없이 좋은 사람이었다. 교회 다니는 걸 반대하는 것 빼고는 사는 내내 나에게 눈 한번 부라린 적 없는 내 편이었다. 유난히 나를 챙기다 보니 젊어서는 동네 아주머니들이 남편을 볼 때마다 '마누라 그림자만 봐도 좋아서 벙긋거린다.'라며 웃어대곤 했다. 그래서일까. 잦은 군부대 이동발령으로 같이 산 세월보다 떨어져 지낸 시간이 많았지만, 혹여, 남편이 한눈을 팔지 않을까 걱정했던 적도 없었다.

한번은 논산훈련소에서 남편 혼자 자취하고 있을 때 얼굴 한번 보겠다고 시간을 쪼개 내려간 적이 있었다. 밑반찬도 만들어 놓고, 빨래와 다림질도 하느라 몸살이 날 만큼 무리했는데 남편은 하룻밤 지나고 나자 부모님 걱정에 빨리 집에 가라고 기차표를 끊었다. 서운하고 속상해 혼자 마당 한 구석에 서서 훌쩍거리고 있는데 집주인 아주머니가 나와서 내 모습을 보고는 혀를 찼다. 혼자 지내지만, 항상 반듯하게 사는 남편을 보며, "저런 사람을 남편으로 둔 여자는 얼마나 행복할까?"라고 생각하며 늘 내가 어떤 사람인지 궁금했다고 하면서 당신 남편은 걱정할 게 없는 사람이라고 했다. 집주인 아주머니의 말이 아니더라도 남편의 일편단심을 나는 익히 알고 있었다. 그것은 나도 남편에 대하여 일편단심이었기 때문이었다. 사랑하는 남편을 위해 못 할 게 없었고, 최선을 다해 그가 기뻐하는 일을 하며 살았다.

우리가 결혼한 지 35주년 되는 해인 1988년에는 남편의 환갑이 돌아와 나와 함께 5남매 자식들이 잔치를 차려 주었다. 큰사위 형일의 매형이 우이동 소귀천에 있는 영빈관(구고향산천) 사장으로 있었기 때문에 그곳을 대관하여 일가친척 친지들을 모두 모시고 성대하게 잔치를 치렀다. 평소에 절약을 입에 달고 살던 남편도 이때만은 먼 친척들까지 한복을 모두 맞춰 줄 정도로 아낌없이 돈을 썼다. 태어나 60년을 돌아보니 정말 많은 우여곡절을 겪었지만, 인생의 모든 고생을 잊을 만큼 즐겁고도 행복한 잔치였다.

그 이후 노년기에 들어서니 아무래도 건강관리가 숙제였다. 나는 남편의 오랜 지병이었던 당뇨를 낮게 하려고 물 한 잔도 허투루 준 적이 없었다. 혈당을 낮추는 데 효과적이라고 해서 옥수수염차를 항상 끓여주었고, 햇콩을 사다가 메주처럼 푹 삶아서 그늘에 말려 갈아서 먹게 했다. 영양 균형을 맞추기 위해 식당 밥 대신 항상 도시락을 먹도록 했다. 그리고 말씀이 영혼의 양식이 되길 바라며 도시락에 항상 '행복으로의 초대' 신문을 넣었다.

남편은 노년이 되면서 세종문화회관 사업을 정리하였는데 점점 용역 사업에 대한 경쟁이 치열해지기도 해 유지가 쉽지 않았고 직장생활들을 잘하고 있는 자식들에게 물려줄 수도 없어 청산절차를 밟았다. 그리고는 가능한 한 골치 아픈 업무에서 벗어나 유유자적하며 살고자 했다. 그리고 나이가 들수록 체력이 약해지는 남편을 위해 아침마다 둘이서 역촌동 뒷산 근린공원에 올랐다. 정상까지 올라가 어릴 때 배운 국민체조로 몸을 풀고, 나는 나대로 배드민턴을 쳤고, 남편은 배드민턴장 주위를 돌면서 내 사진을 찍어 주기도 했다. 처음에는 쉬엄쉬엄 걸어도 금세 숨이 차서 앉을 자리만 찾았는데, 한두 달 지나자 걸음이 달라졌다. 다리에 힘이 붙었는지 걸음이 가뿐해졌고 길섶에 있는 꽃들을 뿌리째 담아와 집에 와서 화분에 심기도 했다. 처음에는 올라가기 급급해서 등산객들이 말을 걸어도 대답도 못 했는데 나중에는 환담하면서도 지친 기색 하나 없이 산 정상까지 올랐다.

그렇게 남편은 내가 권하는 것은 순순히 다 들어주고, 기꺼이 따라 주었지만, 교회에 가는 것, 그 한 가지는 예외였다. 교회에 갈 때마다 아내 손잡고 나란히 앉아서 예배드리는 사람들의 모습을 보면 부럽고, 속상하고 애가 탔다. "주님, 저 권사님은 남편과 함께 예배드리고, 가방도 남편 손에 맡기네요. 주님, 저희 남편도 꼭 저렇게 되게 해 주세요." 나는 낙망하지 않고 날마다 기도하고 또 기도했다.

기도 응답의 때는 정말 예상치 않은 때에 찾아왔다. 원래 모든 것을 유머러스하게 풀어 가는 셋째 아들 희광이가 재미있는 구경시켜 드린다고 남편을 설득해서 주일에 여의도로 모신 것이다. 둘째 아들과 며느리도 선물로 산 옷 한 벌을 싣고 남편을 차로 모셔 곧장 여의도로 왔다. 나는 미리 교회에 도착해서 남편을 맞이했는데, 남편은 우리가 미리 짜고 자신을 속였다면서 기막혀했지만, 화를 내거나 성전 안에 들어가지 않겠다고 우기지는 않고 순순히 예배를 드렸다.

그 첫 예배를 나는 잊을 수가 없다. 내 옆에 나란히 앉아 예배드리는 사람이 다름 아닌 내 남편이라는 사실이 어찌나 감격스럽던지, 덤덤하게 예배드리는 남편의 옆모습을 훔쳐보며 속으로 '주님, 감사합니다. 할렐루야!'를 얼마나 외쳤는지 모른다. 남편이 그 자리에 앉기까지 30년, 그동안의 눈물이 감사와 찬양으로 바뀌었다. 주님은 내 눈물의 기도를 기억하시고, 오늘 응답하셨으니 얼마나 감사한가. '주님, 오늘 이 걸음이 주님을 향하는 첫걸음이 되어 천국 가는 그날까지 나와 함께 주님 향해 걸어가게 하여 주옵소서.'

그다음 주일부터 남편은 교회에 다니기 시작했다. 아들 며느리가 미리 전화해서 약속을 잡지 않아도, 새 옷으로 마음을 흡족하게 하지 않아도, 맛있는 식사를 준비하지 않아도, 주일 아침이 되면 남편은 나보다 먼저 교회 갈 준비를 마치고 현관 앞에 서서 기다렸다. 남편은 교회에 다녀오면 "그 목사 하는 말씀이 딱 내 말이야. 그 말이 옳아!"라고 말했다. 그토록 교회를 핍박하고, 복음을 받아들이지 않던 사람이었는데, 말씀이

들어가니 기뻐하는 어린 영혼처럼 순전하게 주님을 믿었다. 집안 제사도 폐하고 온전히 드리는 예배로 바꾸어 온 가족이 찬송으로 합창하게 되었다.

그런데, 당뇨 때문에 회복과 악화를 오가며 아슬아슬하게 줄타기했던 남편의 건강이 나빠지기 시작했다. 한 번은 심근경색으로, 또 한 번은 뇌경색으로 쓰러져 입원한 것이다. 남편의 건강이 갑자기 더 나빠진 건 81세 때였다. 수술로도 더 이상 회복이 어려워져 남편의 거동이 불편해지자 나 혼자 돌보기엔 벅차다고 하면서 자식들은 요양병원을 알아보기 시작했다. 치료시설이 갖춰진 곳에서 전문적으로 돌봐 드리면 건강도 더 좋아질 수 있을 거라고 하면서, 함께 사는 건 아니지만, 언제든 보고 싶을 때 만날 수 있으니 아버지를 요양병원에 모시자고 한 것이다.

하지만 나는 남편을 요양병원에 보낼 생각이 조금도 없었다. 남편과 결혼할 때 주례 선생님이 하신 말씀처럼 "기쁠 때나 슬플 때나 아플 때나 성할 때" 한결같이 사랑하고 항상 함께하기로 약속하고 한평생을 부부로 살았는데, 남편이 아프다고 어떻게 내치겠는가. 아무리 생각해도 사랑하는 내 남편을 남의 손에 맡길 수는 없었다. 그래서 내 남편은 내가 돌보겠다고 자식들을 설득하고, 내내 집에서 남편과 함께 지냈다.

24시간을 함께하면서 남편의 일거수일투족을 일일이 신경 쓰는 건 쉬운 일이 아니었다. 힘에 부치고, 버거웠지만 나는 오히려 그 시간이 귀하고 감사했다. 그 시간은 신혼 때도 가져 보지 못했던 남편과 단둘이 있는 오롯한 시간이었고, 함께 주님을 온전히 예배하는 시간이었다. 주님은 늙고 병들어 내게 자기 몸을 온전히 맡겨야 하는 남편을 더 깊이 사랑할 수 있는 마음을 주셨다. 내 몸을 살피듯 남편을 돌보면서 남편에 대해 애틋함은 더욱 깊어졌고, 그렇게 한 몸이 되어 지냈다.

남편은 나에게 진심으로 고마워했고, 내가 원하는 것은 기꺼이 하고자 했다. 그때 내가 원했던 것은 한 가지, 남편과 함께 예배드리는 것이었다. 예전 같으면 자기 앞에서 예수의 '예' 자도 꺼내지 말라고 화를 냈을 테지만, 이미 성전에서 예배드리는 기쁨을 맛보았고, 병상에 누워 있으면서 자신의 약함을 인정한 남편은 매일 함께 예배드리자는 나의 말에 순순히 고개를 끄덕였다. 나는 셋째 아들에게 부탁해서 사도신경과 주기도문을 종이에 커다랗게 썼다. 그리고 함께 예배드렸다. 나는 그때 성령님께서 함께하셔서 예배를 사모하게 하시고 남편의 마음을 어루만져 주셨다는 것을 보았다. 띄엄띄엄 사도신경을 읽으며 남편이 신앙을 고백하고, 주기도문을 읽을 때 하나님을 만났고 주님을 영접하였다는 것을 확신했다.

그렇게 함께하던 남편은 85세 되던 2011년 12월 11일 주일 아침에 천국으로 갔다. 그날은 남편을 요양보호사에게 맡기고 셋째 아들과 함께 교회에 가려고 준비하고 있었는데 뭔가 예감이 이상해서 아들 먼저 교회에 가게 하고, 남편에게 약을 주고, 물을 먹이는데 영 삼키질 못했다. 나는 얼른 주위에 연락을 취했지만 주일 오전이라 연락이 잘 닿지 않았다. 결국 교회에서 딸처럼 지내는 이영순 권사가 가장 먼저 달려왔다. 이미 반쯤은 울상이 되어 달려온 이 권사는 나를 보자마자 "어떻게 됐어요?"라고 물었다. 나는 담담하게 "돌아가셨어."라고 답하고, 남편에게 갈아입힐 옷을 가져왔다. 엉엉 우는 권사와 함께 남편의 옷을 갈아입히고 나자 목사님과 함께 자식들이 집에 도착했다.

나는 그때까지도 남편의 얼굴을 가려 놓지 않아서 다들 남편의 얼굴을 볼 수 있었다. 잠자듯 편안하게 누워 있는 남편을 보고, 목사님은 "아이고, 천국 가셨네요. 이렇게 편안하시기가 쉽지 않은데 정말 표정이 좋습니다."라고 하셨다. 그 말씀이 내게 큰 위로가 되었다. 임종 예배를 드리는 내내 나는 남편이 나를 떠나 주님 곁으로 갔다는 확신이 들었다. 그래서 남편이 세상을 떠나 애달프고 그리웠지만 슬프지는 않았다.

이제 곧 내가 갈 길을 남편이 먼저 간 것으로 생각하니 마음 깊이 고마움이 솟아났다. 살아생전에도 항상 나보다 먼저 걸음 하여 길을 터 주고, 주변을 살펴줬던 사람, 남편으로 인해 나는 비탈길을 오를 때도 힘들지 않았고, 자갈밭을 지날 때도 발이 돌에 차이지 않았다. 자식들도 아버지의 강직함 때문에 부유하게 크지는 못했어도 그의 부끄럼 없고 거리낌 없고 후회 없는 삶을 존경한다. 그리고는 자랑스럽게 동작동 국립묘지에 안장되었다. 나는 오늘도 평생 사랑으로 나를 지켜 준 남편을 만날 날을 소망하며 '날마다 기막힌 은혜' 가운데 주님께 감사기도를 드린다.

주님과 동행

(저 높은 곳을 향하여)

"자랑하는 자는
이것으로 자랑할지니

곧 명철하여 나를 아는 것과
나 여호와는 사랑과 정의와 공의를
땅에 행하는 자인 줄 깨닫는 것이라

나는 이 일을 기뻐하노라.
여호와의 말씀이니라."

(예레미야 9장 24절)

남편이 천국에 간 후 나는 '독거노인'이 되는 게 싫어 큰딸네로 들어왔다. 큰아들, 셋째 아들은 먼저 천국으로 갔기 때문에 둘째 아들네로 가는 게 순서였겠지만, 사위가 선교지로 떠나기 전에도, 사역을 끝내고 들어왔을 때도 늘 장모 집에 와서 함께 생활했고, 인도네시아 선교지에서도, 시카고에 유학 갔을 때도 우리를 초청해 오래 함께 지내면서 여행도 시켜 주었기 때문에 내가 들어가 사는 데 아무런 부담이 없었기 때문이었다.

딸네로 오니 손녀 조엘과 할머니에게 늘 따뜻하게 대해 주는 착한 손주사위 창환네가 함께 살아 4대가 늘 북적거리는 게 사람 사는 것 같고, 또 증손주 찬이와 송이가 커 가는 모습을 보면서 사니 이보다 좋을 순 없다. 요즘 시대에 4대가 함께 사는 집이 몇이나 있겠는가?

딸네로 오면서 교회도 '높은뜻광성교회'로 옮겼다. 사위가 시무하는데다가 엎드려 코 닿을 데 있어서 노구를 이끌고도 다니기가 수월했기 때문이다. 내가 교회를 옮기니 둘째 아들 내외도 장로와 권사가 교회를 옮기는 게 쉽지 않은 일인데 이왕이면 어머니를 매주 볼 수 있고, 또 이름 자체도 '저 높은 곳을 향하는' 이 교회가 좋겠다고 하며 옮겨 왔다.

이 교회는 원래 영락교회에서 시무하던 김동호 목사가 숭의여자대학교 시설을 활용하여 개척한 '높은뜻숭의교회'가 모체인데, 한창 부흥해 오던 중 학교 시설 사용이 어려워지자 협동목사 4명에게 목회를 이양하고 2009년 1월 4개로 분립한 높은뜻교회들 중 하나다. 목사님 본인은 "명한 대로 하였다고 종에게 사례하겠느냐? 이와 같이 너희도 명령받은 것을 다행한 후에 이르기를 우리는 무익한 종이라 우리의 하여야 할 일을 한 것뿐이라 할지니라."(누가복음 17:9~10)라는 유명한 은퇴 설교를 남긴 후 정관대로 65세에 아무 조건 없이 떠남으로써 교회개혁의 새로운 모델을 만든 것으로 유명하다.

높은뜻광성교회는 숭의교회 협동목사로 재직하던 이장호 목사가 1894년 윌리엄 홀(William James Hall) 선교사가 세운 130년 전통의 미선계 '광성고등학교'에 분립하여 세운 교회다. 별도의 사무동 외에 예배는 학교 강당을 이용하기 때문에 "보이지 않는 성전"을 추구한다. 높은뜻교회들은 교회의 본질이 예배당 건물이 아니라 예수님을 믿는 사람들의 모임이라는 생각으로 굳이 많은 돈을 들여 교회 건축을 하지 않는다. 예배당 건축에 드는 자금은 선교, 구제 등 교회 본연의 일과 학교 지원에 사용한다. 분립 12년째 되던 해인 2020년 1월에는 300명의 희망교인을 받아 온수동에 있는 우신고등학교에 '높은뜻우신교회'를 다시 분립하기도 했다.

교회에서 추구하는 "높은 뜻"은 "GOD's Will" 즉, 하나님의 뜻을 말한다. 하나님의 뜻을 구현하기 위해서는 "하나님이 주인인 공동체"가 되어야 하므로 개척에 기여한 목사, 헌금을 많이 낸 장로, 목소리 큰 집사 등 소수의 사람이 좌지우지하는 폐단이 발붙이지 못하도록 제도화한 것이 특징이다. 교회 의결기구인 당회의 시무장로는 6년 단임제로 종신 권력화하는 것을 막았고, 담임목사도 역시 6년마다 재신임을 묻도록 하여 독재나 세습 등 비정상적 교회 운영을 원천적으로 막고 목회에 최선을 다하도록 하였다. 헌금도 헌금 주머니를 돌리거나 십일조를 강요하는 일 없이 순수하게 본인의 신앙과 자유의사에 따라 온라인이나 성전 외부에 별도 설치된 함에 헌금하게 되어 있어 성도들이 믿음의 분량대로 기꺼이 낼 수 있도록 하고, 그렇게 모인 헌금은 교회가 해야 할 본연의 사명을 위해 지출하고 내야 할 세금도 낸 후 명명백백하게 성도들에게 보고된다.

무엇보다도 젊은 목회자들이 열정적이고 순수하게 성도들을 섬기면서 성도들을 '높은뜻 사람'으로 세우기 위해 차세대교육을 위한 교회학교 활성화, 청년들의 자율적인 예배 지원, 장년 성경 교육 및 성경적 재정교실 운영, 노년의 행복한 삶을 위한 해피 시니어부 운영, 공동체 성경 읽기 등 요람에서부터 무덤까지 말씀에 바로 선 교육을 위해 노력한다.

이렇게 차세대 교육이 활성화되고 교회가 말씀 중심으로 서다 보니 젊은 부부들이 모여들어 70% 가까이가 40대 이하의 젊은 교인이며 교인들은 가정별로 순이나 사역부서에 소속되어 교제를 나눈다. 내가 젊은 시절 헌신했던 교회가 가정 중심이 아니라 여성 중심으로 성장하다가 시대가 변하자 점점 노령화되고 있는 것과 비교하면 매우 바람직한 현상이라 볼 수 있다.

모든 사역은 '성도들이 함께하는 마당공동체'를 모토로 사회선교, 학원선교, 통일선교, 타문화선교, 의료선교 등 다양한 분야에 참여토록 하고 있으며 선교사 파송, 명절 소외가족을 위한 광성명가(명절가족), 극빈층 주거개선을 위한 '함께하는 사람들', 빨래하는 사람들, 그리고 열매나눔재단, HOPE 선교회 등 동역 공동체, 굿윌스토어 등 여러 기관 협력 등 교육, 선교, 구제에 자발적으로 참여하도록 함으로써 성도들이 '교회의 손님'이 되지 않도록 한다.

나도 개인적인 예배와 기도 외에도 가급적이면 미력한 힘이지만 교회에 여러 사업에 참여하려고 노력한다. 특히 남들이 즐거울 때 오히려 소외감을 갖는 독거노인들을 위해 식사와 다과 등을 지원하는 광성명가나 크리스마스 블레싱 등에는 빠지지 않고 후원하려 노력하고 있고, 아프리카 극빈층의 기아문제 개선을 위한 '컨선 월드와이드(Concern Worldwide)' 후원에도 참여하고 있다.

타락한 세상을 걱정하며 기도하던 교회가 최근에 와서는 오히려 대형화, 기득권화되면서 세습 문제, 세금문제, 정치결탁 등으로 세상의 손가락질을 받고 있는데 이 교회로 오고 보니 좌로나 우로 치우치지 않는 모습, "나 아니면 안 되는 교회"보다 "나 아니라도 되는 교회"를 추구하는 모습, 그리고 모이기도 중요하지만 흩어져 자기가 소속된 일터에서 맡은 일에 최선을 다하는 삶이 곧 성직이라고 가르치는 모습 속에서 나는 신앙의 또 다른 세계를 본다.

사위는 목회로 너무나 바쁜 와중에 '아신대(아세아연합신학대학)' 이사장을 맡았는데 책임은 막중하고 보수도 없는 이 자리를 감당하기 위해 매일 엎드려 기도하며, 사방팔방으로 뛰며 재정 확보와 학교 성장에 최선을 다하고 있다. 딸과 사위가 선교와 목회에 대한 순수한 사명감을 가지고 하나님이 원하는 꼭 필요한 사업에 헌신하면서도 자기 집 한 채 마련을 위해 아등바등하지도 않고 개인적인 부나 지위를 추구하지 않는 모습은 자랑스러우면서도 한편 안쓰럽기도 하다.

예레미야 선지자가 전한 대로 지혜를 자랑하지 않고 용맹을 자랑하지 않고 부함을 자랑하지 않고 하나님을 아는 지식과 하나님의 사랑과 정의와 공의를 땅에 행하기를 기뻐하는 높은뜻교회에서 자녀들과 함께 여생을 보내며 저 높은 곳을 향한다면 천국에 가서 주님을 뵐 때도 부끄럼이 없겠다는 생각을 하게 된다.

홍시

(인생의 열매)

2021.5 신재우 그림

"우리 집에 권사님이 계셔서 참 좋습니다!" 밥 먹다가 문득, 차를 마시다가 슬쩍 나에게 쑥스러운 고백을 하는 사람이 있다. 바로 나와 함께 사는 큰사위다. 세상에서 자기 아내를 가장 존경한다는 큰사위는 장모인 나에게도 친자식처럼 잘하는 일등 사위다. 어쩌다 집에 둘이 있게 되면 어김없이 기도 제목을 묻는다. 그러면 나는 주저 없이 '자녀들이 천대까지 하나님을 바로 알고 섬기는 것'과 '건강하게 살다가 주님 품에 안겨 천국 가는 것'이라고 대답한다. 이 목사는 어쩌면 그렇게 기도 제목이 한결같냐고 하면서 껄껄 웃는다.

이제 백발이 되어 주님 만날 날을 기다리고 있는 내게 더 바랄 게 뭐가 있겠는가. 세상의 어떤 보배보다도 소중한 믿음의 유산을 자손에게 물려주는 것 말고는 달리 원하는 게 없다. 주님은 나를 위해 이미 응답의 말씀을 주셨다. 이사야 46장 말씀이 바로 그것이다. "야곱의 집이여 이스라엘 집에 남은 모든 자여 내게 들을지어다 배에서 태어남으로부터 내게 안겼고 태에서 남으로부터 내게 업힌 너희여 너희가 노년에 이르기까지 내가 그리하겠고 백발이 되기까지 내가 너희를 품을 것이라 내가 지었은즉 내가 업을 것이요 내가 품고 구하여 내리라.”

이 말씀은 야곱의 아들들을 위한 것임과 동시에 나에게 주시는 응답의 말씀이라고 깨달은 그 순간부터 나는 ‘주님 품 안에서’ 살고 있다. 그러니 내가 무엇을 더 구할 것이 있겠는가. 두 다리로 걷고, 두 팔을 움직이면서 건강하게 주님 섬기다가 모세처럼 기력도 눈도 쇠하지 않은 채 가을날의 홍시처럼 보기 좋은 상태에서 주님의 품에 안기는 것이 나를 위한 기도 제목이다.

다행히도 나는 아직 나이에 비해 건강한 편이다. 90년을 넘게 몸을 쓰다 보니 이곳저곳 아픈 곳도 많지만, 기억력은 지난 90년을 생생히 기억할 정도로 좋고 안경을 안 쓸 정도로 눈이 밝다. 소식이지만 때를 맞추어 잘 먹고 잘 걷는다. 고관절에 금이 가 극심한 통증으로 이제는 마지막인가? 했을 때도 인공고관절 수술이 잘되어 걷는 데 큰 지장이 없다. 87세 노령인 데도 수술했다는 걸 알고 사람들이 놀라기도 한다. 요즘도 나는 노인용 보행카트를 밀면서 마포 한강 변까지 나가 수천 보씩 걷는다. 게다가 작은사위와 막내딸 가족이 매주 한 번씩 연신내에 있는 한의원에 데리고 가서 진맥도 하고 침도 놔줘 건강관리도 꾸준히 하는 편이다.

젊은 나이에는 군인의 아내로 전국을 돌아다니며 힘들게 생계를 유지

해야 했지만, 나이가 들어서는 가족들 덕에 여행도 많이 다닌다. 93세 때는 제주도에서 열린 사위의 목회자 세미나에 따라가 한라산 높은 오름의 정상까지 올라갔다. 산에 오르는 동안 동행한 사위가 얼마나 걱정이 많았겠냐마는 내가 정상에 오르자 행사에 같이 간 목사님들이 다 놀라 박수를 치고 난리가 났었다. 94세인 작년 가을에도 틈만 나면 이곳저곳 좋은 곳이라며 데리고 다니는 손녀사위 박 서방네와 함께 제주도에 가서 그곳 사람인 우리 교회 이마리아 목사 부모님 집에 머물면서 다시 한라산에도 가고, 우도까지도 다녀왔다.

최근 몇 년 동안은 작은시누이 남편 황 서방 덕분에 전국을 누비며 여행을 다녔다. 80이 넘은 나이에도 시간 날 때마다 부인뿐 아니라 나와 동서까지 노인 4명을 차에 태우고 강원도 화진포로부터 동해안, 거제도로부터 남해안, 서해안 좋은 곳 그리고 자신의 고향인 청송 등 전국을 신나게 다니며 구경시켜 주었다. 그뿐만이 아니다. 언제나 살갑게 할머니를 위해 주는 손녀사위 내외는 틈만 나면 이 늙은 할머니를 태우고 속초다 남원이다 맛집 탐방을 시켜 준다. 작년에는 진또배기 찬원이를 좋아한다고 했더니 공연 티켓까지 사서 구경시켜 주었다.

요양병원에 거동도 못하고 누워 있는 노인들이 태반인데 병석은커녕 100세 가까이 이렇게 여행을 다닐 정도로 건강한 것은 복중에 복이 아닌가 생각한다. 좀 아쉬운 게 있다면 깊게 잠자지 못하는 것인데, 날마다 밤이면 "주님, 품어 주셔서 단잠 잘 것을 믿습니다. 혹여 오늘 저를 부르신다면 주님 품에 안겨 이대로 천국 가게 하옵소서."라고 기도하고, 아침에 일어나면 "주님, 밤새 품어 주셔서 잘 잤어요. 오늘 하루도 주님과 동행하게 해 주세요."라고 기도한다. 그러면 하루가 "젖 뗀 아이가 어머니의 품에 있음같이"(시편 131편 2절) 고요하고 평안해진다.

내가 누리고 사는 것 중에는 내가 노력하지 않았음에도 주어지는 복이 있다. 그중에 으뜸은 바로 인복(人福)이다. 인복이야말로 내가 원하거나 노력하거나 갈구한다고 해서 얻을 수 있는 것도 아니고, 돈이 많다고 해서 살 수 있는 것도 아니다. 그런데 내 곁에는 어려움을 겪을 때나 형통할 때나 늘 좋은 사람들이 있었다. 부모님부터 남편, 자식들과 며느리들, 시댁, 친정 식구들 그리고 교회의 권속들의 넘치는 사랑을 받았다. 구역 식구들은 자신들도 이미 늙었는데도 가끔 와서 엄마라 부르며 맛있는 걸 사 준다. 그 모든 사랑을 다 합해도 하나님 사랑에 비할 바는 아니겠지만 사람들로부터 그런 사랑을 받을 때마다 사무치게 고맙다.

지나온 세월 하나하나가 모두 감사하지만, 그 속에 단장(斷腸)의 아픔과 고통으로 몸부림쳤던 시간도 있다. 어린 손녀딸과 자식을, 그것도 두 명이나 암 때문에 먼저 하늘나라로 보낸 그 마음은 뭐라 말로 표현할 수 없다. 지금도 두 아들과 손녀가 그립고 보고 싶다. 큰아들이 자주 불렀던 노래가 어디선가 흘러나오면 지금이라도 아들이 나타나 내 손을 잡고 '젖은 손이 애처로워 살며시' 하며 노래를 불러줄 것 같고, 축구 중계를 보거나 아침 산책할 때 뛰어오는 건장한 남자를 보면 막내아들이 땀을

뻘뻘 흘리며 달려와 나를 덥석 안아 줄 것 같다.

그렇게 사랑하는 자식을 보낼 때도 주님은 나와 함께 계셨다. 주님의 품 안에 있지 않았다면 나는 통증으로 온몸이 쇠약해져 일어나지도 못하는 아들들을 보며 절망에 빠졌을 것이다. 마지막 임종 때 큰아들은 "엄마야, 엄마라고 한 번 불러 봐."라고 간곡하게 말했지만, 말할 기운이 없어 그저 입만 벙긋거렸다. 그런 아들을 보며 아무것도 해 줄 게 없었던 나는 "우리를 흙으로 지으신 주님, 고통 중에 있는 아들을 불쌍히 여겨 주시고 이제 흙집을 벗어 버리고 주님 곁에서 평안을 누릴 수 있게 해 주세요."라고 기도했다. 천국의 소망이 없었다면 "엄마 걱정하지 마세요, 제가 먼저 천국에 가 있을게요."라고 말했던 아들들의 마지막 말이 비수가 되어 가슴을 찔렀겠지만, 나는 나를 지으시고, 품으시고, 구원하신 주님이 먼저 주님 곁으로 간 두 아들도 같은 사랑으로 품고 구원해 주셨을 거라 믿는다.

지금 허락하신 하루는 살아 있는 자들과 함께 지낼 수 있는 기회가 하루 더 주어진 것이고, 하루 더 늙는 건 천국에 있는 자들과의 만남이 가까워지는 것이니 날마다 감사할 것밖에 없다. 나는 우리 자손들도 이러한 믿음과 천국 소망을 가지고 살기를 바란다. 그저 내게 바랄 게 더 있다면 "그리워진다. 홍시가 열리면 울 엄마가 그리워진다. 회초리치고 돌아 앉아 우시던 울 엄마가 생각이 난다!"는 나훈아 노래 가사처럼 잘 익은 홍시를 보면 내가 세상을 떠나더라도 내가 그리워질 수 있는 사람이면 좋겠다는 생각을 한다.

　지금까지 기록한 나의 이야기는 시작부터 마지막까지 전부 하나님의 구원 이야기다. 내가 하나님을 알기 전부터 그분은 나를 사랑하셨고, 내 인생의 모든 것을 간섭하시어 선하게 역사하셨다. 고난 중에 나를 훈련하셨고, 환난 중에 견디게 하셨으며, 노년에 감사와 찬송을 올리게 하셨다. 주님의 역사가 얼마나 놀라운지, 지난 인생의 모든 걸음을 통해 우리 가족을 구원하셨고, 주님의 사랑받는 자녀로 삼아 주셨다.

　이제 내 이야기는 여기서 끝을 맺지만, 아직 이야기는 끝나지 않았다. 나의 자식들이, 손주들이, 증손주들 모두 각자의 삶 속에서 주님의 일하심을 자신의 인생 이야기로 새롭게 풀어나가길 소망한다. 주님의 은혜 가운데 살아갈 나의 자손들이 써나갈 새 이야기가 앞으로도 계속될 것이다.

마무리하는 말

나는 어렸을 적에 어머니의 회초리를 맞고 자란 아들이다. 맞고 자라기만 한 게 아니라 산에 가 싸리나무가 있으면 잘라다가 다듬어 내가 잘못하면 때려 달라며 가져다드린 아들이다. 나는 그렇게 우리를 키우신 어머니가 존경스럽다. 자식들이 부유하거나 큰 권력자가 된 것은 아니지만 후회 없고 부끄럼 없고 거리낌 없는 삶들을 산 것은 부모님의 따끔한 가르침이 있었기 때문이라고 생각하기 때문이다.

어릴 때는 어려서 몰랐고 학창 시절에는 무뎌서 몰랐고 성인이 되어서는 바쁘다는 핑계로 부모님들이 어떻게 살아오셨는지 자세히 생각할 겨를이 없었다. 그런데 어머니가 연로해지시고 나도 나이가 든 지금, 간간이 아버지와 어머니에게 들었던 단편적인 삶의 이야기들을 반추해 보니 이건 사라져서는 안 될 소중한 자산이라는 생각이 들어 형제들에게 의견을 구한 후 어머니께 자서전을 내보면 어떻겠냐고 말씀드렸다.

물론 어머니는 "나 같은 늙은이의 지나간 삶이 무슨 이야깃거리가 되겠냐?"라며 극구 만류했지만 나는 평소에 알고 지내던 함혜원 작가에게 내가 어머니께 들었던 몇 가지 사례를 알려 주며 제3자 입장에서 진지하게 이야기를 들어봐 달라고 부탁했다. 함 작가는 몇 번 인터뷰를 해 본 후 어머니의 이야기는 너무나 흥미롭고 잘 깎여진 보석과 같다고 하면서 자기가 처음부터 끝까지 다 들어 보겠다 하더니, 얼마 지나서 어머니의 온 생애를 글로 정리해 보내왔다.

어머니는 처음에 반대했던 것을 조금 쑥스러워하면서도 그 원고를 받아 자신의 지나온 인생의 변곡점들을 구분하여 장절을 나누고 목차를 만드신 후 나의 100년 삶이 잘 정리된 것 같다고 하시며 매우 흡족해하셨다. 그리고 하루도 빠지지 않고 기도하고 있는 자신의 믿음의 유산이 이 책을 통하여 자손들에게 전해질 수 있게 된 것을 가장 기뻐하셨다.

어머니의 이야기는 "나 때는 말이야"로 시작된다. 노인들이 하지 말아야 할 금기를 깬 것이다. 그 금기를 깨고 100년 전 옛날이야기부터 시작되지만 나는 마치 우리가 잃어버렸던 가보나 족보를 찾은 듯 이야기 속으로 끌려 들어갔다. 지식인도, 권력자도, 정치인도 그 아무것도 아닌 지극히 작은 노인의 생애 속에 녹아 있는 이야기들에 감히 역사라는 말을 붙일 수는 없겠지만, 역사가 말할 수 없는 그때 그 시절 그 장소에 있었던 민초들의 쓰디쓴, 또는 달달한 삶의 모습이 그 이야기를 통해 마음속으로 걸어 들어온 것이다.

어머니의 고향 산골 마을에서 자라나신 단재 신채호 선생께서는 "역사를 잊은 민족에게 미래는 없다."고 하시면서 가정에서 전승되는 교육도 중요한 역사교육의 하나라는 것을 알려 주시기 위해 1906년 순 한글 잡지 〈가뎡잡지〉를 발행하셨다. 그분의 말을 빌리면 역사를 잊은 가정에도 미래는 없을 것이다.

오늘 나는 어머니께 강권하기를 참 잘했다고 생각하며 자손들의 마음을 모아 원고를 출판사에 투고한다.

2023. 2. 1. 둘째 아들 노희성 교수

여명보다 아름다운 황혼

ⓒ 신재우, 2023

초판 1쇄 발행 2023년 4월 19일

지은이   신재우
펴낸이   이기봉
편집   좋은땅 편집팀
펴낸곳   도서출판 좋은땅
주소   서울특별시 마포구 양화로12길 26 지월드빌딩 (서교동 395-7)
전화   02)374-8616~7
팩스   02)374-8614
이메일   gworldbook@naver.com
홈페이지   www.g-world.co.kr

ISBN   979-11-388-1816-2 (03810)